香港文學拼圖

黃坤堯 著

目錄

乙編：空江月明千里，香港文學探新

眾書喧嘩

　　每本書都有自己的聲音，觀點各異，見解不同，彙聚在一起的時候，看來十分吵鬧，並不安靜。近年閱讀了很多香港文學的新著，也寫過一些評論的文字，發表心得，當然受益也多了。現在選出書評 42 篇，商量文苑，析論英華。這些書絕大部分都是在 2006 年以後出版的，很多還是香港藝術發展局資助刊印的作品，僅有一兩種例外。這批作品基本可以反映近二十年香港文壇的風會：學術＋創作，也是千禧世紀以來香港文學新一代的拼圖。

　　《香港文學拼圖》分甲、乙兩編。甲編《翠壁紅樓起，香港文學構圖》彙錄書評 23 篇，偏重學術研究。從 1927 年魯迅來港喚起大家對新文學的熱情，到 50、60 年代金庸武俠小説的崛起及一統江湖，60、70 年代更大規模翻印促銷大陸的現代文學專著，引進臺灣文學，從而構成了香港文壇的盛世，名家匯聚，星光熠熠，容納不同的頻譜和波段，當然也會引發激烈的論戰，呈現熱鬧、喧嘩、活色生香的香港。因此《香港文學構圖》在洪荒大地中浮現出翠壁紅樓的影像，繁弦脆管，歌樂雜作，無論高級低級、左河右界、甚麼書都有，報刊上的「雜文」固然精采，其實香港出版界的「雜書」更屬奇蹟，包容眾生，吹奏喧嘩時代的「雜音」，描繪社會真實「複雜」的面相。黃維樑《香港文學初探》出版於1985 年，描畫八十年代香港文學的草圖，體大思精，引領作者、讀者繼續深挖，自然是很好的座標指南，可供比對參考。從《香港文學拼圖》所引用的 42 種著述來看，這是唯一一本在上世紀

出版的專著，也可以說是香港文學的入門磚，不可捨棄，值得學習。其他許定銘、馮偉才、翁靈文、洛楓、趙曉彤、馮珍今、李浩榮、鄒芷茵、趙浩柏、朱少璋十家通過不同角度的敍述、考察、回憶和訪問，分別紀錄香港的文學活動、香港文學的源流發展、香港文壇話舊、香港作家的獨白、香港閱讀風情畫、香港詩壇演義等，都能重現寫作和閱讀的不同場景，自然構成了香港文學一幅幅精采多姿的拼圖，崇山幽谷，風姿綽約，這是千禧世紀新時代的偉大創作，給人耳目一新之感。

香港藝術發展局在 2002 年度委約出版的文學雜誌有《文學世紀》、《詩潮》、《執書》、《童學站》、《香江文壇》、《詩網絡》、《科科世紀》、《性情文化》八種，花樣繁多，視野廣闊，這裏收錄早期撰寫的一篇評述，可以反映千禧初年多元寫作的熱度和盛況。其他文學史的書寫、粵語書寫、傳記文學的理論探索、當代政治史料的辨析，以至飲食文學、繪本文學、旅遊文學、十四行詩等，都能分別呈現出近二十年來香港文學的不同面相，不受制約的自由書寫，觸鬚敏銳，暢所欲言，傾情演出，也是香港文學構圖中重要的組成板塊，帶出學術思考的深度。

乙編《空江月明千里，香港文學探新》19 篇，以創作為主調，都是 2006 年以來香港詩、文、小說以及詩詞藝苑的成品，湧現了大批新時代的作者，各有不同的構思和想像，就像留學紀趣、戲劇評論、太平洋的呼喚、雨中尋書、小說旺角、怪物描寫、靈魂獨舞等，從無到有，發揮想像，構築文化的場景，醒目耀眼。小說作品《誰能聽見我的痛》、《靈神與凡人》、《詩探卡維爾之黑

夜・橋上》忽發奇想，點破渾沌的世界，破土而出，茁壯成長。此外《荊山玉屑》、《三癡堂詩草》、《聽車廬詩草》繼續唱出蒼涼的樂音，古調新聲，繁紅似錦，吸引讀者信步尋芳，參觀展出。在維港兩岸空江月明千里中觀賞瓊樓華廈的燈火，幻彩現香江，也就折射出不同頻譜的霓虹光影，紛披爭豔。

　　諸書 42 種，有些在出版之前撰文，有些則是在出版後評論的，看的很多都是稿本，有時甚至還不知道作者的名字，例如《荊山玉屑四編》所有詩人的名字全部隱去，只能不管作者誰屬，專心讀詩了。有幾本到現在一直都還沒有看到出版後的書，例如王璞《九個故事》，只能在茫茫網絡中尋找相關的資訊。書評寫好後，來得及出版的，有時會被作者用作序言，或引錄部分語句節錄於書中。大約半數的書評已在不同的刊物發表過，半數的文稿還沒有發出。為了方便參考，查看記錄文本上的寫作日期，有些還會早於書刊的出版。

　　諸書絕大部分都是 2006 年以後在香港出版的著作，或屬佳製，可是市場很窄，只能在有限的空間流轉，甚至未能進入大陸讀者廣大的視野，讀過的人未必很多。現在諸書彙聚在一起，竟然也起了一種化學促進作用，抱團取暖，相互補足，雖然各據獨立的版圖，合起來竟然可以構成香港文學的有機組合，包括學術生態和創作空間，探尋香港文學的前世今生，展示不同的文類、體裁、作法和風格，閱讀一些精采的片段和故事，看來也是此時此地香港新一代的文學、豐收的文學。

黃坤堯，27.9.2022

甲編：

翠壁紅樓起，香港文學構圖

魯迅研究在香港

　　《林曼叔文集Ⅳ》[1.] 收錄《魯迅論稿》及《香港魯迅研究史》二種，兩者同以魯迅（1881-1936）及其相關研究作探討對象，前者是整體的論述，後者則為香港的地區狀況。此外林曼叔編著：《香港魯迅研究資料匯編（1927-1949）》[2.] 彙錄在香港出版的魯迅研究資料（1927-1949），以 1949 年以前的報刊雜誌所載文本為限。由於聚焦的角度不同，三者各具體系而又密切相關，放在一起談論可能比較恰當。

一、《魯迅論稿》

　　林曼叔長期從事寫作、評論、學術研究和編輯工作，著《林曼叔文集》五卷。《魯迅論稿》探討魯迅研究中所呈現的思想課題，包括魯迅與中國現代化問題、中國現代自由主義者的風度及其命運、一個偉大人道主義的追求和奮鬥、中國現代知識分子的恐慌與憂患、中國現代知識分子的社會批判、魯迅的悲劇精神、當下性、《魯迅評傳》、「拓尼學說」〔指拓爾斯泰（1828-1910）和尼采（1844-1900）〕，涵蓋各方面的範疇，顯得全面，描寫細緻，表現個人的觀點，亦有所見。這是林曼叔長期研究魯迅的基本心

---

1. 林曼叔（林彬，1941-2019）：《林曼叔文集Ⅳ》（香港：香港文學評論出版社，2016 年 5 月）。
2. 林曼叔編著：《香港魯迅研究資料匯編（1927-1949）》（香港：香港文學評論出版社，2017 年 10 月）。

得，而作者更認為魯迅是當代的文化巨人，對中國的思想界貢獻極大。閻純德（1939-）在序文〈永遠的魯迅〉說：「魯迅不僅是中國新文學的開拓者，更是偉大的思想者，也是現代史上的一位聖人。在中國人從愚昧走向自覺和解放道路上，他是一面旗幟。」甚至提升到「聖人」的層次，評價更高。（p.3）而林曼叔在〈魯迅與中國現代化問題〉的結語中也說：「面對物慾橫流，道德淪喪，人性惡化的社會，魯迅『首在立人』思想理念，用愛建設我們的道德觀，更有著不可忽視的意義。」（p.34）所謂現代性，就是重新估定一切價值，重建整體的道德觀念，與時並進，千古常新，這是林曼叔所期待的「聖人」能夠挽救苦難的蒼生。不過，我們不要忘記，魯迅心中傳統的禮教都是「吃人」的勾當，而魯迅生活於晚清民國期間其實到處都是洪水猛獸，遍佈敵人，必需用匕首和投槍作武器，才能保護自己，可見魯迅之「愛」只能施之於身邊少數的友人，相濡以沫，而魯迅雜文面對荒謬的時代，更只能大聲疾呼，甚至惡言相向了。平心而論，由晚清、民國，以至今日的中國，三者比較，哪一個時代道德不敗壞，哪一個時代沒有苦難，好像一切都沒有改變似的，魯迅渡不了眾生，而魯迅的作品也漸漸從中學課本中淡出了。

作者認為「魯迅是一個名副其實的戰鬥的自由主義者」（p.55），這是事實，魯迅對一切不公義的事情必然發聲，必然反抗，寧死不屈，連胡適（1891-1962）也十分敬重魯迅：「魯迅是個自由主義者，絕不會為外力所屈服，魯迅是我們的人。」（p.57）所謂「我們」，是相對於左派、共產黨、敵人等的概念說的，林

曼叔也很明白的指出,「中國向來就缺乏成長自由主義的陽光、空氣和土壤。須知道,一個自由主義者活躍的社會,才是真實開放的社會,才能產生推動社會的向前發展的真正動力。」（p.58）如果魯迅活在當下,他還能配當「戰鬥的自由主義者」嗎?還是淪為「反對派」的角色。

關於人道主義的問題,林曼叔指出魯迅「他發現封建禮教對人性的踐踏,造成一種畸型的社會文明」,「一部中國歷史就是一部慘無人道的歷史」,（p.66）「魯迅對社會現實的觀察,無不從人道主義的觀點出發作出批判」,（p.68）「『托尼學說』對魯迅的影響尤深,從尼采學說的『個性解放』以改變中國民族的奴性,而托爾斯泰『大愛主義』的無私奉獻,更是人道主義的最高境界,這是魯迅所推崇的。」「『愛』才是人道主義的核心。」（p.73）不過面對敵人,魯迅有時還得保持清醒,魯迅說:「所以要排斥人道主義之故,因為如此厚道,是無論在革命,在反革命,總要失敗無疑,別人並不如此厚道,肯當你熟睡時,就不奉贈一槍刺。」（《魯迅譯文集》第 10 卷,《香港魯迅研究史》p.7）可見在是非對立的年代,必要辨識敵我,人道主義的大愛精神不能濫用。此外其他的探索尚多,林曼叔對魯迅的研究是相當深入的,同時也很關注周邊的研究狀況,表現深度和創意。

二、《香港魯迅研究史》

《香港魯迅研究史》是一部重頭戲,資料搜集相當豐富。作者分為四個時期,第一階段（1927-1936）魯迅赴港演講對香港文

學發展的意義，及香港文化界對魯迅逝世的沈痛悼念；第二階段
（1937-1942）抗戰時期香港魯迅紀念活動及魯迅研究；第三階段
（1946-1949）戰後魯迅研究的新動態；第四階段（1950-2015）
香港學者的魯迅研究。

　　1927 年 2 月 18-20 日，魯迅應香港基督教青年會總幹事
曹炎申和香港大學黃新彥（1894-1985）教授的邀請，由許廣平
（1898-1968）、葉少泉（1896-1974）二人陪同，匆匆過港，當
晚九時就在香港基督教青年會講〈無聲的中國〉，翌日下午又講
〈老調子已經唱完〉，可是年代久遠，有些過程難免會引出誤
說，真偽雜陳。林曼叔列出劉隨（前度）〈魯迅赴港演講瑣記〉
（1981）、趙今聲（金振，1903-2000）〈八十八歲自述〉（1993）、
劉蜀永（1941-）〈趙今聲教授談魯迅訪港經過〉（1993）、李偉江
（1936-2000）〈魯迅赴港講演始末考〉（2001），帶出了很多不同
的觀點，並通過《魯迅日記》、魯迅致友人的書簡及當時《華僑日
報》的報導及廣告等，通過考證，羅列證據，排除了趙今聲邀請
魯迅來港演講及住在皇后大道中勝斯酒店之說，釐清若干真相，
論證嚴密。魯迅〈無聲的中國〉云：「將中國變成一個有聲的中國。
大膽地說話，勇敢地進行，忘掉了一切利害，推開了古人，將自
己的真心的話發表出來。」〈老調子已經唱完〉亦云：「中國的文
章是最沒有變化的，調子是最老的，裏面的思想是最舊的。……
但是一般以自己為中心的人們，卻決不肯以民眾為主體，而專圖
自己便利，總是三翻四覆的唱不完。於是，自己的老調子固然唱
不完，而國家卻已被唱完了。」（p.219）針對時弊，暢所欲言，

到今天還有參考意義，而這自然也反映魯迅作品的當下性、現代性，可見魯迅說真話永遠都不會過時的，不同的時代和地域都很管用。

《香港魯迅研究史》除了專述魯迅來港演講，以至逝世後連年的紀念活動之外，林曼叔主要著力於探討香港作家對魯迅的評說。他認為：「後魯迅時期的魯迅研究可說是從香港開始的。在那國難當頭的時刻，從魯迅身上汲取精神力量和戰鬥的勇氣。而要學習魯迅，就必須對魯迅的學問思想及其人格力量有更為深入的研究。」（p.249）例如茅盾（1896-1981）「認為魯迅是一個人道主義作家，使他作品具有現代意義和世界意義。……認為應從魯迅思想作整體性的研究，特別是魯迅對『最理想的人性』的追求。」（p.252）其他端木蕻良（1912-1996）、周木齋（1910-1941）、林林（1909-2011）、胡風（1902-1985）、李健吾（1906-1982）各有不同的論述，肯定魯迅的歷史定位。而許廣平也在香港報章發表了不少回憶的文字，提供珍貴的史料。蕭紅（1911-1942）創作了啞劇《民族魂魯迅》，又在《星島日報》副刊《星座》連載《記憶中的魯迅先生》（1939 年 10 月 20-28 日），憶述很多生活細節。五十年代以後，香港的魯迅研究尚多，主要有姚克（1905-1991）、曹聚仁（1900-1972）、徐訏（1908-1980）、李輝英（1911-1991）、葉靈鳳（1904-1975）等，褒貶互見，本書都作了詳盡的評述。其後則為當代香港學者對魯迅的研究，包括李歐梵（1942-）、胡菊人（1933-）、司馬長風（1920-1980）、一丁（樓國華，1906-1995）、鄭子瑜（1916-2008）、張向天（1913-1986）、

曾敏之（1917-2014）、黃繼持（1938-2002）、孫立川（1950-）、璧華（紀馥華，1934-）、東瑞（1945-）、舒巷城（1921-1999），劉再復（1941-）、林曼叔、黃維樑（1947-）、馮偉才（1952-）、陳岸峰、徐復觀（1903-1982）、余英時（1930-2021）、梁錫華（1947-）等，百川匯海，內容廣泛，帶出不同的觀點，並非單方面的歌功頌德，甚至更多的是反面的意見，作者都作了詳盡的評述，值得重視。例如璧華編著《魯迅與梁實秋論戰文選》（1979），跟傅光明（1953-）編輯《論戰中的魯迅》（2006）比較，輯錄的文章各有不同，可以相互補足。「這場論戰，就其實質來說它是以梁實秋（1903-1987）為代表的『新月派』和以魯迅為首的普羅文藝派的論爭」，「爭論的核心是文藝批評中最引起爭論的問題——『人性論』」，這本集子「把魯、梁論戰按內容編成四組：一、圍繞著『盧梭論女子教育』的論爭；二、圍繞著『硬譯』與『文學的階級性』的論爭；三、圍繞著『好政府主義』的論爭；四、圍繞著『資本家的走狗』的論爭」。（p.379）香港具有言論自由的空間，而讀者也可以持平地來審視這一樁歷史事件及文藝論爭了。

　　本書也有一些明顯的錯誤，例如作者說「1942 年 12 月 25 日，香港淪陷，香港文壇也隨之淪陷。中國作家紛紛逃返內地。」（p.248），事實上應為 1941 年，晚了一年。因此連帶文中「1942 年為紀念魯迅逝世六週年，《文藝陣地》（第七卷第三期，1942 年 10 月）刊出的紀念專輯」等相關的論述（p.247），可能都要刪去，始合體例。其他錯字如「猩猩相惜」（p.57），當為「惺惺」等，只是無心之失，不必多說了。

三、《香港魯迅研究資料匯編（1927-1949）》

林曼叔《香港魯迅研究資料匯編（1927-1949）》彙錄在香港出版的魯迅研究資料（1927-1949），以 1949 年以前的報刊雜誌為限，計有《華僑日報》、《工商日報》、《大眾日報・文化堡壘》、《陳君葆日記》、《立報・言林》、《星島日報・星座》、《大公報・文藝》、《大風》、《文藝青年》、《國民日報・新壘》、《筆談》、《華商報・燈塔》、《青年知識》、《文藝叢刊》、《大眾文藝叢刊》、《小說月刊》、《文匯報・文藝周刊》、《文藝生活》、《華商報・茶亭》、《華僑日報・文藝周刊》、《海燕文藝叢刊》等，大致完備。搜集工作本來就不容易，加以年荒日久，印版模糊，認字也很費神。倘能訂正錯誤，更是有賴專業人士的辛勞工作。本書保留早年魯迅研究的文學史料，對魯迅的接受過程，同時也展現出早年香港文藝工作者的視角和觀點，勞苦功高，值得推薦。

本書輯錄所得，資料亦多，主要分為三編：第一編 24 篇，由 1927-1936。1927 年 2 月，魯迅來港，本來跟孫伏園（1894-1966）同行，後來孫伏園沒來，魯迅先後作了兩次演講，除了《華僑日報》作了九篇簡單的報導之外，很快就消聲匿跡，大家也再沒有甚麼反應了。跟著就是 1936 年 10 月魯迅逝世的消息，《工商日報》發了六篇報導，而《大眾日報》就只有〈香港大學追悼文豪魯迅〉一篇，談到許地山（1893-1941）講魯迅對新文學貢獻，及魯迅文學多為大眾福利鬥爭兩大主題，此外也沒有甚麼專門研究魯迅的課題了。本書輯錄魯迅〈無聲的中國〉及〈老調子已經唱完〉兩篇講稿，前者由許廣平（1898-1968）傳譯，黃之棟（《華

僑日報》副刊編輯）、劉前度筆記；後者劉前度筆記。此外又據《魯迅全集》加載二文，也就是魯迅的審定本了。後面還有〈述香港恭祝聖誕〉、〈略談香港〉、〈再談香港〉三篇，反映魯迅對香港的印象。聖誕指孔聖，並非耶穌，文中引錄超然學校的男校門聯及女校門聯、佩蘅〈孔誕祝聖言感〉及太平戲院日夜演大堯天班的廣告。次篇引錄《循環日報》，內有6月25日〈昨日下午督憲府茶會〉，稱「賴際熙太史即席演説，略謂大學堂漢文專科異常重要，中國舊道德與乎國粹所關，皆不容緩視，若不貫徹進行，深為可惜。」「周壽臣爵士亦演説漢文之宜見重於當世，及漢文科學之重要，關係國家與個人之榮辱」等語。又載有6月24日〈督轅茶會金制軍演説詞〉，金制軍即港督金文泰（Sir Cecil Clementi，1875-1947），主張中國人應該整理國故，盡力贊襄香港大學文科，即華文系。魯迅主張棄舊佈新，推動新文學，跟香港人的保守想法距離很遠，看來還有些負面了。末篇〈再談香港〉寫海關的態度惡劣，貪污腐敗。

　　第二編103篇，由1937-1941，錄文44篇，而文略者59篇，僅存目錄。此期是抗戰的前五年，香港研究魯迅者增多，其中《立報》「全港文化界紀念魯迅」、《大眾日報》「魯迅紀念專號」、《大眾日報》「特寫　紀念魯迅先生六十誕辰」、《大公報》「魯迅紀念座談會記錄」、《文藝青年》「魯迅先生四年祭筆談會」等，幾乎每年都有紀念活動，香港報界的反應相當熱烈。此外又有專文談「魯迅精神」、「學習精神」、「提倡雜文」、「民族魂魯迅」、「戰鬥精神」、「革命精神」、「國際主義」、「魯迅的諷刺」、「阿

Q之死」、「最理想的人性」、「婦女解放」等不同的課題；以及魯迅跟白莽（殷夫，1909-1931）、高爾基（Maxim Gorky，1868-1936）、果戈里（Gogol，1809-1852）、郭沫若（1892-1978）的比較等，品類繁多，眼界廣闊。其中佳作亦多，例如蕭紅〈記憶中的魯迅先生〉、景宋（許廣平）〈魯迅先生的家庭生活〉，都保留了很多一手的記憶，娓娓道來，情之所至，寫作也顯出感性，十分動人。蕭紅說：「魯迅先生的笑聲是明朗的，是從心裏的歡喜。若有人說了甚麼可笑的話，魯迅先生笑得連煙捲都拿不住了，常常是笑得咳嗽起來。」（頁149）又說：「窗外的黃昏，窗內的許先生低著的頭，樓上魯迅先生的咳嗽聲，都攪混在一起了。重續著埋藏著力量。在痛苦中，在悲哀中，一種對於生的強烈願望，站得和強烈的火焰那樣堅定。」（頁162）景宋說：「至於我自己衣著的不講究等，是一面不願意和他做太相反的對比，更不願意在不必要的地方花去他絞腦汁換來的金錢，而他還時常笑著地說：『看你這樣落拓，去買一些新的來吧！』我說：『要講究，你的錢不夠我花呢。』一笑也就罷了。」（頁185）

第三編40篇，由1946-1949，錄文18篇，而文略者22篇，僅存目錄。此期是抗戰勝利之後及國共內戰之時，來港學者繼續深化魯迅的研究工作，分論魯迅的雜文、小說和詩歌，以及魯迅跟王國維（1877-1927）、創造社、狂飆社、泱泱社的關係和論爭等；又專論暴露文學、魯迅思想、藝術考古及《魯迅全集》等不同的課題，有些冷清和寂寞。

本書是一部魯迅研究的資料集，列出篇目167篇，可是有內

文的 86 篇，沒有內文的也有 81 篇，僅存目錄，未能一窺全豹，
美中不足。可能因經費所限，或其他原因所致，讀者想看的只能
參照編者的線索，自己動手去追尋了。

　　本書輯錄論文主要的作者有劉隨、黃之棟、原勝、陳君葆
（1898-1982）、茅盾、黃文俞、金克木（1912-2000）、陳畸、林
煥平（1911-2000）、李健吾、許地山、景宋（許廣平）、袁水拍
（1916-1982）、蕭紅、杜埃（1914-1993）、鄭子瑜、周木齋、
林林、黃繩、劉思慕（1904-1985）、馮亦代（1913-2005）、胡繩
（1918-2000）、胡風、端木蕻良、黃慶雲（1920-2018）、許欽文
（1897-1984）、唐英偉（1815-2000）、侯外廬（1903-1987）、馮
乃超（1901-1983）、林辰（1912-2003）、李廣田（1906-1968）、
常任俠（1904-1996）、艾蕪（1904-1992）、孟超（1902-1976）、
苗秀、郭沫若、洪遒、樓棲（1912-1997）、胡仲持（1900-1968）、
易鞏（1915-）。作者四十人，相當熱鬧。不過未列名的尚有很多，
例如探秘、劉前度、濟時、碧痕、綠波、華胥、雁子、魯衡、冰谷、
李一燕、子變、王健、盧黔、文俞、姜馥森、何鵬、思慕、羅高、
秀而、史天行、彥子等。至於存目的 81 篇中，陌生的名字更多，
可見當時香港有關魯迅研究的隊伍相當龐大。

　　本書可以說是循環再造的魯迅研究資料，早年雖曾在香港發
表，但在後起大量的研究中，很多早已湮沒無聞，現在林曼叔又
一次的發掘整理，也帶來很多新的體驗，值得重視。不過這項工
作必須相當的耐力，始能完成備極艱鉅的任務，林先生的工作讓
人回顧過去魯迅的研究，亦具參考意義，值得重視。

改寫歷史，考古挖掘：金庸武俠小説中的隱型結構

陳岸峰解讀金庸（1924-2018）小説中的武俠世界，切入傳統的思想文化，以及文學考古的深度挖掘，通過普世價值的理念及廣大的江湖世界，重新建構歷史，解釋歷史，寫出了不一樣的金庸世界。很多過去沒有認真思考過的課題，原來竟然潛藏於倫常日用當中，配合儒道佛的多元思想及魏晉風度的翩翩表現，使武俠小説除了英雄兒女、驚心動魄的情節故事之外，原來也隱含了豐富的文化載體，就如題目所揭示的《射雕英雄傳》諸書的主旨，分別為「頓漸有序」、「欲即欲離」、「何足道哉」、「鏡花水月」、「竹林琴音」、「任誕與假譎」等，就完全屬於思想文化的課題了。金庸的武俠小説究竟是想説故事，還是想談哲學呢？

金庸小説的人物是虛構的，但似幻而真，有情有義，深悟民族情仇，大是大非，更重要的是在歷史的轉折關頭呈現了真正大俠的風範，明辨忠奸，為國為民，犧牲小我，急流勇退，他們的原型都深藏於傳統的文化哲學當中。金庸博覽群書，乃在有意無意之間，借用了很多古典的文學形象，創造了新一代風流倜儻的江湖俠客。陳岸峰利用文學考古的秘技，揭出金庸武俠世界的底蘊，在人物移植和結構嵌置的基礎上加上創造性，包括武功、愛情、歷史等，好像破案一樣，而真相也一一呈現出來，甚至貫串為可歌可泣的江湖故事，改寫歷史，呈現正史之外豐富的想像世

界。

　　陳岸峰《文學考古‧金庸武俠小說中的「隱型結構」》[1.] 可以說是比較文學的傑作，作者並非孤立地研究金庸的武俠小說，而是通過多種古今文學名著跟金庸作品相互對比，指出問題所在。其中作者最矜為創獲的，就是「隱型結構」、「文學考古」的兩大理念，同時也藉此建立作者個人的批評理論綱領。所謂「隱型結構」，作者認為「金庸幾乎將很多古典小說中的主角及配角以至於情節及對話等細節全都搬進自己的小說中」，在實際的操作上，包括「人物移植」、「情節及結構嵌置」，然後「再加上金庸的創造性，此中包括武功與愛情以及歷史」，達至「文本互涉」的概念，「除了不同文本間的互涉現象」之外，還「包括更廣闊、更抽象的文學、社會和文化體系」。例如作者討論《天龍八部》中的隱型結構，指出蕭峰與武松、段譽與賈寶玉、虛竹與智深，以至《雷雨》中的孽緣故事等，都有密切的關係，富有創意，促進大家對文學作品的閱讀和思考。《射雕英雄傳》以《說岳全傳》中的岳飛、陸文龍與曹寧分別作為郭靖與楊康的原型，郭靖顯然完全繼承了岳飛的志事，光大宋室，宣揚民族正氣。《神鵰俠侶》以《西遊記》中唐僧與孫悟空的師徒形象作為小龍女與楊過的原型，既是師徒，復為戀人，關係更為密切，深入人心，戰勝禮教和歲月，構成永恆的「俠侶」形象，可能比很多歷史人物還要真實。而楊過

---

1. 黃坤堯〈改寫歷史，考古挖掘：《金庸武俠小說中的隱型結構》〉，載陳岸峰著：《文學考古‧金庸武俠小說中的「隱型結構」》（香港：中華書局，2016 年 7 月）。又載《香港書評家》總第 13 期（香港：香港書評家協會，2020 年 12 月），頁 13-15。

與孫悟空、豬八戒與周伯通、郭靖與托塔天王李靖及哪吒的形象演變等，都很傳神。《倚天屠龍記》與白蛇故事、《說唐》、《瓦崗英雄》及《雷雨》諸書，也有密切的聯繫。甚至將《三岔口》與《十日談》的混合結構穿插於其中，例如《射雕英雄傳》中的「牛家村密室」、《天龍八部》中的「窗外」、《倚天屠龍記》中的「布袋」、「皮鼓」及「山洞」、《笑傲江湖》中的「磷光」、「雪人」及「桌下」、《鹿鼎記》中的「衣櫃」、「蠟燭」及「破窗而出」、《鹿鼎記》與《雪山飛狐》中的「說故事」等相近的情節安排，大量的運用，反覆再用，「由不同人物講述不同版本的故事，導致撲朔迷離」，「在盤根錯節的脈絡中，誘使狐疑不已的讀者在閱讀的森林中繼續跋涉，並最終逐漸獲得閱讀的快感」，增強戲劇效果，揭出事實真相，伸張正義，懲罰壞人，自是值得大家仿效的寫作手法。陳岸峰復以《世說新語》的魏晉故事為藍本，藉以詮釋《笑傲江湖》及《鹿鼎記》中人物的精神理念及場景安排，散發蕭散的風神。「前者以獨孤九劍與魏晉風度的完美結合，令孤沖與任盈盈終成俠侶而笑傲江湖；韋小寶則以詼諧、任誕及智謀的方式顛覆所謂的江湖，而兩者均同樣豐富了『俠』的不同層面。」解釋金庸從臨摹到創造的過程，自然更超出了讀者的想像世界。

至於「文學考古」，有時像考古發掘，有時又像福爾摩斯探案，要將很多「碎片」聯繫起來，解釋現場狀況。陳岸峰認為考古的功能有三，「揭開作者的挪用、改編之所在」、「闡述金庸在臨摹之後的創造力所在」、「揭示金庸武俠小說中，古今中外文學之傳承與交流」，陳岸峰將《天龍八部》與《紅樓夢》相互比較，

指出段譽即「斷慾」，寶玉即「飽慾」；二人都具有「癡」的特質；父親要寶玉讀書求功名，寶玉不聽而被打，同樣父輩要段譽練武功，段譽索性逃跑；段譽視王語嫣為仙子而自己為凡夫俗子，寶玉視女人為水，男人為泥；寶玉為花園命名而大顯才華，而段譽則在曼陀山莊中大顯茶花知識；兩人同樣整天周旋於不同女子而煩惱不休；段譽與寶玉最終也是完婚後再出家為僧。列舉七條證據，似亦言之成理。有時難免有所附會，讀者必須根據個人的閱歷，作出判斷，並自作取捨了。

其實本書更大的成就在於「詮釋歷史」，「金庸從《天龍八部》中的北宋積弱、《射雕英雄傳》與《神鵰俠侶》中的南宋抗擊外敵，下及《倚天屠龍記》中的明教抗擊元蒙，從黑暗而漸至光明，還我河山，再至《碧血劍》中明末的 1644 年的甲申之變，再至《鹿鼎記》、《書劍恩仇錄》、《雪山飛狐》、《飛狐外傳》的反清復明。」金庸說史主要集中於宋元明清四代，弘揚大漢天聲，以民間的力量抵抗異族入侵。可見金庸有意顛覆了傳統正史成王敗寇的書寫方式，重新加以詮釋，這有點像《三國演義》及《水滸傳》之作，其實都反映了說書人的庶民想像及世俗的江湖天地，可能比官方撰史還要真實及具體。而陳岸峰寫金庸，則用挖深的方法，在武俠世界之外，重整傳統的文化秩序。並在金庸故事創作的基礎上帶出形而上的精神世界，著重反映中國的傳統思想及文化情懷，甚至上溯至魏晉風神以及老莊的道家心法。嚴格來說更是對金庸小說的再顛覆，再解讀，帶出新亮點。

本書在考證的過程中有時也會陷入一些誤區，有待斟酌。例

如曲子〈山坡羊〉，作者連引兩次，都説〈山羊坡〉，調名皆誤。黃蓉所聽樵夫所唱三曲，其實都是元代張養浩（1269-1329）〈中呂·山坡羊〉套曲中的作品，依次分別題為「咸陽懷古」、「洛陽懷古」、「潼關懷古」，而「咸陽懷古」一首末二句作「疾，也是天地差！遲，也是天地差！」引文連缺二「也」字，語句尚欠完整。此外黃蓉又聽到老者所唱「清風相待」一首，則是宋方壺（1341-1368）〈中呂·山坡羊〉「道情」之作，曲云：

> 青山相待。白雲相愛。夢不到紫羅袍共黃金帶。一茅齋。野花開。管甚誰家興廢誰成敗。陋巷簞瓢亦樂哉。貧，氣不改。達，志不改。[2]

原作一韻到底，可是金庸改了結尾二句作「朝，對青山！晚，對青山！」意義沒有問題，可是押韻錯了，音調不諧，聽來是會刺耳的。後來黃蓉改動歌詞作「貧，氣如山！達，氣如山！」看起來比較振作，可是押韻亦誤，仍然音調不諧。可見金庸借用了古人的詞曲，卻改錯了韻腳，普通人讀小說可能不會注意這些細節，看得過癮就算了，但從文化的角度來看，難免對詞曲製作有些外行，似懂不懂，在高手過招中露出破綻了。

作者談「楊過與小龍女既入世為俠，又重返古墓，即被世間道德法律所接受，履行了世間的責任，猶如湯顯祖（1550-1616）《牡丹亭》中的柳夢梅與杜麗娘原初不被父親接受他們的私下許配的婚姻，及至柳夢梅計退外敵，保住家國後方獲得皇帝的允許

---

2. 參《太平樂府》、《樂府群珠》。

而得以完婚」。這個比喻用得不錯，可是原著「計退外敵」的是杜麗娘的老師陳最良，而非柳夢梅；柳夢梅雖然中了狀元，當時卻成了囚徒，被杜寶「遞解臨安」受審，因此《牡丹亭》臨尾所演〈索元〉、〈硬拷〉兩齣，寫的就是這件事。又小龍女要楊過等待十六年世俗的考驗和洗禮，累積善行，看來也有點像杜麗娘還魂後死而復生，必須要柳夢梅考取狀元，得到皇上御旨恩准或父母之命，才能正式獲得認可這一段婚姻，自然也跟小龍女的困境有些相類了。

作者又談到「小龍女與楊過一同受情花之苦」，認為「絕情谷中的情花的靈感，實即《西遊記》中五莊觀的人參果」，最後被孫悟空推倒，可能並不踏實。其實二人同受「情花之苦」的故事倒有點像羅密歐與朱麗葉的毒酒情節，大家都願意為愛情奉獻自己的生命。

作者又談到金庸創作故事的情節時見重複，例如「楊過伏在牛腹之下救陸無雙的這一幕，便是《天龍八部》中蕭峰在遼國內亂時殺楚王的方法」等。又《神鵰俠侶》中的楊過與陸無雙，《倚天屠龍記》中的張無忌與殷離，情節相類，可以列出七種證據。「由《飛狐外傳》中的第四章『鐵廳烈火』可資佐證，張無忌在火燒十三級高塔之下以『乾坤大挪移』力救群雄，亦即是具神力的雄闊海之化身。神功與神力雖有所不同，張無忌本無神力，卻是以『乾坤大挪移』之力量轉移而有異曲同工之妙。最終，雄闊海死於閘下，張無忌則幸好只是虛脫。」其實這些例子都可以看作金庸自我重複，有時信手拈來，一用再用而已。這跟金庸借用古

今中外的名著並沒有分別，讀書多，借用尤為方便，甚至熟悉之後用了也不覺意，不必作過度的深究。

陳岸峰認為《倚天屠龍記》將《雷雨》第二幕周萍說魯四鳳「你大概見了鬼」的場景改為「周芷若悠悠醒轉，一見張無忌，縱體入懷，摟住了他，叫道：『有鬼，有鬼！』」兩者之間似與不似說不準，可能有點附會了。又《天龍八部》與《雷雨》中的孽緣也有密切的關係，兩者同是發生於雷雨之夜，「段譽與相戀之女子為兄妹的橋段，又來自曹禺（1910-1996）《雷雨》中的周萍與魯四鳳，蘩漪勾引了大少爺，而刀白鳳則委身於段延慶，均為情恨之復仇。」「《雷雨》中的人物都是一家人，《天龍八部》中的蕭峰、虛竹及段譽三人既是結拜兄弟，而彼等所愛之女人，均或為段正淳的風流債所留下的兒女或有姻親關係，正如段譽自己所說都是『一家人』。」「《雷雨》中的雷雨之夜，魯四鳳死於觸電，而化妝為段正淳的阿朱卻死於蕭峰的降龍十八掌之下。」陳岸峰列出七條證據，可能有些巧合，寫出故事的高潮，有時也是人世間難以避免的悲劇，信則有之，不信則無，兩者不見得有必然的聯繫。就算金庸真的借用了《雷雨》的橋段，但都作了全新的演繹，成為個人的創作，甚至是寫作秘笈了。

陳岸峰分析文本個案，挖掘金庸小說的思想深度，揭示金庸武俠小說中的隱型結構，有助於釐清金庸武俠小說與中外文學的淵源，亦有助於了解金庸小說創造力的驚人表現，更深入的認識金庸的江湖世界，別開生面。

香港故事與金庸小說之誕生

　　區肇龍《香港故事：金庸小説之誕生》[1] 原是北京師範大學現當代文學專業的博士論文，而本書也就是從學位論文的基礎上修訂而成的，可以説是金庸（1924-2018）小説研究的專論。

　　近年金庸小説的研究者很多，一本一本的研究成果推出市場，聚焦於不同的研究角度，各有造詣。可以説，金庸小説的時代過去了，但讀者多情，金學的未來卻方興未艾，甚至也成了近年的顯學，煥發出耀眼的光芒，提升香港文學的地位，跨上一個高端的臺階。可以説，如果沒有金庸，香港的文學地位難免就顯得蒼白失色了。就如本書所説：「及至 1994 年，王一川、張同道主編的《二十世紀中國文學大師文庫・小説卷》節錄了《射雕英雄傳》，更把金庸排在中國文學家中的第 4 位，依次是魯迅、沈從文、巴金、金庸、老舍、郁達夫、王蒙、張愛玲、賈平凹。」（頁30）

　　當然，這份座次排行榜的名單雖然仍未得到學術界的公認，反對的聲音一定存在，僅屬個人意見。無論如何，在眾多的前輩面前，金庸只是小説界冒起的新秀。武俠小説橫空出世，異軍突起，也就把老舍、茅盾等大家名家都比下去了，甚至把另一位有香港關係的張愛玲（1920-1995）也摔在後頭了。金庸的讀者雅俗

---

1. 區肇龍著：《香港故事：金庸小説之誕生》（香港：初文出版社有限公司，2021 年 10 月）。

共賞，知名度覆蓋海內外，論影響力或排香港第一，可能也是當之無愧的。

區肇龍對金庸小説興趣濃厚，也掌握了豐富的原作文本和參考資料，翻查了很多五十年代的舊報紙，剖析六十年代的社會氛圍和市民生活，兼顧多視角多方面的深入探索，表達清晰，寫出個人觀點。不過，區肇龍研究金庸小説，並非僅著眼於文本及版本，而是希望「從發生學的宏觀角度，探討金庸小説與香港的關係。如果沒有香港的複雜背景，便沒有香港文學的發生，也沒有金庸小説的誕生。因此，當我們了解香港 50 年代的社會面貌，便很容易知道金庸小説在香港發生的情況。」（p.30）因此，作者高度重視產生金庸小説的文化場景及社會面相，波瀾壯闊，也是一幅香港的時代畫卷了。

《香港故事：金庸小説之誕生》在〈緒論〉中首先説明研究動機及目的、現有研究述評、研究方法及步驟等。全書主要分為五章：

第一章〈從作者看金庸小説的創作發生〉，就是認識金庸，研究金庸本人的學養和學歷。「金庸從 1955 年開始寫武俠小説，至 1972 年封筆，17 年的時間，他從 31 歲，寫至 48 歲，當中經歷了辦報、離婚、結婚、寫武俠小説等人生大事。可以説，金庸寫武俠小説的 17 年間，是他人生中的重要階段，他的人生與武俠小説是一同成長發展的。再者，對金庸小説來説，它經歷了創造與修改的過程，直到 2000 年，最新版的金庸小説相繼出版面

世，金庸已經年近 80 歲。金庸小説一改再改，意味他經歷再創
造的過程。作家修改自己作品的原因，是由於內在的情感與外在
形式不一致，金庸小説在 80 年代和 2000 年的兩次大修改面世，
反映金庸對作品的執著態度。金庸與金庸小説一同成長、變化，
非一般作家與作品關係可比擬。他的人生與金庸小説的創作發
生，可以用唇齒相依來形容。」（p.38）可見金庸先後投入了 17 年
創作，28 年修改的偉大工程，由壯年到晚年，傾注了一生的心血，
才能成就香港武俠小説的一方水土。其外還包括查氏家族、南來
原因、關心社會和辦報經歷等。

第二章〈從時代環境看金庸小説的創作發生〉，包括香港 50
年代的尚武風氣，當時治安惡劣，貪污流行、嫖娼賭博、警匪不
分。加以同仇敵愾，抵禦外侮，大量拳館武師來港設館授徒，有
蔡李佛、詠春、虎鶴雙形拳、香港精武會等名門大派。1949 年
關德興（1905-1996）主演了一系列的黃飛鴻電影，到 50 年代還
發展為電臺空中小説廣播。1971 年李小龍（1940-1973）主演的
電影《唐山大兄》，更把中國武術推向高峰，全世界幾乎無人不
識，早已創造了一個獨有的武林世界。而 1954 年 1 月 17 日吳公
儀（1898-1970）對陳克夫（1918-2013）在澳門新花園泳池舉行
打擂臺式的武鬥事件，也就把香港的武林大會推向高潮。梁羽生
（1924-2009）在 1954 年 1 月 20 日開始在《新晚報》撰寫《龍虎
鬥京華》，隨後金庸也於 1955 年開始撰寫《書劍恩仇錄》，開啟
了香港武俠小説的新紀元，並由此大放異采，竟然闖入了現代小
説的殿堂，豐富小説的風貌。此外香港人對中國文化的渴求、尋

根熱忱。香港人對「江湖」和「烏托邦」的嚮往等都是促成武俠小說在香港發生的主要原因。「對於『烏托邦』（小說）世界與『江湖』，我們可分為外層及內層。外層代表『烏托邦』世界（小說）；內層則代表『江湖』的是非世界。前文所述的『進入』與『離開』江湖，都只是在外層與內層之間遊走而已。」（p.105）「金庸小說的『烏托邦』描寫，令50-60年代的讀者群得到很大程度的心靈滿足。當中的描寫既有港人缺乏的中國文化特質，又有社會大眾不能達到的願望（出人頭地、向上流動）。英殖民時期的港人，他們若想躋身上流社會，必須具備良好的英文水準及得到運氣。因為華人往往被外國人歧視，也受到他們的不平等對待。在武俠小說世界創造南蠻外族委實不易，但金庸都做到了。」（p.105）「再者，讀者對於文壇中的左右陣營作品已感煩厭，武俠小說的出現，對他們來說，是一種新穎的讀物。」（p.106）可見武俠小說是香港社會的集體想像，為現代文學注入了適度的亢奮劑，顛覆傳統的閱讀模式，期待新時代的大師出現，華山論劍，爭霸武林。

第三章〈從香港五十年代文壇看金庸小說的創作發生〉，包括香港人閱讀報紙副刊的習慣、「左右」陣營思想及其刊物，以及香港作家的創作實踐路向，或為了糊口，或不為名利。「在報刊連載，迎合大眾口味，因此往後幾十年仍為人傳頌。中國大陸對武俠小說的禁止，是導致香港50年代文壇得以讓武俠小說開花結果的重要因素。在抗戰後的大眾武力情緒一下子得以釋放，又加上香港這個英國殖民地統治的地方，民族意識在武俠小說中得以伸張，都是香港本土對武俠小說發展的重要因素。」（p.147）

第四章〈從武俠小說類型看金庸小說的創作發生〉，包括對舊派武俠小說的借鑒和吸收，有還珠樓主、平江不肖生的比較。「創造出具歷史元素、『江湖』的複雜性，及近似真實的打鬥描寫的武俠小說，而摒棄『說書』式的敍述及過份深入而仔細的打鬥描寫。」（p.166）與新派武俠小說不同的創新性，有梁羽生、古龍（1938-1985），相互影響，促進學習。此外出版與修訂的意義、不同載體的意義，通過電視、電影、流行漫畫、網上電腦遊戲、發聲書等多媒體的演出，金庸小說仍在持續的發光發熱。

第五章〈從文本看金庸小說的創作發生〉，包括保留傳統小說的特色、古典詩詞回目、善惡有報的傳統觀念；吸收西方文藝的表現手法，多線並行及心理描寫；情節與主人公的創造和配合，從俗套中尋找出路，脫離世俗的完人。詮釋金庸作品，都能言之成理，恰到好處。

書後附參考文獻，資料齊備；附錄〈金庸小說改編作品清單〉，大量的報章圖片等，例如《遐邇貫珍》（1853 年 8 月第一號）、《文匯報》（3 頁）、《大公報》（8 頁）、《星島日報》（14 頁）、《明報》（10 頁），可供參考。《香港故事：金庸小說之誕生》自是一篇學術論文的力作，對金庸小說創作產生的大環境 —— 香港，也就是一個廣義的「江湖」世界擴大解讀。在一個特定的時空下，講述「香港故事」，見證香港文學獨有的品味。

八十年代香港文學的草圖

　　自開埠以來，隨著海內外商務的拓展、報紙的發行、政治意識的覺醒、翻譯專業的需要、出版事業的勃興，加以經濟地位不斷的上升、不同時代的救亡主題及政治宣傳，香港文學一直處於一種高速發展的狀態之中，有時還處於領先的地位，以出口轉內銷，開啟民智，歷久不衰。例如 1858 年伍廷芳（1842-1922）等創刊的《中外新報》、1874 年黃勝（1827-1902）與王韜（1828-1897）等首創的《循環日報》，以政論宣傳帶動文學創作，即跟傳統的中華文化血脈相承，同時又強烈感染了西方的精神文明。早期的作家有王韜、胡禮垣（1847-1916）、潘飛聲（1858-1934）、黃世仲（1873-1913）等，黃世仲更將粵方言融入傳統的詩文小說之中，具有現代白話的特徵。甚至連港督金文泰（Cecil Clemeivti，1876-1947）也深諳中文，翻譯《粵謳》。[1] 這是香港文學的起步，同時也是一個很堅實的制高點。以後隨著世局政局的風雲變幻，為香港帶來了一批又一批的人才，也為香港文學創出了不同的面貌，例如遺老文學、革命文學、抗日文學、左派文學、右派文學，以至政局喘定之後的五、六十年代等，香港文學繁花似錦，名家輩出，一方面遠紹傳統古老的中國文言詩文小說，一方面又表現出濃厚的本土風格和現代特色，與時並進，若即若離，新舊

---

1. 羅香林（1906-1978）：〈中國文學在香港之演進及其影響〉，參《香港與中西文化之交流》（香港：中國學社，1961 年 2 月），頁 179-196。

結合，雅俗共賞，富有反抗意識和批判精神。

　　黃維樑《香港文學初探》出版於 1985 年，[2.] 這是中英聯合聲明簽定之後的一年，距離香港開埠則有 140 年了，戰後的一代日漸成長，本土意識也逐漸增強，香港政局從擾攘不安之中漸趨平靜，大家各取所需，自求多福，在借來的時空中經天緯地，而這恰好也就是香港的本來性格。黃維樑的初探沒有太多的理論和主義，也沒有嚴密的系統性，沒有歷史的規模和氣派，當然也沒有很多偉大的作家了。他只是如實地寫出了他的閱讀心得，宣示他的審美標準，展現了客觀的批評手法，當然更帶出了八十代年一大堆他所熟悉的作家了。初探不是香港文學的全部，但卻呈現出濃厚的香港色彩，多元、零碎、璀璨、快速、活潑，而又有點俗豔，說來真有點像香港的茶餐廳文化，豐富中有一點雜亂、熟悉、溫馨和舒適的感覺。

　　黃維樑的初探由不同的研究論文和隨筆札記纂集而成，長短不一，共分六輯：通論、詩論、散文論、小說論、文學批評論、雜論，顯示香港文學的雛型。從書後附錄的資料來看，黃維樑的論文大部分都是在香港和臺灣發表的，主要刊行於 1980 年至 1984 年之間。〈星星〉刊於 1967 年是大學二年級，算是少作；1978、1979 年各有一篇，其餘就全是八十年代的論述了。1980 年，黃維樑初步檢視〈香港文學的「四化」〉，指出小說戲劇「影

---

2. 黃維樑（1947-）著：《香港文學初探》（香港：華漢文化事業公司，1985 年 2 月）。黃坤堯〈八十年代的草圖──讀《香港文學初探》〉，載《香江文壇》第 42 期，頁 29-31，香港，2005 年 12 月。

視化」、詩「歌詞化」、散文「多方化」、批評「當前化」的現象。
[3.] 此外，通論中還有一篇〈生氣勃勃：一九八二年的香港文學〉，
主要分析文學刊物、文學書籍、文學活動及團體、文學作家各項。
（p.38-60）而後記〈灰姑娘獲得垂青〉則説明 1984 年底香港文學
熱的升溫狀態。（p.321-327）因此，初探基本上展現了八十年代
初期香港文學的草圖，鉤勒出簡明清晰的輪廓。

黃維樑在通論中指出香港文學以「通俗」為主體，包括框框
雜文、武俠和科幻小説、愛情小説三種，道出香港文學的本色，
「通俗」完全是由市場來操控的，十分正確。與「通俗」相對的，
可能就是嚴肅和高雅，但這不該是文學的主流。嚴肅文學可能會
有教育意義，但卻使人望而生畏；高雅文學只是作者個人飄飄然
的幻覺，可是曲高和寡，知音者稀。其實過去的唐詩宋詞，融入
生活之中，何嘗不俗？「通俗」可以擁抱廣大的讀者群，與時代
同呼吸，這是所有作者的指標，讀者愈多，作品也就愈流行。反
之，嚴肅高雅之作只能在小眾的圈子裏自我陶醉，難免會相形見
絀了。可見香港文學就是要走出這樣的困局，「通俗」是唯一的
出路。

在通論中，黃維樑又談到「香港作家」的定義，共分四類。
在本文開頭第一段中，我寫出了一百年前香港文壇的原始面貌，

3. 散文多方化指「以後如果有人寫香港文學史，副刊雜文這一項非刊入不
可。現在寫散文的人，不妨更向其他方面發展。新聞特寫、影視期刊中
的文字，都可以成為情文並茂的散文。」批評當前化指「學院式批評家，
請多多批評此時此地的文學和四化了的文學。鼓勵使作者欣慰，針砭使
作者反省，都有益處。」《香港文學初探》，頁 310、311。

同時列出了四位重要的作家，有土生土長的，有外地來港的，完全符合黃維樑所列的定義，可見香港作家古已有之，絕不是八十年代的新鮮產物。而且香港文學一開始就跟傳媒結合，走通俗和宣傳的路線，連詩、雜文、報告文學、小說這些基本的類型都沒有改變，在一種獨特的社會體制下，長期保持穩定的發展狀態。

黃維樑的初探在每種文類之下列出了八十年代最活躍的作家，那時候文革後的移民潮才剛起步，新一批福建籍、東南亞歸僑等的南下作家群尚未形成，除了一位超級巨星余光中（1928-2017）來自臺灣之外，其他大多是六、七十年代在香港或臺灣受教育及成長的作者，本土意識開始形成，喜歡冠上「香港」這個品牌（logo）。過去香港作家一般就是中國作家，香港文學也就是中國文學，老一輩的作者流落香港只是一種花果飄零的現象，大家期望有一天總會回歸故土去的。至於香港作家、香港文學概念的形成，其實也就表示大家開始意識到以香港為家，落地生根，在心理上跟中國有了距離了。八十年代中港之間有很多意識形態上的衝突，互不信任，說穿了其實也還是文化差異而逐漸形成的鴻溝。

在黃維樑的初探中，余光中撐起了香港文學的半壁江山，在詩、散文和文學批評中都佔了很重要的位置，成就特大。其次就是黃國彬（1946-），詩文雙輝，走向博大。這是黃維樑文學評鑑中的最高標準，例如他說：「鏡明基本上是秀美型的抒情詩人，詩風接近徐志摩與鄭愁予，尤以後者為然。如果他不斷開

展，朝向博大，那就是走余光中、黃國彬的路線了。」[4.] 此外西西（1937-）兼擅詩和小說，又往往與黃國彬並稱。黃維樑說：「我特別標舉西西和黃國彬，主要原因當然是他們本身的成就，此外還因為他們都在本港受教育、在本港寫作、發表、成名，是道地的香港作家。」（p.23）又說：「這裏只標舉西西和黃國彬兩位……西西和黃國彬都是長於斯、學於斯的道地香港作家。在『非通俗』作家群中，這兩位道地人物在八二年中的表現，其代表性、重要性，應該是沒有疑問的。」（p.54-56）至於其他八十年代的作家，詩有梁兆安（1956-）、戴天（1935-2021）、原甸（1940-）、古蒼梧（古兆申，1945-2022）、羈魂（1946-）、梁秉鈞（也斯，1949-2013）、陳浩泉（1949-）、胡燕青（1954-）、陳昌敏（1962-）、鄭鏡明、鍾偉民（1961-）等。散文有董橋（1942-）、西茜凰（1964-）、岑逸飛（1945-）、徐東濱、梁錫華（1930-）、柴娃娃、小思（1939-）、尹懷文、陳方、凱令、不繫舟（1952-）、秦楚（1949-）、杜良媞等。小說有徐速（1924-1981）、劉以鬯（1918-2018）、舒巷城（1921-1999）、陳炳藻（1968-）、金兆（1931-）、葉娓娜、裴立平、白樂成、蔣芸（1944-）、倪匡（1935-2022）等。文學批評有司馬長風（1922-1980）、胡菊人（1933-）等。

　　黃維樑在大學教書，分析批評之餘不忘「說教」。例如〈不想再猜下去了——讀鍾偉民的《春天》〉，開宗明義反對晦澀的詩篇，行文遣詞比較激烈和嚴厲，可是只是說出了主張，卻不能清楚講

4. 〈秀美型的抒情詩人——讀鄭鏡明詩集《雁》札記〉，《香港文學初探》，頁132。

明其中的理據所在。黃維樑說：「這首詩我已讀了幾遍，我的耐性到此為止，不想再鑽、再猜下去了。」（p.137）看來未免有點意氣用事，難以令晚輩心服。其實世間很多事情的趣味就在「猜」之中，意在言外，有時也要考考讀者的智慧和創意才行，耐心發掘「新」的感覺。〈馴悍說——建立新詩的尊嚴〉指出青年朋友在新詩寫作課程上的明顯缺失，例如極端個人、人稱錯雜、喧賓奪主、浮濫不實、亂鑄新詞、任意分行、蠻不講理七項，都是當日學員的病例，希望撥亂反正，訂出新詩的規範。（p. 138-150）不過，黃維樑對前輩的批評有時也是不留情面，十分嚴厲的，例如評徐速的《星星、月亮、太陽》「情節愈湊巧，悲劇的成份卻愈稀薄了」；（p.205）評司馬長風則指出對《中國新文學史》的失望，舉出了「準的無依，雜亂無章」、「對《沈淪》的讚美貽笑大方」、「前言不對後語」、「輕率急就之風不可長」四項，（p. 284-294）端正學風，立場明確，其實總比虛假奉承的好。因此，黃維樑在罵過郁達夫（1896-1945）「《沈淪》那樣拙劣不通的文字，竟得到這番誇讚，真是荒謬絕倫了」之後，（p.287）還大筆一揮，診斷《沈淪》文字上的毛病，動手改文了。對西西的《我城》也是一樣，指出結構和文字上的不足之處，必須改正，不能以個人風格為託詞，掩飾錯誤。黃維樑說：「我向來堅信，文字清通無礙於作品風格的多采多姿，對這類辯護大大不以為然。作品的風格由多種因素形成，不清不通的文字是作品的負累，怎能算是風格。」（p.253）

　　黃維樑也很重視理論建設，很多時都在有意無意之間明確揭

示了他的主張。例如文學上通俗和高雅之別，「大體來說，通俗小說的特色，是重視情節的離奇曲折，使讀者有『追』下去的興趣。故事追完了，時間消磨掉了，讀者也就滿足了。一般通俗小說的文字都不講究比喻、象徵、韻律、細節的選擇、敍事觀點的運用，都不在考慮範圍之內。通俗作品所忽視的，正是高雅作品所重視的。」（p.13）這樣說可以讓讀者知所選擇，提升閱讀的品味。此外，黃維樑也不厭其煩地講解現代小說的藝術特點，例如心理分析學、意識流、圓型和扁型人物論、敍事手法、形象思維等術語的含義。「總括來說，現代批評家對小說的看法是：人物性格複雜多於單純，小說家要能夠深入透視人物的內心世界。他要選擇最適當的觀點，盡可能以具體呈現的手法，去創作他的小說。當然，物極必反，過份強調內心，過份倚重意識流，會使作品晦澀難讀，許多數十年前的前衞小說，已遭受淘汰了。」[5.] 這些論點，無論對於作者、讀者，以至文學批評諸方面，都有很好的指導意義，值得參考。至於修辭上清通與多姿之說，更是貫通全書，而成為黃維樑檢視作者語文能力的最高指標了，具有很大的約束力量，顯出批評的理性。[6.]

　　有時黃維樑的理論也會流於主觀，似是而非，有待斟酌討論。例如他說：「如果要提高香港雜文的質素，則作家減產、稿

---

5. 〈香港小市民的故事——讀《大拇指小說選》〉，《香港文學初探》，頁 227。
6. 〈生氣勃勃：一九八二年的香港文學〉云：「我一向認為，好的文學作品，至少要做到：文字清通，技巧純熟；反映的現實人生合情合理，通達可信。至於想像豐富、技巧卓越、開創新境的，那是傑作了。」《香港文學初探》，頁 40。

費增加、篇幅長短有彈性，是必須的條件。」（p.185）其實這些條件都不見得完全可行，作家意有所鬱結，不得不發；或是靈感所至，下筆不能自休，自然就會有好作品面世了。作品的素質跟這些外在的條件沒有必然的關係。通常有寫作經驗的人都會明白，減產不一定優於多產，寫得慢不見得就比寫得快好。稿費可以買到行貨，不見得就是不朽的好作品。篇幅長短有彈性固然輕鬆自在，但在有限的空間中戴著腳鐐跳舞，因難見巧，因巧見意，也不見得完全是壞事。須知道，藝術表演往往都要在適度的規範之中，始能盡顯美態。

雲煙過眼，芳草綠茵：香港文學活動紀實

香港的寫作人前仆後繼，但很多作品都像曇花一現似的，出版過後，很快就星沈影寂，消失得無影無蹤的。除了名家大家的作品可以不斷在市場流轉及購買之外，很多作品有時還擠不進書局待售，等候他的讀者。當然，這是市場規律的必然現象，書局也要保障自我的生存空間，不能長期賠錢的，必須選擇好賣的書來擺放。文學作品相對受到冷落，生意不多，只能自生自滅，自然流轉。

許定銘《香港文學醉一生一世》[1]，「醉」指情有獨鍾，而「一生一世」語帶雙關，既是個人愛尚，終身不言悔，同時也是專指書中所收的多是 2013、2014 的作品而言。本書專談香港文學，這是近年比較熱門的話題。書中內容豐富，幾乎包括香港文學的方方面面，上天落地，無所不談，亦無不精到，閱後眼界大開，畢竟不愧「書神」的稱號，令人佩服。

作者乃愛書之人，常用筆名陶俊、苗痕、午言、向河等，最特別的還是別號醉書、醉書室主人，許定銘對書的癖好，亦可謂不言而喻了。嘗著《舊書刊摭拾》、《醉書閒話》、《醉書室談書論人》、《醉書隨筆》、《醉書札記》等，因此在這個穩固的地基上再起高樓，遠近兼眺，一覽無遺，自然雲煙過眼，芳草綠茵，風光

---

1. 許定銘（1947-）著：《香港文學醉一生一世》（香港：練習文化實驗室，2016 年 4 月）。

無限，叫人陶陶欲醉了。

　　作者不是一般定義的讀書人，或藏書人，而是集買、賣、藏、編、讀、寫、教、出版八種書事於一身，交遊廣闊，眼界亦高。在千帆過盡之後，寫出了這部著作，自然也可以算作香港文學的活動紀實，同時也具有文學史的身分，甚至是一本別開生面的文學史著作了。書中作者曾經提到謝常青、王劍叢（1939- ）、劉登翰（1937- ）、潘亞暾（1931- ）、古遠清（1941- ）、施建偉（1939- ）、袁良駿（1936- ）等七部香港文學史的著作，都是大陸學者九十年代的專著，缺乏親身經歷，「單靠紙上記錄，很多重點都弄錯了」（p.149），並不滿意。因此《香港文學醉一生一世》表現一種全新的書寫方式，就是作者以四十年訪書讀書的經驗印證香港文學的前世今生，很多隱沒已久的資料浮現出來，自然也就訂正過去許多未經考證，以訛傳訛的說法了。作者甚至很自負的總結說：「要做作家研究，一定要讀原版書，要讀原版書，不是跑圖書館，而是逛舊書店，往書堆裏鑽，因為那些珍貴的絕版書，是圖書館也沒有的。」（p.13）我不敢否定作者個人的訪書體驗，可是有點誇張失實。過去香港圖書館限於人力物力，固有不足之處，藏書不夠多。但近年來香港幾個大學的圖書館及中央圖書館等，早已急起直追，擴大香港文學的藏書量，加上私人捐獻，應該是相當豐盛的，所以香港文學研究的風氣也盛，成果亦多。其實六十、七十年代以後，戰亂動蕩的陰影逐漸淡出，舊書店的珍品買少見少，加上私人藏書難以保存，易聚易散，最後也是難以永久擁有的。書，除了被毀滅之外，總得有一個歸宿。讀書人跟書有緣而

聚，也是一種福分吧。總之，新書店、舊書店跟圖書館多途徑配合，擴大視野範圍，我們才能親炙不同的好書，廣結書緣，現在圖書館的珍藏確實十分豐富，不宜等閒視之。

在〈埋首書堆六十年〉（代序）中，作者提到很多的舊書店，「然後是洗衣街的新亞，西洋菜街的實用，廟街大李和小李的半邊鋪和街邊檔，再過去是中環的神州，荷里活道的康記，天樂里的德記，軒尼詩道的三益和陶齋……啊，還有全九龍搬來搬去的何老大的『書山』……那年代的舊書店一口氣數不完。」（p.13）另外，在〈「二樓」書店〉中，作者首先提到上海印書館，次為南天、寰球、廣華、文藝書屋、傳達書屋，加上七十年代的田園、新亞、南山書屋、正心書局、波文書店、一山書屋、青文、陶齋、創作書社等，十分熱鬧，也就組成舊日香港文學獨特的風景線，令人懷念。加上新亞書店「每年辦三次舊書拍賣會，每次成交過百萬」（p.40），娓娓而談，也還是說不完的令人振奮的故事。

作者在買書、賣書、寫作、讀書的過程中自然也結交了不少作家或文化人，本書首篇〈靖笙不是黃韶生〉即訂正方寬烈（1925-2013）整理筆名的錯誤。原來黃韶生（1944-）的筆名是白勻、黃濟泓（p.128）、黃星文、黃龍生和牛支，他們是在大坑東協同中學認識的。而黃德偉（1946-）的筆名才是靖笙、文初。這兩位都是作者熟悉的朋友，也就一一訂正了。此外，在六十年代初期，他住在深水埗蘇屋村，每晚都會到李鄭屋村的社區圖書館去看書，有一天在簽名時就認識了吳萱人，兩個愛書的少年成為好友。（p.50）其他先後提到的文友還有柯振中（小清江，?-

2018）、張振翱（張錯、翱翱，1943-）、馬輝洪、盧文敏（1939-
）、慕容羽軍（1925-2013）和他的夫人雲碧琳（1934-）等。

　　作者在〈組文社的青葱歲月〉中也談到六十年代香港青年組
織文社的情況，交流寫作心得，出版刊物，舉辦文學講座和研討
會，活躍的文社超過二百家，文友逾千，出版的社刊在百種以上。
其中組織完善的大文社，有阡陌、同學文集、風雨、晨風、芷蘭、
藍馬等，甚至還出現聯合組織「文社線」。例如作者曾與龍人、白
勺、卡門、羈魂（胡國賢，1940-）、易牧（易其焯、易德傳）、蘆
葦七人合組藍馬現代文學社、出版合集《戮象》及純文學期刊《藍
馬季》三期。當時其他文社的鉛印刊物尚有《風雨藝林》、《晨風
藝圃》、《蒲公英》、《芷蘭》、《金線》等。《金線》創刊號（1965.6）
由香港中文大學的學生籌辦，是一份純文學理論及評論的刊物，
但一出版即遭校方查禁，原因何在？實在耐人尋味。（p.64）這些
刊物培養了香港文學中很多名人，如柯振中、水禾田（1946-）、
黃仲鳴等。其後作者還列出一份名單，指出五十年代組織文社的，
有唐文標（1936-1985）、崑南（1935-）、黃俊東、馮兆榮（1941-）、
蔡炎培（1935-2021）、蔡浩泉（1939-2000）、夕陽、紅葉、柏雄、
蘆荻（方榮焯，1940-2010?）、林蔭（1936-2011）、幻影。六十
年代有羊城、古蒼梧（1945-2022）、也斯（1949-2013）、黃國彬
（1946-）、尚木、馬覺（1943-2018）、蘇賡哲、柯振中、黃仲鳴、
水禾田、吳昊（1948-2013）、吳萱人、潘耀明（1948-）、葉積奇、
邱立本（1950-）、羈魂、路雅（龐繼民）、陳浩泉（1949-）等，很
多人早已脫穎而出，亦可見一時盛況了。（p.68）

此外作者提到彭歌（姚朋，1926- ）等著的《道南橋下》（香港中外畫報社，1960 年），這是一本港臺作家的八人合集，收錄郭衣洞（柏楊，1920-2008）〈夾河〉等作品，其中趙滋蕃（1924-1986）〈被埋葬的喜劇〉、徐速（1924-1981）〈十誡〉、劉以鬯（1918-2018）〈土橋頭〉三篇乃香港作家。劉以鬯在新加坡住過，小說中用了頭家、則知鑭、五塊六、南干巴刹、老虎紙、打限房、小坡大坡等十七個新加坡當地詞語，富有地方特色。（p.75）

七十年代《小草叢刊》十四種，其中司馬長風（1920-1980）《唯情論者的獨白》（1972）有一篇〈冬令營群像〉（1961.12）寫到張愛倫（西西，1937- ）、霍韜晦（1940-2018）等初露頭角的文藝青年，也是辯論比賽的高手。蔣芸（1944- ）《一百二十個女人》（1972,1974），細膩而有深度，各有不同的感受。（p.79,80）

在〈孤本文學副刊〉中，作者提到《文庫》（1931-32）合訂本，這是香港《工商日報》文學副刊。其中有香港第一代新文學作家魯衡、黎學賢和「島上社」成員陳靈谷（黃六平、向夏）等。內地作家則有羅西（1908-2000），即歐陽山，其後以《一代風流》五部曲而聲名大噪。而麗尼（1909-1968）則在《文庫》譯過〈梅特林克論現代戲劇〉。（p.83）

許定銘在拍賣會上搶拍得李雨生主編香港《水星》雜誌，李雨生在香港寫小說時常用的筆名路易士。總第六期（1965.4）署名施仁〈夢尋三十年前〉，憶念北平《水星》，其實也就是曹聚仁（1900-1972）的筆名。香港《水星》（1964.10-1965.11）出九期，

經營情況十分困難，一直都在掙扎之中，那是香港文化的悲哀。
（p.135）

《文學報》（1970-1971.10）創刊時的主編是曾任《當代文藝》
編輯的非夢和梁從斌，出完第六期，加入柯振中及賴漢初作編委。
後來柯振中的樂加傳播公司接手，由第十一期起任主編，革新出
版，出至第十五期。末代主編柯振中將《文學報》分成一至六期、
七至十期及十一至十五期三個時段。林真（1931-2014）是知名的
相學家，他的〈曹聚仁筆下的色情文學〉分三期刊出，以近兩萬
字去分析曹聚仁的《秦淮感舊錄》。其後還引得曹聚仁在謝世半
年前（1972年春天），寄來了回應的文章數編，直到2004年3月，
柯振中把曹文〈談情愛描寫説──簷下〉（包括一談、續談及三
談）並引言詳述事情發展始末，於總第三十六期《文學世紀》發
表，作為對林真批評的回應。（p.145）許定銘統計香港雜誌的命
運：

> 凡以「文學」當重點雜誌，若背後沒有大財團或
> 政治背景的，大多悲劇收場，請看：雲碧琳的
> 《文藝季》（1962-1963）出了三期、李雨生的
> 《水星》（1964-1965）九期、幻影的《小說文藝》
> （1965-1966）五期、李怡的《文藝伴侶》（1966）
> 四期、劉一波的《新作品雙月刊》（1966-1967）
> 三期，王子沐的《文藝季刊》（1968-1969）兩期。
> （p.146）

野火燒不盡，換一個名字而已。面對香港文學雜誌的困境，許定銘感慨良多，並在柯振中的〈編餘漫筆〉後論云：

> 好一句「明知不可為的事也去為」，這種年輕時代才有的傻勁，近五十年後回顧，會不會後悔？恐怕如再有機會，他們仍會再拼一次！今天的香港，純文學表面發展得蓬蓬勃勃，不少文學期刊連續出版了多年，不過，如果沒有了背後的支持，不知哪種還會自己辦下去？（p.147）

現代社會的資源比較豐富，而且還有一些可供申請資助的門徑，相對於過往草萊荒闢的年代，憑著一份信念，從無到有，文學就是這樣建立起來的，大家都有創業的鴻圖，雖然辛苦，總是值得的。

在《香港文學醉一生一世》書中，許定銘通過二十年代中期的《大光報》、《循環日報》、《大同日報》和《華僑日報》等的白話文藝副刊，出現第一批新文學作家侶倫（1911-1988）、望雲（1910-1959）、傑克（黃天石，1898-1983）、謝晨光、侯汝華（1910-1938）、劉火子（1911-1990）等，刊印不少單行本，也辦過《島上》、《紅豆》、《伴侶》等新文學雜誌。至於三十年代作家，則有望雲、李育中（1911-2013）、易椿年（1915-1937）、龍秀實、杜格靈（?-1992）等，都是當年重要的作家，對香港文壇貢獻亦大。其後還以專文談到當時很多名家大家，包括劉火子、林蔭（1936-2011）、海辛（1930-2011）、盧因（1935-）、蕭桐（1929-

1995）、劉以鬯（1918-2018）、何達（1915-1994.1.22）、梅漂（一葉、梁良伊，1925-1995）、高旅（1918-1997）、蘆荻（方榮焯，1940-2010?）、陳蘆荻（1912-1994）、慕容羽軍（夏敏芙，1925-2013）、侶倫等，考證亦多，辨析各方面的史料，似乎有意建構現代香港文學史。

劉火子原名劉培燊，生於香港，只接受過很基本的學校教育，他1932年開始寫作，出過詩集《不死的榮譽》（香港微光出版社，1940）。1934年起參加「島上社」的文學活動，創辦《今日詩歌》，編輯《大眾日報》的文藝副刊，到四十歲後才轉到內地生活。（劉麗北《紋身的牆——劉火子詩歌賞評》，p.151）

林蔭原名林志英，1957年從廣州來香港，從事建築行業工作，餘暇開始寫作。厭倦了都市奇情小說後，林蔭開始構思的「香港地方故事」，先後寫出了長篇《鍍金鳥》（1989）、《九龍城寨煙雲》（1996）、《日落調景嶺》（2007）、《硝煙歲月》（2009）等，大都是晚年的作品。其實他不單參加過六十年代《向日葵》（1960）、《綠夢》（1963）青年合集的出版，還在1968、1969年間出過《昨夜的星辰》、《能言鳥》、《晴朗的一天》三本《環球文庫》的四毫子小說。《向日葵》是五十年代青年文集中水平最高的，作者有潘兆賢（1935-2019）、盧柏棠（1936-）、滄海、林蔭、陳其滔、玉笛子、鐵輝、吳天寶、新潮、羅匯靈、蘆荻、古樸、諸兆培、子匡十四人。《綠夢》收集了「阡陌文社」社友及《中國學生周報》上年輕人作品，有岑仲良、野望、于翎、童常（趙國雄，1939-1966）、黃懷雲、蘆荻、徐夜郊、羊城、王憲陽、畢靈等。

（p.154）又《荒原喬木》（1963）亦收陳馳騁、林蔭、于翎、野望、李廬頤、許定銘、童常、草川、馬覺、羊城等十九篇作品，活動範圍相當廣泛。（p.225）

梅漂（1925-1995）從 1958 至 1967 年間長期在《新晚報》撰寫長篇小說《囡囡》、《遲來的春天》、《霧散了的時候》、《秋雨春心》、《霧裏情天》、《高處不勝寒》、《夜長人奈何》、《蜆蚧小姐》、《南燕迷船》、《苦果》、《漩流》、《飛夢天涯》等十二種作品。結果作者考證出梅漂另有筆名一葉，是旅法本港名作家高潔（1947-）的母親梁良伊，七十年代還在香港出版過《西南千里行》、《桂黔路上雜憶》、《花葉絮語》等雜記或散文集。（p.210）

署名夏敏芙「小姐」在六十年代先後創作了《膽怯的模特兒》（1963）及《情潮》（1964），深受《文藝季》編者雲碧琳（1934-）及專欄作家十三妹的稱賞，後來還擴充成超過十萬字的長篇《情潮》（1971），一再的改寫，原來真正的作者竟然就是慕容羽軍（1925-2013）。許定銘偏嗜考訂，也就把整個過程的來龍去脈摹寫出來，竟是「以徐訏作假想敵，刻意寫的異國情調」（p.253），富有懸疑效果。

作者專研侶倫，本書共收相關的論文八篇，份量極重，考證不同的問題。例如〈以麗沙白〉（1928.1）發表在葉靈鳳（1904-1975）在上海主編的《現代小說》，情慾的刻劃相當露骨，作者認為是受了章衣萍（1902-1946）《情書一束》（1926）所影響，（p.301,303）其實郁達夫（1896-1945）的《沈淪》（1921）已有

很多情慾的描寫，並一舉成名，而這自然也是當時現代小說常見的情節組成部分。此外作者又考證出侶倫島上社的通訊處：香港九龍城西貢道五十一號三樓，還有徐悲鴻（1895-1953）為題「向水屋」橫額。（p.258）《紅茶》（1935）是侶倫的第一本書。他的妹夫江河（1916-2006）在〈林風與林鳳〉中談到侶倫與郭林鳳（葉靈鳳的離婚妻子）一段情誼，並指出《紅茶》中有很多篇都是寫林鳳的。二十年後還把書中近十篇充滿情意的散文重寫收進《落花》一書中，對這段情念念不忘，反映侶倫「內心的鬱結」。（p.316）

　　許定銘熱愛考證，有時難免也會有些疏漏。例如張向天《嶺外集》，「一般中國文人談嶺，多指秦嶺」，「秦嶺以北就叫嶺北或嶺外，秦嶺以南就叫嶺南或嶺內」。（p.91）他的解釋可能有些牽強，其實根據作者的兩段引文，丙公除了一度在香港生活外，而《嶺外集》所寫的，全是戰時粵西的生活和風光。那麼嶺外就是嶺南，不必牽扯到秦嶺，未免太遠了。

> 丙公是東北人，畢業於掛「米」字旗的教會學校，一九三三年入關，居於北平。七七事變後，輾轉流亡南下香港，卜居九龍城，執教鞭謀生，以「張春風」筆名寫作。太平洋戰事爆發，丙公攜家眷一家四口，旅居粵西化州、高州、信宜、中垌等地。戰後一九四六年回港，仍住九龍城寨側。
> 　（p.91）

丙公的《嶺外集》收雜文近七十篇，主要寫他
一九四二至四五那幾年在粵西教書的生活：無論
記旅途跋涉、生活苦況、風俗、特產……，不單
描述清晰，還愛引經據典考證，引用古人詩歌並
用心注釋，足見他學識淵博，下筆細緻謹慎。
　（p.92）

　又如深水埗的「埗」字，即是「步」，「在舊日是埠頭、碼頭，
可供停船泊舟，上落客貨之地也。」（p.93）解釋沒錯，其實「埗」
即「埠」字，普通話音（bù），亦可為證。其他「縱觀」當為「綜觀」
（p.35）、「放半年價返香港玩玩」（p.57），「價」當為「假」，顯
屬錯字。

香港文學「史」的氣派

　　馮偉才精研香港文學，選編《香港短篇小説選（五十至六十年代）》；三聯版《香港短篇小説選 1984-1985》、《香港短篇小説選 1986-1988》、《香港短篇小説選 2011-2012》；天地版《香港短篇小説選（1970 年代）》；《香港文學大系·小説卷（五十年代 1）》等。至於怎樣閱讀小説作品呢？馮偉才認為：「小説作者如何思考？如何寫？或如何取材？都跟他所處的時代和社會有絕對的關係。」陳子善（1948-）〈《香港文學半生緣》序〉亦云：「馮兄具有寬廣的學術視野，研究香港文學不是孤立地看待香港文學，而是既以香港為本位，又能從內地、香港和臺灣三地互動的視角出發考察和評論，再加上他能熟練地運用場域理論、後殖民理論等新的研究方法，所以能自成一家之言。」

　　《香港文學半生緣》[1] 一書，收錄 23 篇。第一輯是一系列的專論，第二輯多屬讀書筆記。第一輯以小説專論為主，介紹五十、六十以至七十年代重要的作家作品，很多篇還是有分量的論文；第二輯析論各家作品，揭示藝術特色。合起來也就構成了香港小説史的藍本，掌握了其中的重點部分，娓娓道來，把讀者帶入宇宙洪荒、開天闢地的小説世界裏去，內容豐富，多姿多采，其實也就是筆路藍縷的學習過程，舊曲重溫，踽踽獨行，矜鍊文

---

1. 馮偉才（1952-）著：《香港文學半生緣》（香港：初文出版社有限公司，2021 年 10 月）。

華，得來不易。

《香港文學半生緣》第一輯收錄論文 12 篇，偏重介紹小說作品，可以說是重中之重。首篇〈中國新文學作品香港鈎沈〉從 1919 年五四運動開始，逐漸蔓延、滲透，攻陷香港傳統的文言壁壘，以及在三十年代緩慢成長的歷程。例如 1924 年羅澧銘（1903-1968）編輯的《小說星期刊》，兩年共出二十四期，開始時都是寫鴛鴦蝴蝶派的文言作品，其後即引入胡適（1891-1962）的白話詩及許夢留的評論，探討新詩。馮偉才認為「新文學書刊在香港成為閱讀主流，仍是要等到 1927 年魯迅到香港演講後才正式發生。被視為香港文學第一燕的《伴侶》創刊於 1928 年，但早期這是一本綜合刊物，文學創作所佔篇幅不多，而裏面刊載侶倫白話文小說，已開始受到讀者注意。其後的文學刊物，如《鐵馬》、《紅豆》等，基本上都是新文學作品。而一些新文學作品名字，如黃天石、張吻冰、侶倫、謝晨光、龍秀實、黃谷柳等開始為人注意。」其後 1935 年，許地山（1893-1941）來港擔任香港大學文學院主任教授，更為香港新文學做了很好的散播工作。香港作家如侶倫（1911-1988）、李育中（1911-2013）和後來的舒巷城（1921-1999）、海辛（1930-2011）、林煥平（1911-2000）、章乃器（1897-1977）、侯外廬（1903-1987）、鄧初民（1889-1981）等，分別通過出版、售賣和傳授的方式，不斷散播新文學的火種。直至 1967 年，李輝英（1911-1991）在香港中文大學聯合書院開了一門「中國現代文學史」的課程，才開始進入學界的視野，加速推動現代文學的研究和發展。後來碰上大陸文革，香港反而成為

出版新文學的重鎮，有世界出版社、未名書屋、波文書局、創作書社等，興起了全方位的翻印市場，同時也帶動了香港新文學作品的蓬勃發展。

〈《蝦球傳》，現實主義及其他〉，《蝦球傳》在《華商報》連載，正是香港戰後的重整階段，可以視為四十年代香港文學的代表作，仿效當時報章流行的章回小說寫法，每天都有一個令讀者期待的結尾，亦可謂之通俗文學。「首先是因為它的語言生活化，結構簡單直接，除了一些地方套用了電影蒙太奇技巧外，整篇小說寫法是典型的現實主義風格。」

〈《香港文學大系 1950-1969·小說卷一》編選導言〉吸納英華，從五十、六十年代的文藝刊物中選出四十一個短篇，其中十四篇可稱作左派作家作品，另外二十七篇則出自右派或中間偏右刊物上。主要作品有張初（1926-2022）〈莫強求〉、琳清（卓琳清、容穎、楊柳風）〈「皇后」失身記〉、鄭辛雄（海辛，1930-2011）〈兩個秤鉈〉、黃如卉〈小樓昨夜又東風〉、阮郎〈爸爸忙得很〉、高旅（1818-1997）〈家庭教師〉、夏易（陳絢文，1922-）〈不可告人的事〉、李陽〈我要縱聲大笑〉、藝莎（譚秀牧，1933）〈同情〉、水之音〈海上的故事〉、公孫亮〈怪石〉、舒巷城（1921-1999）〈鯉魚門的霧〉、葉靈鳳（1904-1975）〈釵頭鳳〉。[左傾]／費力（孫述宇，1934-）〈埋兒〉、百木（力匡，1927-1991））〈潘杜拉的箱子〉、雲碧琳（1934-）〈燕窩〉、姚拓（1922-2009）〈仇恨〉、黃崖（1931/2-1992）〈霧〉、齊桓（孫述憲，1930-2018）〈擺渡〉、黃思村（黃思騁，1919-1984）〈水管匠的符咒〉、桑簡

流（1921-2007）〈雪葬〉、歐陽天（鄺蔭泉，1918-1995）〈復活〉、徐速（1924-1981）〈第一片落葉〉、李素（李素英，1910-1986）〈雪夜〉、岳騫（何家驊，1922-）〈在洞庭湖上〉、蕭安宇（馬彬、南宮搏，1924-1983）〈前塵〉、敬羲（王敬羲，1933-2008）〈雨夜〉、陸文妤（陸離，1938-）〈小妮〉、梓人〈一天〉。［右傾］／徐訏（1908-1980）〈心病〉、沙千夢〈未完成的心願〉、馬朗（1933-）〈太陽下的街〉、盧因（1935-）〈餘溫〉、李維陵（1920-2009）〈火焰〉、崑南（1935-）〈海岸線上〉、周石〈刺客〉、劉以鬯（1918-2018）〈黑白蝴蝶〉、顏無代〈吉爾瑪斯咖啡室的故事〉、唐舟〈女體〉、陳嘉毅〈苦況〉。［現代主義］／通過以上左傾、右傾及現代主義三大流派的作家作品的名單中，可以讓我們輕易地掌握早期小說的基本面貌。

〈張愛玲《秧歌》中英文版的出版及翻譯〉，牽涉張愛玲（1920-1995）來港、香港美國新聞處、美元［援］文學等問題。馮偉才化身為私家偵探，多方打聽，也揭解了很多疑團，按圖索驥，還原若干真相，生動有趣。「很明顯，連《異鄉記》在內的三個版本，按先後次序，應是先有《異鄉記》的筆記，然後《秧歌》中文版，再翻成英文，放進《秧歌》英文版。」「但當年美新處沒有出版英文著作的任務，只有譯書計劃，由英文翻中文。於是，作為翻譯部門主管和今日世界社負責人，宋淇以譯書計劃幫助張愛玲。而英文版的出版，則由麥卡錫介紹一個經紀人給她，最後《秧歌》英文版獲出版社接納。這樣，張愛玲《秧歌》中英兩個版本並行著，中文版一邊在《今日世界》連載，一邊把寫好的英

文版給美國那邊。可是，中間進展不大順利，美國方面認為《秧歌》作為長篇小說，篇幅規模不合規格，要求張多寫兩三章，因此，中文版《秧歌》在香港連載發表以至出了書，英文版還沒出來。這便造成了，美新處的譯書計劃中，唯一一本先有譯本才出原著的奇怪結果。」

　　五十年代香港文學左右對立，加上美國圍堵紅色政權，灌進大筆美元資助亞洲出版社等，吸納大批南來文人，推動反共文學。〈從布爾迪厄（Pierre Bourdieu）的場域理論看《半下流社會》的藝術成就和政治信息〉一文也就認真刻劃了當時的社會現實。趙滋蕃（1924-1986）《半下流社會》出版於 1953 年，摹寫居於調景嶺難民營文化人的生活場景，「趙滋蕃所擅長的，是景物觀察與描寫，對於人物設計和造形，則流於臉譜化。而在作品中加上許多的政治口號和激昂慷慨的言詞，卻是整部小說的敗筆。」「小說中的政治信息，除了反共和復國之外，也還有作者感受頗深的內鬥。當時臺灣的蔣介石聽說有人在香港搞第三勢力，並且獲得美國人的支持，於是派出香港的特務多番打聽。」「文學作品作為文化資本，與經濟資本或政治資本處於衝突的過程中，除非像前述的較強的自主性的文化資本對抗經濟資本，否則便處於附屬位置，像坊間的通俗文學的市場一樣，創作目的就是符合市場需要。」因此也就見證了五十年代的美元資本怎樣影響到趙滋蕃的創作。

　　此外〈從曹聚仁作品看冷戰時期（五十年代）的香港文壇〉也是有趣的研究課題。1950 年，曹聚仁（1900-1972）南來香港，

進了《星島日報》當主筆，後來又被新加坡《南洋商報》聘為主
筆。1959 年與林靄民（1906-1964）創辦《循環日報》、《循環午
報》和《循環晚報》，最後三報又合併為《正午報》。六十年代中
期至 1972 逝世，基本都是在貧病交逼中渡過。曹聚仁在冷戰氣
氛下左右兩面不討好，搞得香港文壇滿城風雨。此外又多次北上，
也帶來了很多批評和攻擊的聲音。曹聚仁指出香港在美元文化的
支援下，出版了很多「反共八股」的書刊，有亞洲出版社、友聯
出版社、美國新聞處。「至於以《國史大綱》為人注目的國學大師
錢穆，曹聚仁推崇他的這部傑作，但認為他在香港為國民黨ＣＣ
系寫的《文化學大義》、《中國社會演變》都是反共八股，是『立
場全坍，無以自持其論了』。」此外杜威（John Dewey，1859-
1952）、胡適等在美國也搞了一個基金會，接濟香港文化人。
「真正得到救濟的，還是鑽石山派的文人，以丁為首的編譯組，
左、易都曾領了一千二百元至一千五百元的每月辦公費，以錢為
首的研究組，簡、劉、衞等七人，都按月領了九百元研究費，其
他則收了五十種以上的稿子，出版了十多種新書。」「曹聚仁雖
沒有寫出全名，但今天我們都知道，那些文人是丁文江、左舜生
（1893-1969）、易君左（1899-1972）、錢穆（1895-1990）等人，
當時他們是在為臺灣工作，因此也就有份領救濟了。」

〈如果《酒徒》是一篇論文〉富有創意，馮偉才專門掇拾劉以
鬯書中的論點，可以反映香港五十年代的文化環境及劉以鬯的小
說創作論。例如新詩難懂的問題，劉以鬯論云：「內心世界是一
個極其混亂的世界，因此，詩人在答覆外在壓力時，用文字表現

出來，也往往是混亂的，難懂的，甚至不易理喻的。詩人具有選擇的自由。他可以選擇自己的語言。那種語言，即使不被讀者所接受；或者讓讀者產生了另外一種解釋，都不能算是問題。事實上，詩的基本原理之一，就是讓每一位讀者對某一首詩選擇其自己的理會與體會。」看來也是很精闢的論斷。馮偉才說：「把上面小說人物的觀點，對照劉以鬯在上世紀八十年代後在一些文學會議上發表的論文，可看出其相似性。」

〈在歷史的空間中對話——走進《香港文化眾聲道》的歷史空間〉，提到了口述歷史與對話理論、對話尋求理解、通向理解真相的途徑、亞洲基金會與香港等。「今天透過《香港文化眾聲道》，讓我們逐漸接近真相，實在非常有意義。然而，筆者仍然期待，該書的訪問者能夠繼續下去，把一些還沒知道的真相公諸於眾。例如，友聯高層在接受訪問時，沒有人能道出美援的數目實是可惜。可以想像，能夠在香港開印刷廠，在馬來西亞買地，或其他的活動經費，在當時看來不會是一筆小數目。」

〈從《〈香港文學〉筆記選》第五輯——管窺香港文學的現代主義與現實主義〉，此篇的討論對象包括葉維廉（1937-）、也斯（1949-2013）、西西（1937-）、侶倫（1911-1988）、舒巷城、崑南、劉以鬯、黃繼持（1938-2002）、羅貴祥、林夕（1961-）、黎翠華（1958-）、陶然（1943-2019）等。

〈七十年代香港青年作家群像〉，有西西與也斯——由《中國學生周報》至《四季》、《大拇指》與《素葉》；溫健騮（1944-1976）

與古蒼梧（1945-2022）——由《盤古》、《詩作坊》到《文美》、《八方》；以及寫詩的青年作家群、寫小說的青年作家群、左派刊物的青年作家群等不同的文學群體。

〈回歸・後殖民・香港小說〉，討論對象包括也斯《後殖民食物與愛情》與文化混雜雜、陳冠中（1952-）《金都茶餐廳》的地道香港語境、董啟章（1967-）《地圖集》的香港身分故事、後殖民香港的創作與評論。

〈忠誠的代價——《羅孚卷》導言〉，「他對那些〔葉靈鳳、胡風、劉賓雁〕等不及平反就受盡屈辱折磨而死的朋友長輩寄予無限的悲情與唏噓；對那些即使平反了，精神和生活上都不能回復常態者感到傷痛。那些人大都是他的朋友，或者是他一向仰慕的中國著名的知識分子。他們把青春和理想都奉獻給那個許諾給人們烏托邦的中國共產黨——這裏面當然有一個叫羅承勳的年輕人。他十七歲就追隨共產黨，其後更成為其中一分子，即使後來被指叛國而被開除黨籍，他仍然以黨員的大度來評說那個給他帶來苦難的中國共產黨。」「在他被騙去北京開會之前，就曾經跟我談起過辦一本香港文學雜誌的事。他說初步屬意於古兆申（古蒼梧）當主編。我當時不知道他是否找過古兆申談及此事。但很顯然的。如果他沒有出事，而那本雜誌就是傳說中的《香港文學》的話，那末當時未必由曾敏之主理，劉以鬯也未必會成為《香港文學》主編，而香港文學史也有可能出現不同的面貌。」

通過以上 12 篇的重點介紹，可以反映五十年代香港文壇的面相，提到的主要作家有黃谷柳（1908-1977）、張愛玲、趙滋蕃、曹聚仁、劉以鬯、羅孚（1921-2014）等，都帶有明顯的政治色彩，左右分明，可是卻在香港的文壇中融為一體，創出本土特色。其他還有由五十年代延伸到七十、八十年代以至回歸前夕香港文壇的發展狀態，以及場域理論、後殖民理論等深入探索，熱鬧多姿。

第二輯隨筆短論 11 篇，析論名家名作，相對來說花絮翩飛，也是輕鬆的小品。「本書第二輯，除最後三篇外，基本上都是我在編香港文學大系‧小說卷（五十年代 1）》時所寫的筆記。……主要是希望透過介紹，讀者可從中發現作者風格及其寫作優點。」例如舒巷城〈《鯉魚門的霧》的渡頭與《太陽下山了》的月亮〉、〈浪漫的理想主義——馬朗的《太陽下的街》〉、〈從《火焰》看李維陵創作火焰〉、〈香港故事憑誰說——阮朗的香港故事〉[〈憾〉]、〈從張初工人文學《莫強求》的本土性看文學思潮對香港文學創作的影響〉、〈從短篇《一天》和《長廊的短調》看梓人早期作品的文字魅力和詩意風格〉、〈一篇懺悔意識的小說？——葉靈鳳為甚麼寫《釵頭鳳》〉、〈盧文敏的「純文學」短篇小說——《悶雷》序言〉、〈戴天和他的詩（斷想）〉[〈石頭記〉、〈擬訪古行〉]、〈評也斯《香港文化空間與文學》〉、〈我所知道也斯的文學觀〉等。討論舒巷城、馬朗、李維陵、阮朗、張初、梓人、葉靈鳳、盧文敏（1939-）、戴天（1935-2021）、也斯等十家。詮釋不同的風格流派，深入細緻，顯出多元與包容，自然也是馮偉才「半生緣」的豐碩成果，甚至表現「史」的氣派了。

香港文壇話舊

　　《翁靈文訪談集》[1.]是作者訪談當代名流的記錄。內容豐富，質量亦高，反映社會的不同面相，展示當代香港文化人的專業成就及生活狀況，生動活潑，多采多姿，且文人各具癖好，饒有趣味。

　　本書收錄翁靈文過去在香港期刊上的撰文，共二十七篇。〈目錄〉遺漏了〈吳其敏腹有詩書氣自華〉一篇。根據作者的著錄，其中發表在《明報月刊》七篇（1970-1972）、《大任》一篇（1976）、《開卷月刊》十四篇（1980-1981）、《讀者良友》五篇（1985-1988）。大抵作者所專注的文化名人，以繪畫美術為主，旁及電影、編劇、導演、電視主播及作家、學者等，作者更特別注意他們的藏書狀況，其中大部分都是藏書家，可是緣聚緣散，在香港藏書並不容易，大家都以過客的身分，暫時擁有而已。

　　首篇〈瑣憶張光宇〉，在中國圖案裝飾美術的範疇中，可佔首席位置。張光宇（1900-1965）於1937年和1946年兩度來港，先後達七年之久。首次住學士臺，當時很多外地文化人匯聚於此，仿似巴黎市區邊緣的藝人之家蒙馬特。翁靈文說：

　　　第一次他來香港，是在淞滬戰場全面撤退時，他

---

1. 翁靈文（1913-2002）：《翁靈文訪談集》（香港：初文出版社，2018年10月）。黃坤堯〈評《翁靈文訪談集》〉，《香港書評家》總第14期（香港：香港書評家協會，2021年6月），頁17-18,21。

在名作家張若谷通過教會的助力下，與二弟正宇、漫畫家丁聰、名演員陳娟娟、名編輯家朱旭華等同乘義大利郵船「亞拉姆斯」號自上海來港。抵埠後先住電車路的陸海通旅館，隨後經名美術家但杜宇的介紹，遷到半山學士臺，同住在一夥的，除他們同船來的幾位之外，尚有詩人戴望舒、作家杜衡等。那時《星島日報》剛創刊，由金仲華任總編輯，名小說家穆時英編副刊，他們一夥最初的工作便以這張新興的報紙為基地，編的編，寫的寫，畫的畫，隨後他們又出版了一份十六開本的文藝美術刊物《展望》。

張光宇在 1942 年香港淪陷後離港。勝利後的翌年，張光宇應香港戰後第一間電影公司「大中華」廠長朱旭華（1906-1988）之邀，從重慶到香港，擔任美術主任。其中「大中華」的商標圖案便出於張光宇之手。業餘又為孟超所著的《水泊梁山英雄譜》作插圖五十七幅，《金瓶梅畫傳》作插圖五十四幅，先在《華商報》刊載，然後分由上海新文化書社和香港文苑書店出版了單行本，皆為珍本。作者又說：「永華影業公司崛起，他和老闆李祖永在上海早就相識，便被羅致為美術主任，他設計了永華公司的寶塔標誌，參加了《國魂》、《清宮秘史》、《野火》等影片的美術指導，和他在一起工作的有現在大陸的美術家丁聰和特偉。」張光宇 1949 夏北上，住在北京芳嘉園，任職中央美術學院的圖案裝飾美術系主任。此外文中又談到張光宇喜歡美食紅燒肉或是清

燉元蹄等，身形略胖；以及兩位弟弟張正宇（1904-1976）、曹涵美（張美宇，1902-1975），三子一女的成就，合起來也是一篇很精彩的報導或小傳了。

至於程十髮（1921-2007）則以中國傳統繪畫的工具技巧，結合了西洋繪法的解剖透視，為插圖藝術創造了清新面目。「在抗戰時期還是上海美專國畫系的一名學生，出學校門後，有個時期他還打過算盤記過賬做一間銀行的僱員，業餘時他才作些山水、花卉，或是臨摹些人物畫幅。他的國畫屬於「院畫」一派，多寫細筆，工整精緻。直到 1950 年後，他才轉向通俗讀物的連環畫，及文學作品的插圖作新嘗試。」

翁靈文又介紹連環圖畫〈武松打虎〉的繪製者劉繼卣（1918-1983）。1963 年北京舉行的「全國連環圖畫評價」，翁靈文說：「會中把自 1949 年起至 1963 年止，這十四個年頭中的連環圖畫作品作個總檢閱。評價結果，在一等獎和二等獎的名次中，劉繼卣都是鰲頭高佔，他獲得一等獎的作品是：〈窮棒子扭轉乾坤〉，二等獎是〈東郭先生〉。」可見這也是一張亮麗的成績表，名噪一時的人物了。

至於王叔暉（1912-1985）也是與劉繼卣齊名傑出的連環圖畫家，通過自學和勤摹苦練中，繪出《西廂記》及〈孔雀東南飛〉的連環圖，筆觸優美。「在王叔暉的作品中，注重細節刻劃是其特色，她對景物、陳設、人物的衣飾都加以細緻的描繪。在她筆底下的人物造型及動態中，將東方女性的溫柔嫻靜性格，頗能充

份地表達出來。」評論中肯到位。其他著名畫家尚多，例如「大孩子」黃永玉（1924-）、篤佛樂道豐子愷（1898-1975）、雅俗共賞的關良（1900-1986）京戲畫等，就不一一介紹了。

翁靈文〈懷端木蕻良〉憶述他們在 1941 年見面，端木蕻良（1912-1996）與蕭紅（1911-1942）結伴來港，住在現已改建成凱悅酒店的九龍尖沙嘴區樂道。當年的十月十九日是魯迅逝世五週年的日子，香港幾個文藝團體在銅鑼灣孔聖堂聯合舉行一個紀念晚會，舞臺裝置工作由名漫畫家丁聰（1916-2009）、廖冰（廖冰兄，1915-2006）、及葉宗芳負責。「這晚擔任魯迅雜文朗誦的是蕭紅，她的文名雖盛，但看過她廬山真面的卻不多，司儀一報出她的名字便吸引了在場者的注意。到現在還記得非常清晰，她穿着一件黑色絲絨旗袍，瘦怯怯的，發音不高，但朗誦得疾徐頓挫有致。蕭紅在日軍攻香港時受了驚嚇，她本有着嚴重肺疾，在香港被攻陷的前兩日終告不起，端木將她埋葬在淺水灣後，大概是循着東江那條路去了大後方。」案蕭紅是於 1942 年 1 月 22 日在不甘心中離世的。而港督亦已在 1941 年的聖誕日投降了，文中說攻陷前兩日，可能記憶有誤，並不準確。

翁靈文〈大導演李翰祥披沙瀝金覓佳書〉，則專從買書、看書、藏書的角度來寫這位大導演。無論在香港或臺北，李翰祥（1926-1996）幾乎都「把舊書行情買貴了！」老闆自動提價。

在五十年代初，他便在舊書店中披沙瀝金，尋覓他所喜愛的書，如創刊清光緒十年（1884）的《點

石齋畫報》，全書三十六卷；和 1933 年北平古佚
小說刊行會依明萬曆本所影印的《金瓶梅詞話》
（線裝二十冊、當年共影印了一百部），都是在
不經意而得之的海外所存孤本。

不過有時也會失諸交臂而懊恨不已。「多年來在訪舊書中，
使他悵惘於懷的是在日本所見到的一部中國民俗年畫集，這書約
四開大小，二百多張年畫彩印，他一幅幅的觀賞真是愛不釋手，
但所索的價錢也頗駭人——日幣二十五萬元，他此行沒有那麼多
的餘錢，及至備足了錢託人再去依址買時，此書已不知落於哪位
愛書人之手了。今年春季李翰祥再去東京時，曾以撞彩的心情到
神田區去試覓這部年畫集，結果空手而歸，至今猶憾悔無已！」
物各有主，只能說有緣無份，不必過於執著。

此外在〈胡金銓藏書過萬卷〉一文中，翁靈文的描述相當驚
人。「沙田區的那間小別墅，是胡金銓的舊居，還有着許多書擺
置在這兒，如大部頭的《古今圖書集成》、《大英百科全書》、《世
界歷史大系》，和一些文革前出的善本書等，總之是種類繁多。
這地處在火車軌側的小山崗上，輕易不見人煙，頗有着《山中傳
奇》氣氛，很幽靜詭秘，因此胡金銓常來此處編寫劇本，書房的
空隙有一摺疊牀，倦了便和衣而臥，常不知東方之既白。」更帶
出神秘的意味了。

其他香港藏書的名家更多，例如〈劉以鬯愛書成癖〉、〈金庸
暢敍平生和著作〉、〈一個愛書人和他的書話〉、〈有聚書與散書

宏願的陳存仁〉、〈尋尋覓覓以書會友的許定銘〉、〈勤懇的愛書
人作家侶倫〉、〈林年同左圖右史〉、〈林真和他的書畫屋〉，在這
幾篇文中，可見作家的成就，幾乎都跟書結緣，各有各的豐富，
而書中的神聖天地也不是一般凡夫俗子所能仰望了。

在其後的幾篇作品中，以作家為主，反映社會的各式人物，
比較駁雜，互有詳略，例如〈海天雲樹懷馮亦代〉、〈簡而清——無
心插柳柳成蔭〉、〈張君默屢敗屢戰面臨更大搏鬥〉、〈吳其敏腹
有詩書氣自華〉、〈安子介博士談讀書〉、〈饒宗頤博大精深〉、〈余
文詩的工作‧讀書‧鬆獅狗〉、〈「我要活得更好　更豐盛！」——
與葉特生細談新生及其他〉、〈施叔青的生活‧愛好‧小說〉各篇，
都能反映不同的生命境界。在談吳其敏（1909-）的時候，甚至更
引出了郁達夫（1896-1945）的一首佚詩。

> 郁達夫和「火餤社」的人有着交情，他從上海到
> 廣州道經汕頭市時，曾和火餤社的人在船甲板上
> 晤面，他並賦詩一首為贈：「五十餘人皆愛我，
> 三千里地獨離群。庸知嶺外峰煙裏，驛路匆匆又
> 遇君。」（注：火餤社社員凡五十人；登輪訪郁者
> 為馮瘦菊。）

自然也是珍貴的文學史料，值得重視。翁靈文又談到葉特生
（1951-）的治癌經驗，採用自然療法，帶出神蹟。

> 葉特生選擇了臺灣中部接近橫貫公路的一座山
> 中，那兒半山有間屬於熟朋友的鄉屋，他對這段

生活這樣說：「我在山中隱居不備時鐘、沒有鏡子，是個遺忘時間，迷失自我的地方。我甚麼都不想，只顧大口大口呼吸純淨的空氣。……像受傷的獅子帶箭的鷹般，需要一段時間孤獨地面對自己，躺到深山，匿在高處的洞穴內悄然淌血，舔淨傷口。」

到去年復活節時，葉特生在大自然療法下已有着相當程度康復，返港和家人團聚了一個時期，他被邀接受神學方面的專科訓練再次赴臺灣。這訓練是國際性的，為培植佈道專材人員而設。葉特生是位虔誠的基督徒，除徹底些理解教義和佈道的技巧外，他感到在同一宗教信仰而不同國籍人中間，獲益良多。

　　讀書人保持身心的健康，自有神助。本書反映了不同的人生面相，豐富多采，同時也是藝術工作者深入的歷練，指示途徑所在，成就一番事業，值得閱讀參考。

情書光影

《情書光影——洛楓跨界評論集》[1.] 聚焦於香港本土的演藝評論，洛楓以文學人的身分，一下子跳入電影、電視、戲劇、舞蹈等充滿聲色影象、動感畫面的領域，做出評論的成績，除了觀看不同的演出之外，還參考了大量的理論文獻，擴充閱讀空間，然後匯聚成這一本文集，看來也付出了不少的心血和勞力。本書洋溢著濃郁的文化情懷，除了享受臺上的藝術風光之外，很多時還回顧臺下眾生的反應，加以洛楓文筆優美，評論到位，感覺敏銳，感情真摯，閱讀本書可以體會當代的文化生活，感受時代脈搏的跳動，行內人固然有所會意，其他讀者開卷有益，可以認識香港演藝的新世界。在文學表達之外，應該還有一個更寬廣的藝術空間，馳騁於維港兩岸，感動觀眾和讀者。

本書收錄作者近年在報刊雜誌上發表的演藝短評，分為四部分，依次為星河圖譜 11 篇、慢鏡停格 17 篇、舞林風景 13 篇、戲劇人生 15 篇，大概是案表演媒體分類，目前我所見的〈目錄〉編排與文本並不完全一致，成書後可能還有差異。作者統稱之為「情書」，根據〈自序：轉過年月‧踏出邊緣〉的說法，主要是用了抒情的筆觸來寫光影文化的評論，「給自己的，也給讀者，讓自我與他人在文字照見光影的隧道上彼此照面，然後呼應！」洛

---

1. 洛楓：《情書光影——洛楓跨界評論集》（香港：點出版有限公司，2011 年 8 月）。

楓行雲流水，充滿詩意的文字表達，極能彰顯自我的個性，愛恨分明。本書說是散文集，可能比評論集更為適合，洛楓很多時在敘述背景及藝評之外，議論風生，連序文都寫得英姿颯爽的，咄咄逼人。她辭退了某副刊的編輯撤出專欄說：「沒有人喜歡穿塑膠的衣裳，吃千篇一律的東西，為何演藝的論述不可以風情萬種呢？」對，本書的最大特點，就是風情萬種，興到的時候，洛楓甚至代入演出者的角色之中，體驗不同的藝術感覺，因而得出了「寫作也是一項表演」的卓識，「說到底，我追求的是深情書寫，然後微笑閱讀」，在文字的世界裏傾情演出，從跨界到踏出邊緣，參透了一個消費社會的網狀結構，千絲萬縷，天女散花。

在第一輯「星河圖譜」中，洛楓談到了阮玲玉、靚次伯、張國榮、Michael Jackson、達明一派、任劍輝與龍劍笙、陳寶珠、鍾景輝、劉德華、何韻詩、金妍兒與淺田真央等明星演員，包括古今中外的，在不同的領域裏唱做歌舞，再經由洛楓的書寫中娓娓道來，總是情深款款的，再次挑動大家影象中的神經。

「總覺得阮玲玉笑的時候常帶著哭相，哭的時候眉宇間又蹙著倔強的不服氣，而真正開懷的大笑又滿溢孩童天真的無邪，這邊廂噙著淚、痛在心，在惹人憐憫的剎那又倏忽變換了嘲諷的眼神，眼角微微吊起彷彿鄙夷一切庸俗與卑劣，使觀者束手無策。」下文還有很詳盡的分析，不抄錄了，洛楓就是這樣把一大堆她所看到的矛盾影象將阮玲玉剎那的悲情攝入永恆的演藝風華裏去。這是很洛楓式的文字書寫，一般讀者看到的阮玲玉可能並不一樣。

「……我們將與哥哥攜手進入記憶的隧道，隧道的沿路有我們逝去卻閃現、陌生仍熟稔的本我形貌，你能從哥哥的一幀照片重新辨認自己的存在嗎？照片如鏡子，通過窺視他人而顯映自我！照片也是生命的防腐劑，免疫於時間的磨蝕，相片內、記憶中我們永遠花樣年青。我凝望，故我在！」寫得情深款款的，洛楓就這樣的與張國榮同在同行，不生不滅，不慍不躁，超越了死亡的時空，跟永恆打個照面，有時淡淡的散文也就高於評論的思辨了。

第二輯「慢鏡停格」有專訪李安、《黑眼圈》、《龍虎門》、《風雲Ⅱ》、《麥兜響噹噹》、《十日談》、《父子》、《夜與霧》、《東邪西毒》、《宮心計》、《舞吧，昴》、《阿童木》、《白夜行》、《蘇菲的最後五天》、《穿 Prada 惡魔》、《浮花》等一系列的電影電視，有些還是將前後期的影片相互比較。洛楓說：「從漫天風雪打到春暖花開，任鄭伊健與郭富城如何努力，凝定的只是臉譜的悲情；再者，韶華逝去，當年的瀟灑、冷傲如今已落入滄桑的中年疲憊。」「所謂『道化〔法〕自然』，乃順應本性，不屈折，不隨波逐流──慶幸我們的『麥兜精神』吧。」「麥婉欣也說，活在社會病態的環境中，我們都有許多身不由己，對不公義的事情充滿無力感，但她相信人與人之間可以有感情聯繫，這種聯繫，就是對抗的力量。」觀點都很尖銳，由影評切入人生社會，直接到位。

第三輯「舞林風景」討論了《非常道》、《糊塗爆竹》、《永無休止》、《Very Dance》、《雙城記》、《功和豆腐》、《Homeless Danse》、《下一秒·案發現場》、《童話故事未團圓結局》、《驀然

回首星如雨》、《天梯》、《奧尼金》、《月滿》、「保羅·泰勒現代舞團」等不同種類的舞蹈表演。洛楓説：「《糊塗爆竹》讓我們懷緬過去，也審視現在：這個城市到底是怎樣在消逝中尋覓自我，而芭蕾舞的舞步又如何在規範中不依常規。」「黎海寧的《Very Dance》實踐了包殊的舞蹈理念，動作由身體而來，而身體承載了人類的喜怒哀樂、七情六慾，並以律動的姿勢存活於空間與時間，激發一次又一次的再生能量。」「當中故作的『煞有介事』便充滿玩味和誇張的幽默，卻為現代舞蹈帶來了日常的可能性——舞蹈可以探索人性與情感關係，而且不一定能夠尋出真相和結果呢！」洛楓就這樣的以輕鬆的筆觸帶領讀者進入韻律森然的舞蹈世界，姿態萬千，游刃有餘。

第四輯「戲劇人生」則有《查查茶篤撐》、《不如跳跳舞》、《爺爺與情人》、《包法利夫人們：名媛的美麗與哀愁》、《仙都唔仙》、《Empty》、《飆·櫻桃園》、《賣飛佛時代》、《白蛇傳》、《情話紫釵》、《德齡與慈禧》、《邊城》、《歌聲魅影》、《芝加哥》、《科學怪人》等各種不同形式的舞臺劇。洛楓析論劇集之後，還煞有介事的借題發揮説：「追求外在世界的榮耀如同嗑上了鴉片，一旦成癮，便無休止，欲罷不能，祇好不斷攀升才能填滿虛榮的空洞，但其實虛榮仿如黑洞，不但填不滿，更隨時將整個人生吸噬進去，迷失所止而萬劫不復。」藝術與人生總是分不開來的，洛楓在藝評以外還是多了一些人世的悲憫和關懷。

洛楓的演藝評論比較著重於性別角色，例如在專訪李安及其他析論張國榮、陳寶珠、何韻詩的篇章中都有所論述。其中尤為

顯著的，她認為唐滌生的「女性劇本」專為任白而寫，更專為女性而寫的，所以她特別欣賞任姐「女文武生」演出。「『女文武生』的俊俏實在不適宜睜眉怒目的權相，或雄糾糾的將軍威武，因此，唐氏劇本先天性存在陰柔的特質，這種特質尤其配合任姐『女生男相』的身段。……任白的戲有許多貼身動作，如投懷送抱、偎倚檀郎等，亦造成她〔梅雪詩〕與其他（男）文武生〔李龍〕無法融合的尷尬。……用女性反串男角比起真／直男人的演出來得乾淨。我想這裏的所謂『乾淨』是『純淨』的境界吧！即如曹雪芹在《紅樓夢》中所言，免除了男人的泥污和俗臭，加入了女兒的水靈與清澈。這種『清』，在任姐身上是『清朗』，化身為古代書生的儒雅，而在龍劍笙的身上是『清秀』，帶有現代氣息的亮麗。」又在《情話紫釵》中續云：「至於李益，原著劇本裏任劍輝演來風流儒雅卻帶著書生的節義，既剛且柔，這是『女文武生』得天獨厚的氣度，尤其是一些場口如情挑小玉，要樂而不淫、淫而不亂，任姐的拿捏總是不溫〔慍〕不火，卻有一種自在的瀟灑。《情話紫釵》換上了林錦堂，雖然唱做俱佳、聲情並茂，卻太陽剛了，有悲壯而欠柔情，『男人』的味道太濃，少了才子文人『水靈』的感覺。或許編導並不同意，但我依然相信粵劇行當的特有的形態與美學存在，即雌雄同體、剛柔並存，才是古代書生的理想化身。」這是洛楓在本書中的重點論述，甚有見地。近日一連二十場的舞臺劇《賈寶玉》已經在灣仔演藝學院上演了，由何韻詩來飾演賈寶玉，據說阿詩要束胸上陣，這是「女生男相」或「女文武生」的必然條件嗎？究竟角色要演出的是神韻還是身段，刻意遮掩女性的性別特徵，會不會有不自然的感覺，造成反效果？《紅樓夢》

的賈寶玉本來就是非一般的男性，要在儒雅風流中帶點脂粉氣，一種水靈的感覺，才得神似。也許洛楓很快就會評述何韻思的演出了。

洛楓的書寫並非陽春白雪的莊嚴藝術，其實更多的是下里巴人的娛樂生活。我們跟藝人的世界距離很遠，有時好像在不同的星球活著；但通過電視電影及舞臺演出，其實很多時又近在眼前，甚至同處一室，心靈相通。因此，演藝就在我們身畔，有時還融入生活之中，善加品評，鑑別高下，說不定可以提升我們的精神領域和生活素質，發現新世界，值得大家重視。洛楓說：「在個人的虛怯與虛榮之間，發現舞臺直接面向觀眾的開合在銀幕光影的投射以外，拉起異度空間，我的生活與文字從此不一樣了。」這是過來人的經驗之談，專業演出與普通觀眾的身分是可以相互挪移的，不同的投入可以塑成不同的空間，人生如戲，我們可以相互的促進和提升。

又本書引用了大量的劇名，有些還是用粵語命名的，絕對是本土文化的產物，十分親切。非粵語區人看了一定更有新鮮感，更具娛樂性，擴充語言的學習空間和深層次的文化體驗。

各說各話：香港作家的獨白

　　趙曉彤的《織》[1] 是當代香港作家的訪問稿。作者以文藝記者身分，遍訪香港老中青三代的詩人、作家、藝術家、填詞人等，漫談寫作之道，探討作家的心路歷程，以及各人獨有的寫作經驗，幾乎沒有任何完全相同的個案，各說各話，各有各精采。趙曉彤文筆流暢，言簡意賅，把握重點，適度發揮，指出諸家作品的特色所在，加以評述，生動活潑，更賦予作品廣大的想像空間。全書三十篇，作者慣用一個雙音節詞語概括作家的基本面貌，耐人尋味，其次每篇都有插圖，並摘錄幾句作家的話語，似詩非詩的，分行排列。其實也是當代香港的作家自白和心靈記錄。本書作品發表於《香港中學生文藝月刊》，由 2013 年 9 月到 2016 年 5 月，幾乎每月一篇，也就構成了全稿三十篇的現成作品。書中沒有序跋，只在書末寫了幾行某次的採訪體驗，「記得一次，情緒低落，在趕赴訪問的路上邊走邊哭，踏進商場，趕緊收起眼淚，收起那個軟弱與破碎的自己，快步來到約定的咖啡店。那時的我，與所有時刻的我，都記在稿件裏了。讀者看不見的，而每次讀稿，我總看見。」語句十分簡短，局外人當然無法捉摸作者的個人感受，也不知道作者的寫作理念，因此只能通過閱讀作品，就事論事，認識作者的心靈世界以及她所談到的三十位作家。

---

1. 趙曉彤：《織》（香港：練習文化實驗室，2017 年 4 月）。黃坤堯〈各說各話：香港作家的獨白——趙曉彤的新著《織》〉，《香港書評家》總第 7 期（香港：香港書評家協會，2017 年 12 月），頁 16-18。

黃仁逵	散步	潘偉源	珍重	周耀輝	念念
潘國靈	頑石	廖偉棠	旺角	飲　江	燈下
韓麗珠	貓洞	鄧小樺	算命	董啟章	對照
李維怡	相處	陳曉蕾	好死	謝曉虹	幻吃
王良和	魚咒	陳　慧	空間	盧勁馳	看見
呂永佳	公園	蔡珠兒	種地	可　洛	網隱
麥樹堅	束縛	羅貴祥	族群	黃燦然	翻譯
周漢輝	公屋	胡燕青	聖經	鄒文律	平衡
文於天	詩獎	陳子謙	聽見	劉偉成	解鎖
吳美筠	種植	葉曉文	尋花	樊善標	阿愁

　　看過以上的一份名單，很明顯的也是一份〈目錄〉，這是訪問稿切入話題的重點，開展對話及交流。例如〈黃仁逵　散步〉就不預設任何話題，兩人漫步而行，看到甚麼說甚麼，有話直說，自由自在，相當親切。黃仁逵（1955-）六十歲，四歲開始喜歡畫畫，現在從事電影編劇工作。在某一個周日的黃昏，他們隨意坐在面朝酒吧的公園樹下閒聊，抽煙喝酒，說畫說電影說音樂，有時又出奇不意的逗著街貓來玩。黃仁逵指出「創作能醫百病」，健康有益，十分神奇，但願如此，可是這也只限於個人經驗，別人模仿不來，未必合用。黃仁逵說：「創作對每個人來說都重要，是自我救贖，惟有通過創作才能完成自己，令自己心安理得地活著。」建議「不如努力省錢來創作，總比供樓好。」「如果寫作與你很親近，你就會覺得很好玩，寫成甚麼樣子都無所謂了。」說起來很輕鬆，信心爆棚，可是別人不接納時，自我陶醉，長時間

等待知音，可能並不好受。黃仁逵認為寫作像散步，沒有目的，沒有終點，由衷之言，自在比自由更重要，但也得注意因人而異，完全勉強不來的。

潘偉源及周耀輝都是著名的填詞人，潘偉源一邊教書，一邊填詞，「有時寫自己的故事，有時寫他人的故事」。在兒子出生後，他辭掉教職，專心照顧兒子，直到小孩大學畢業，現在還得照顧患癌的妻子，不想離開屯門半步。通過歌詞作品〈珍重〉及〈一生何求〉，他只要求「很平常的健康與快樂，平凡、平淡就是最好，每逢在人生裏面一講有個『太』字就不好」，「風平浪靜就應該好好享受，不過，如果不是經過風浪衝擊，人也不會懂得享受平靜的美好」，智者之言，深有同感。周耀輝也是以從未為母親寫下片言隻字為憾，後來憑歌寄意，在近作〈紙上染了藍〉一曲中，主角就是他的母親。「從來沒有真正的道別，只有無盡的離開。」「開始的時候，早知會結束。不過，一如很多事情的結束，即使早知，也不顯得容易。」原來背後都有一個真實的感情故事，歌詞才會感人，顯得踏實。

潘國靈喜歡搜集石頭，物以類聚，擔心可能變成化石。「我想我曾經是很獨行俠的，可能現在也是，不知是否因為文學創作是很個人、很孤獨的狀態，長期寫作其實會影響你的性格，你可能本來沒有那麼內向，但長時間這樣生活，用書、用詩來包圍自己，慢慢就會變得愈來愈內向。」自是個人的經驗之談，說的很對。有時古書讀多了，「尚友古人」，喜歡跟古人交朋友，相對來說，難免就會跟現實的社會有點疏離了，互有得失，可能也是一

種自閉的表現。所以潘國靈的對策,「惟有多讀小說,渴望在小說獲得心靈的悸動與反思,然後一直成為一塊軟化的石頭。」指示不斷的進修學習,達至專業,不過調劑不當,走火入魔,可能得不償失。廖偉棠專談旺角的書店,匯聚了一批詩人顧客,表現俗辣與混雜的詭異。「在滾滾紅塵上,打理一間很孤清的書店,那種感覺是很奇妙的,你會覺得自己在做一些很詩意的行為,如果你考慮到你正蝕本,整件事真是很行為藝術。」苦中作樂,有意表演行為藝術,這是自我的抉擇,怨不得人了。就算人生重來再賭一鋪,相信也不會選擇放棄。寫作,就是有賴於這樣刻骨的堅持,以及選擇疏離現實的社會,才有成就。石頭與旺角,都採用同一的手段,在貼近現實紅塵的土地上採取一個疏離的視角,也許,這樣才能置身事外,把世態看得更清楚。廖偉棠甚至認為旺角各行各業各種人為這條街帶來了很多雜質,構成詩文的養分。「文學養分不一定是湖光山色或是詩情畫意,不一定是高雅的東西才可以寫詩,其實,愈世俗的東西愈有可能轉化成文學作品,文學應與現實生活發生很劇烈的碰撞,去尋找生活的美感,甚至乎是醜感,所以在西洋菜街南創作,我如魚得水。」因此,作者甚至認為「西洋菜街有一點像山溪,它很野,甚至是很野蠻的。正因如此,它周圍的生物可以很多,作家未嘗不可以成為它的生物之一。」意象鮮明,感情奔放,生命充滿野性的節奏,令人目不暇給。

蔡珠兒(1961-)來自臺灣,1997年隨同丈夫移居香港離島,在新居開墾農田,自稱農婦、廚娘。她認為「寫作其實也像耕作,

不斷扔走沒用的砂石，但這功夫好像永遠做不完。」她喜歡用廣東話寫作，「因為它很生鬼，很有想像力，又有戲劇感，如病到七彩、悶到抽筋，妎到飛起，形容得好盡，這些都是普通話沒有的。」我們習以為常，日用之而不自覺，由一位外地人來看廣東話，即有不同的感覺。作者對寫作看得很重要，「寫作是我生命最深處的一個認同，就是……人家説我耕種叻，或煮食叻，或食極唔肥，這些對我來説也很表面，像停在半空，不實在；惟有別人讀我的文字，我才會覺得：啊，真是説到我心底深處那裏，會覺得著地了，像回家的感覺。文字是我這個人最有價值的部分。」見解獨特，浮想聯翩，同時也表現出對文字的尊重和虔敬，十分自負。

劉偉成為社會現實寫了十多首詩，有時未能夠駕馭文字，反過來被文字駕馭了，寫不出自己所要表達的東西。因此提出解鎖之法，高速寫作：「就是你腦裏有甚麼，便快快將它流出來。」日子有功，解鎖的速度也就變快了。「而我們有時解鎖解得很慢，可能就是期望自己寫出偉大的詩，放輕一點，詩不需要那麼偉大，生活裏的平常之物都是詩，只要把詩的功能還原為人心的共鳴，因文字而生的共鳴，就能發揮一首詩最純粹的力量。」其實寫作的快慢跟心靈的共鳴是兩回事，劉偉成享受高速解鎖，可能也忽略了慢工出細貨的道理。加上人心不同，小眾的共鳴不見得就等同於大眾的胃口。至於飲江（1949- ）的看法則是：「一個成熟而認真的詩人應對文學有要求，亦應被文學要求自己，但他不敢被要求，怕自己做不到，只希望寫下『幾好玩』的詩，如果讀者也

覺得『幾好玩』，他便滿足。」指出寫作的局限，只能自娛而已，比較謙卑。

　　陳曉蕾著有《死在香港》一書，這是大家比較避諱的話題。她說：「寫這本書時，我已做了二十年記者，採訪時會很理性地聆聽，眼前的受訪者有甚麼需要幫忙？他為甚麼這麼難過？這份難過，在個人因素外，會不會是因為我們的社會少了支援？」「我不懂面對生老病死，我是在看這個社會怎樣處理死亡，然後發現，有些哀傷，真的不必要。」可見死亡問題既有生者個人感情包袱，也有很多制度與儀式所帶來的折磨，陳曉蕾談的「好死」，還包括自殺問題，不容易解決。可是陳慧就很聰明了，「我很想跟年輕人說，不要小看自己，不要覺得我自己做不到。雖然現在所有東西都不是你們的，土地不是，空間不是，但有一個無形的空間在裏面，」她把手掌覆在心的位置，「那就是創作的可能。」給生命指出一條出路，就是可能。面對親人的死亡，盡力而為，做好自己的本分，但求心之所安，至於社會的繁文縟節，一種過程而已。寫作人又怎能迴避死亡的窺探呢？

　　盧勁馳（1978-）患上視覺的障礙，很多事情根本辦不到，無能為力。他說：「寫作對我來說，有時是止痛，或覺得人生沒有甚麼寄託，只是這樣。視障與寫作的關係，並不是我經歷了甚麼於是我要將它變成作品，我沒有那麼順暢、順理成章。當我想創作時，很可能是因為我不想做另一件事，因為生活實在太困難了，我不想面對生活，我便有靈感寫詩。」這是為了逃避現實生活才進入詩的避風港，在無可奈何之中，也是一法。歷史上苦難出詩

人，到了一無所有的窮困地步，也就噴出血淚，自然感人了。麥樹堅（1979- ）也是在壓抑中寫作的，「我常常都有很多憂慮和不安，這除了本性外，也因為自己的社會角色而生，例如家庭崗位帶來的壓力，又如我所處身的社會原來無法令我獲得大成就。當然我的憂慮也很可能從喜歡文學而來，是否放下這份喜歡就會覺得舒服呢？我卻認為自己最與別不同的地方就是喜歡創作，喜歡文學，除非老到無法握筆，否則實在不甘心放棄寫作。」社會上儘管有很多不如人意的地方，但寫作能讓人安心立命，也是很好的補償吧。世事總是得失互見的，而這也是寫作世界的迷人之處，值得嚮往。

其他談寫作的尚多，各抒己見。羅貴祥談族群與身分認同問題，否定純文學，認為提倡者必另有目的，「可能要借文學來逃避外界或是象徵式地對抗外在事物，所以文學從來沒有離開人間，文學必然扣連很多不同的東西。我不介意香港文學與社會議題相扣連，文學應該與政治有關，但文學的深度與厚度不會受政治所控制。」其實純文學只是強調一種純粹的本質，拒絕作口號式的宣傳工具，梁實秋（1903-1987）甚至在抗戰期間提倡「與抗戰無關論」，但他要求的還是好作品，是質量問題。

吳美筠從種植中悟道，「生活裏總有一些比自己更軟弱的人，我們與其覺得自己一定要人讚才能生存，不如也給別人一點陽光。澆灌比我們更軟弱的人，那人可以比自己年長，或是你們的老師，因為老師也有可能是社會的弱者，不要只從老師身上取得陽光。大樹有大樹的落葉，小樹也有小樹的落葉，都可以成為其

他樹木的養分，化作春泥更護花。」樊善標探尋愁之所起，「我以前覺得內心世界是不需要改變的，因為很多問題出在社會制度，於是內心複雜幽暗才能洞悉社會上很多東西，而知識分子應要努力掌握這些觀察，這對文學創作也有幫助。你看張愛玲（1920-1995）的內心多幽暗，她寫得多好。即使寫得跟張愛玲一樣好，一生卻要過著這樣的生活，對自己固然不好，對周圍的人也很不好。」陽光與黑暗相互對照，就像白天與黑夜，以至春夏秋冬的循環一樣，一切都是思緒或情緒作怪，行，就看你怎樣寫了。

通讀趙曉彤的《織》一書，聽到很多肺腑之言，經驗之談，有些玄虛，有些實用，有用無用，很難一言而定，端看個人的參詳和抉擇，各取所需。趙曉彤寫出每一位作家的特點，講解寫作之道，故事精采，引人入勝。反映寫作具有多重的特性，因而把握機會，編織成一匹彩緞，繁花掩映，彩蝶紛飛，同時也表現香港文學的亮色。看看標題，揭出作家的心靈隱秘，很容易就把我們帶入想像的世界，很想一睹香港文學的風采，同時也是作者有意編織的文學的甜夢。不過本書美中不足的，可能還是欠缺了作者一番整體的敘說，總結採訪所得，指出寫作的大方向。希望出版時會有更精采的發現，甚至驚喜。

字旅巧相逢

　　馮珍今《字旅相逢——香港文化人訪談錄》[1] 彙輯古蒼梧（1945-2022）、陸離（1938-）、張曼儀、綠騎士（1947-）、羅卡、施叔青（1945-）、杜國威（1946-）、鍾玲（1945-）、黃仁逵（1955-）、張秉權、許鞍華（1947-）、陳國球（1956-）、鍾景輝（1937-）、阮兆輝（1945-）、陳冠中（1952-）十五篇的專訪，以香港文藝、學術及影視界的名家學者為主，暢談平生逸事、創作心得、演出經驗、治學之道等，內容豐富，文采多姿。根據定稿日期，諸文約撰於 2015-2018 之間，陸續成編，主要刊載於《大頭菜文藝月刊》及《城市文藝》，主編關夢南（1952-）、梅子（張志和，1942-）等。此外書中附錄很多珍貴的照片、插圖和畫作，例如 1969 年陸離結婚照，有石琪、陸離、岑逸飛（1945-）、黃韶生（1944-）、黃子程、古蒼梧、西西（1937-）、小思（1939-）、吳平九人，保存當年文藝青年難得一見的全貌；（p.33）又有綠騎士《尋》系列作品、《詩酒趁年華》、《然後有了光》、《戀曲》、《生命樹》及黃仁逵畫作等，（p.67、70、73、146），鮮豔奪目，光彩照人，都是抽象寫意的佳製，充滿想像空間，尤為難得。

　　篇首楊鍾基〈相逢浪漫通識路〉序云：「理想的通識教育是一

---

1. 馮珍今著：《字旅相逢——香港文化人訪談錄》（香港：匯智出版有限公司，2019 年 4 月）。黃坤堯〈讀《字旅相逢——香港文化人訪談錄》〉，《城市文藝》總第 102 期，第十四卷第四期（香港：香港城市文藝出版有限公司，2019 年 9 月 20 日），頁 100-102。

種薰陶，通過活動，潛移默化，潤物無聲。通識教育施諸課程，應是文化教育、藝術教育、品德教育、興味情趣的培育。具體的教學，身教重於言教，信任重於規範。循此概觀，珍今訪談的十五位，可以謂之文化人，亦可稱之為理想的通識人。」又云：「讀者不難體會到香港社會的成長和異域傳經的影響，而最重要的更是這一群拓荒者各具個性、堅毅不屈的探索和創新精神。」很巧妙地將文化藝術的成就跟通識教育結合起來，這批專業人士的成就當然包含著通識教育的因素，涵養胸襟和識見；不過專業的努力導向更不容忽視，其實通識教育也有可能導致平庸的，不見得就是萬應靈丹，說起來十分複雜。在《字旅相逢》受訪問的文化人中，有學者、作家、編輯、導演、編劇、畫家、演員等，來自不同背景，走向成功路上，首先要具備的三大條件，就是興趣、方向和努力。換了興趣，改了方向，可能就會走向另一目標。只有通過拓荒、探索、追夢和創新，始能成就各自的傳奇故事，多姿多采，映照生命，而這更是這批受訪文化人共見的基因。

例如首篇〈詩文腳印深淺路　崑曲傳承樂餘生——古蒼梧專訪〉，2015 年 8 月作者跟古蒼梧會面，首先談的是《詩選》與創作、《舊箋》與回響、編輯——與文字結緣 [《文化焦點》、《漢聲雜誌》]。其後走向崑曲、藝術實踐、劇本寫作、家中授徒等。作者說：「剛認識古蒼梧的時候，他是詩人，大家都喚他作『古詩人』。眼前的他，已沈浸在崑曲的世界裏，很多人都稱他為『古老師』。在生命的不同階段，有不同的發展，數十年來，在文化藝術的天地中，他不懈的追尋，不斷的求索，從現代轉向古典，

從新詩走向崑曲，但在我的心目中——他仍是不折不扣的『詩人』！」（p.14）可見古蒼梧興趣廣泛，總是在不斷的嘗試和探索當中，但總是在新詩、寫作、編輯和崑曲的專業範圍之內，未必能跟通識教育的理念混為一談。

次篇〈結緣《周報》性情真　巧遇「圖靈」竟再生——陸離專訪〉，撰於 2015 年 10 月。陸離當年正是《中國學生周報》的編輯，談的是緣起不滅有前因、細說《周報》話平生、不平則鳴半歸隱、圖靈國裏喜重生、紀念圖靈展繽紛、人事盡了唯天問、哲學茶座論人生、雅唱小敍覓知音、餘音裊裊永在心等話題。作者說：「認識陸離，始於《周報》，那時的陸離，跟現在的陸離，其實分別不大。她的率性、她的認真，始終如一。無論是昔日的杜魯福，還是今天的圖靈，莫不如是。陸離曾自擬『墓誌銘』：『這裏躺着一個迷癡癡，她終生是個癡癡迷』。不管是『迷癡癡』，還是『癡癡迷』，在我的心目中，陸離就是陸離，永遠不變！」（p.34）後面還附錄宅姥陸離打油的〈覆診歌〉七言 152 句，例如「最驚遇到神經漢，自殺之前先殺人。神經漢說我無錯，我是宇宙一粒粉。」這是用自由粵韻書寫的現代新詩，沒有任何的規範，自抒胸臆，雅俗兼賅，也就不同於傳統的七言古詩了。此外馮珍今記錄圖靈（Alan Turing）的故事：

據陸離介紹：「圖靈（1912-1954），是英國天才數學家，二次大戰『解碼英雄』，現代電腦先知，『人工智能』總設計師……」事實上，正如一位科學家在「圖靈年網站」感嘆：「沒有一個科學範疇，

圖靈不曾着手研究，而成績震撼，影響深遠。」

1952 年，圖靈因同性戀觸犯當年法律，他選擇接受雌激素注射，代替入獄，身心大受打擊。最後在 1954 年 6 月 7 日，「咬毒蘋果而死」，終年 42。正如陸離所說：「如果圖靈能多活 20 年，甚至 40 年，我們試想像一下，他的貢獻會有多大。」

2011 年 6 月 23 日，圖靈第 99 個生日，卞小星在臉書上，為圖靈寫了一首詩，還說：「今天打開電腦，不要忘記他呀！」這就是「圖靈歌」。年底，陸離替他譜上「圖靈曲」，從此邁進「作曲」的世界。（p.25-26）

文筆生動，富有傳奇意味。可惜生不逢時，圖靈就是被一些當年的禁忌摧毀了。天妒英才，可能是設限，也是考驗，留下了遺憾，有時生命也很難是完美的句號。

書中〈夢中傳彩筆，花葉寄朝雲：綠騎士專訪〉撰於 2016 年 2 月，講述緣結巴黎逍遙遊、人生識字憂患始、人不巴黎枉少年、詩畫共舞趁年華、自言其中有至樂、伴鳥隨雲往復還等章節，刊出多篇畫作，富有創意，引人入勝。作者說：「在巴黎學畫期間，綠騎士邂逅了傑（Jacques）。趁著假期空檔，她從英國返回法國，火車上，坐在她身旁的就是他。傑是建築師，大家聊了一陣子，才知道她工作的畫廊，原來跟他負責其中的一個工地很近。雖然沒有留下聯絡方法，但不多久，他便出現在畫廊，偶爾來看看

畫，也看看她，愛情自然而然，在光與影的世界裏慢慢地滋長。」
（p.63）天賜良緣，看起來有點神蹟，千里姻緣一牽線，話說無心，
可能有意。在工地和畫廊之間，就把兩個人拉在一起。這是一段
奇妙的文字，令人神往。

　　本書最後一篇〈那些人、那些年、那些事：從「香港」到「新
中國」三部曲：陳冠中專訪〉，寫於 2018 年 4 月，內容包括外星
人辦的雜誌、編劇都為稻粱謀、想當作家不是夢，當時只道是尋
常四章。陳冠中創辦《號外》雜誌，創作劇本，監製電影，最後
還是愛上寫作，著有《香港三部曲》、《我這一代香港人》、《香
港未完成的實驗》、《馬克斯主義與文學批評》、《盛世：中國，
2013》、《裸命》、《建豐二年：新中國烏有史》、《一種華文　多
種諗頭》等書，天馬行空，不受拘束，創作不斷，想像力尤為豐
富。馮珍今介紹陳冠中的著作：

> 《盛世》提到中國崛起後，成為經濟繁榮的強國，
> 但人民對某些歷史事件卻全無記憶，背後的諷刺
> 意味，呼之欲出。陳冠中期望這本書能引起讀者
> 反思，希望知識分子可以拒絕遺忘。「能夠發出
> 聲音，總會被人聽到的。他說。」這部作品 2009
> 年在香港出版，在大陸成為禁書。「既然寫出來，
> 就決定好好寫下去……五十多歲才成為作家，真
> 的比較罕見。」陳冠中笑著說。（p.251）

「『建豐』是蔣經國的字，建豐二年即 1979 年。

假設 1949 後國民黨在內地執政，直到 1979 年，
這三十年間，中國的歷史會如何發展？小說中的
七個章節，涵蓋了他想觸及的範圍，若由國民黨
管治中國，那會是一個怎麼樣的局面？」(p.252)

陳冠中的《盛世》是反烏托邦小說，《建豐二年》是烏有史小說，陳冠中嘗試改寫歷史，帶出歷史的可能性，以古喻今，從過去看未來，這一切自然都得靠想像力去完成。「三部寫中國的書，結果沒有一本能在中國出版，『我的理想讀者是中國的知識分子，偏偏他們看不到。不只是遺憾，簡直是悲劇。』陳冠中不忘自我嘲諷。」(p.253)說來也是這一代香港人寫作的宿命，只能認真守護這一片短暫借來的空間、難得的陣地，千秋，就等未來的歷史評說去了。

馮珍今寫作態度非常認真，講求實錄，貼近作者的原意。《字旅相逢》記錄這一代香港文化人的聲音，在訪談的過程中，思維的火花必然會在碰撞中噴發而出，難以掩飾，同時也反映了香港文化人客觀真實的內心世界，用文字呈現出來，印製精美，賞心悅目，自然也是精緻的藝術品了。

寓工作於娛樂，消遣繁華

　　《消遣繁華》[1] 收錄李浩榮的訪問稿 80 篇，書中的訪問對象以當代香港的文化名人、詩人、詞人、學者及作家為主，有些重複寫兩三篇的，也有少數寫來港訪問的作家、學者，合起來約有 70 人左右，名賢匯萃，反映人生百態，精采熱鬧。本書以《消遣繁華》為名，「繁華」包括各式各樣的人物，其實也就是多姿多采的文化氣象；而「消遣」則是從一個輕鬆的視角來檢閱香港的文化成就，分享一些成功的喜悅及創作經驗。本書寫出香港文化藝術的特色和貢獻，刻劃重點所在，文筆生動，富有見地，給人賞心悅目的感覺，趣味盎然。

　　本書幾乎都是短篇作品，寫出作者與讀者的互動，點到為止，要言不煩。每一篇的開頭往往都有一段小故事，也是對被訪問者的形象概括，然後才踏入正題，談文論道，寫起來頗見心思，表現出作者充分的準備工夫及敬業精神，寓工作於娛樂，消遣繁華。例如首篇〈《紅樓夢》《聖經》對讀〉，這兩部書沒有必然的關係，怎樣比較？作者先引《紅樓夢》第二十八回元妃過端午節賞賜娘家節禮，各人厚薄不一。然後帶出胡燕青的觀點：「曹雪芹揭示生命的本質，人生是多餘的和悲哀的，恩情造成虧欠，使天地失衡」，主張「看破無明，出家成佛」；至於「基督教則啟告

---

1. 李浩榮著：《消遣繁華》（香港：初文出版社，2019 年 4 月）。黃坤堯〈寓工作於娛樂，消遣繁華——評李浩榮《消遣繁華》〉，《香港書評家》總第 10 期（香港：香港書評家協會，2019 年 6 月），頁 13-14。

世人苦難是真實的，必須面對，而上帝，祂會跟我們一同面對」。可見兩者的觀點不同，胡老師勸作者勤讀《聖經》，必然有所啟發，認識真理。在書中，作者訪問浸會大學的學者作家特多，有林幸謙（1963-）、張惠、朱少璋（1965-）、陳國球（1956-）、陳永明、劉楚華（1951-）、周國正、葛亮（1978-）、鍾玲（1945-）、吳淑鈿（1952-）等，人才輩出，各開生面，亦足以反映文化的盛況。

李浩榮喜歡訪問女作家，往往寫出不同的形相和神韻。在〈周潔茹的美麗與哀愁〉中，作者提出「美女作家」的稱號，她們的特點就是「張揚慾望，挑逗感官」。「晚宴上，我終於見到周潔茹，黑色皮褸配黑皮迷你裙，蕾絲絲襪，高跟鞋，齊蔭黑髮，玉白的娃娃臉上，一抹紅唇，剛烈，冷傲，憂鬱。人有點羞澀，走路時，周潔茹總垂首低頷，遇到打招呼的，也只是瞄一瞄，笑一笑。」摹寫初見的印象，就很傳神。又「畢業晚宴，初見張惠，老師穿著一襲雪白青竹旗袍，北地胭脂，直似《紅樓夢》走出來的人物」[〈香港紅樓夢學會會長〉]。席中張惠談《紅樓夢》中夏志清（1921-2013）、唐德剛（1920-2009）的論爭，舊派迷戀黛玉，洋派偏情寶釵；又談到王夫人討厭晴雯的問題，深入細緻；然後又轉到近來的生活和研究工作。「聽老師說近來她喜歡研究在內地港澳兩邊生活過的文人，如錢穆（1895-1990）、唐滌生（1917-1959）、湯顯祖（1550-1616），那大概跟她的命途相似，先在北京，然後香港，接著美國，再回香港，那種漂泊的心理，老師一定深有同感，他們的作品，老師一定揣摩得更深。」對一篇短文來說，話題很多，機鋒隨發，轉接自然，顯出豐富。此外作者描

寫「嚴歌苓高佻苗條，柳眉星眼，一步一踏纖腰畢直，絲毫不見連日奔波的疲態，舞蹈員出身基本功訓練出來的」〔〈嚴歌苓的愛情故事〉〕。「杜老師站在葵芳商場門外等我們，長髮黑亮如鴉羽，鼻子高隆像女巫，手指轉圈兒，攪伴茶匙，幸好會微笑，會說笑」〔〈杜家祁論詩魔洛夫〉〕。「陳芳臺灣大學畢業，說話輕柔得像臺海的女生，白裙青衫，個子嬌小，眼睛笑瞇瞇的，挑錯字可份外留神。」〔〈《明報月刊》主編陳芳〉〕。「劉楚華教授早歲留法，研禪道，精古琴，一雙玉手絲絨長年套護，優雅悠閒，不沾俗塵。」〔〈劉楚華撫琴寄懷〉〕。「我常驚訝於你觀察之細緻，『圖像比文字可靠』，找記住了，鍾文音，我記住了你那一襲波希米亞的花裙。從浸大的星巴克送你回校園酒店，望你長髮，烏黑瀉地，飄散於茫茫夜色之中，自在，無念。」〔〈學會一個人過日子〉〕，觀察入微，寫出特點，神來之筆，情韻悠揚。

　　李浩榮跟作家對話中，往往也在揭出寫作的奧秘。在〈曹文軒推崇沈從文〉一文中，曹文軒（1954-）首先談到家鄉一對白痴兒的故事，兄叫丁丁，弟喚當當。然後筆鋒一轉，又談到故事叢書《丁丁當當》獲得國際安徒生文學獎。「以色列為《丁丁當當》翻譯了兩個版本，一是希伯來語，一是阿拉伯語，兩個同根的民族，亞伯拉罕的子孫，手足相殘，烽火千載，活脫一對白痴兒。但鮮血流得還不夠多嗎？」家鄉的故事居然驗證了遠方歷史的悲劇。然後又談到寫作心得，退回學生的小說習作，曹文軒斥言：「你上萬字的稿子，怎麼連一段似樣的風景描寫都沒有，你至少給我補上十段描寫的文字，而且要加插得恰如其分！一星期後，學生

再呈改稿，曹文軒一看，十一段的景物描寫，比他要求的還多了一段，段段精緻，這下曹老師才滿意地點了點頭。」一篇短文含有豐富的容量，波瀾疊起，壯麗雄奇。

在〈鄭培凱在耶魯〉一文中，鄭培凱受業於史景遷（1936-2021）門下，也談到寫作與想像的問題。「史景遷研究歷史，常富於想像，善由其人、其時、其地推理其情，但是，史學容許想像的嗎？鄭培凱打了個比方，譬如我們的錄音訪問，看似字字確鑿，但經書寫轉化，剪裁增潤，至發表時，原意還留得下多少呢？況且，後學研究距離事發之日不知又多少年月了。而想像，則可彌補時空的短痕。」在〈黃燦然相信神秘主義〉一文中，作者聯繫評論者和詩人的觀點，「少時參加青年文學獎培訓班，杜家祁老師給我講解黃燦然這首〈在咖啡室〉，詩末橋段，靈光閃爍，杜老師激賞連連。『可能是真實，可能是虛構』，訪問那天我問黃燦然何從捕捉生命的亮點，出乎意料，黃燦然耍手戲答，『寫實不妨加些想像，點鐵成金。』」可見創作跟想像的關係，尤為密切。

關於諾貝爾獎，「卜戴倫獲頒諾貝爾文學獎，爭議不少。鄭政恆很欣賞卜戴倫，稱許他的民歌登峰造極，吸收傳統，又翻出新意。這歸功於卜戴倫早年的經歷，去不同的地方，讀不同的書籍，聽不同的故事，幹不同的工作，年輕磨練，終會苦盡甘來。」〔〈鄭政恆不教中學了〉〕刻意指出作家成功的因素，都是從生活中磨練出來的，日子有功，自會修成正果。

　　李浩榮訪問馬悅然（Nils Göran David Malmqvist，1924-2019），談到百年諾貝爾的風華與遺憾，以及對很多作家的觀感。「問錢鍾書，馬悅然嫌他『自負』；問張愛玲，馬教授只道『普通』；問魯迅，惋惜『佳譯晚出』；問賽珍珠，慨歎『貶毀過份』；問莫言，認為『短篇比長篇優秀』；問艾青，評許『老爹比兒子寬宏』；問村上春樹，現任馬太太搶先回答，『他沒有讀過！』」〈訪馬悅然教授〉，這也是一段神來之筆的回應，解釋了很多大家名家，特別是村上春樹久久未能獲獎的原因。

　　作者說過，「因忙著找工作，敷衍趕稿，被陳芳電郵訓斥，說練〔煉〕字鍛句是基本禮貌，好像下班時把桌椅收拾妥當，穿襯衫時配背心，衛生，公德，但現在年輕人都不懂了。字字火紅，烙刻臉上，我永誌不忘。陳芳說，當編輯和做學問一樣，誠誠懇懇地砌磚頭，只為後人站得更高，望得更遠。」〔〈《明報月刊》主編陳芳〉〕此外作者又說：「張錯教我，聯同一幫志同道合的文友，組織詩社，籌劃雜誌，多為自己爭取發表的園地，『搞不搞出名堂來沒關係』；稿子不妨交給《明報月刊》主編陳芳修改，『香港勢利，看不出她的好。』」〔〈張錯談轉世輪迴〉〕陳芳認真負責，傳承經驗，字字珠璣，字詞問題實在值得重視。李浩榮受到訓斥之後，深有所感，其實也教導了很多冒進的年輕作者。本書具有很多寫作的案例，以及分享不同學者獨有的內心世界，值得大家思考，消遣繁華。

品味廚神作家的飲食文學

　　《食字餐桌》[1] 在版權頁的建議分類：香港文學、飲食文學、散文。身兼三職，三位一體，寫作人顯然就是一位廚師作家，用近來潮流更興的術語可稱為廚神作家。《食字餐桌》在封面中重點介紹本書：「重新演繹作家筆下的餐桌奧秘，回味字裏人間中逐漸消逝的味道與情感，讓你經歷 34 次的飢腸轆轆。」目標明確，任重道遠。然後又標出「文學 x 插畫 x 食譜」的公式。配上幾幅簡單的食物或食材的彩圖，苦瓜豐滿而又亮晶晶的，烈佬茄汁蝦看起來更像 pizza 薄餅，寫出文學的味道，叫人垂涎欲滴。

　　本書分三卷：《點心與湯》7 篇、《主菜與主食》16 篇、《甜品與餐飲》11 篇，合共 34 篇；加上序 3 篇、〈後記〉1 篇。本書以香港常見的飲食物品為主題，結合文學和電影中的情節，帶出人物和重點故事。又以飲食滋潤各種知識及回憶經驗，如侶倫（1911-1988）的紅茶、力匡（1927-1991）相思的紅豆沙、岑凱倫的愛情雞粥、村上春樹（1949- ）的意大利麵、《胭脂扣》中如花搓不圓湯圓，甚至殺夫三文治等，都很自然的滲入作品之中，豐富藝術聯想及文化情懷，開拓視野，實為佳製。首篇〈雲吞的年華〉說：「慢吞吞，食雲吞，買報紙，俾一文。報紙早已不賣一文了。人情、鄉愁、餛飩、雲吞、Hong Kong、Chinese Ravioli，

---

1. 鄒芷茵：《食字餐桌》（香港：後話文字工作室，2019 年 2 月）。黃坤堯〈食字餐桌——品味廚神作家鄒芷茵的飲食文學〉，《香港書評家》總第 11 期（香港：香港書評家協會，2019 年 12 月），頁 23-24。

若晦若明，一如飄浮在大地魚湯上的韮黃。雲吞麵和香港一樣，始終有它不得不擁有的各種陌生名字。鄉愁也只能用擦身而過的年華，來包裹這座小島上不見其形、未能撫平的身世。」（p.37）此段自是作者深刻的寄意所在，寫出滄桑的滋味，文筆優美，叫人感動。

　　鄒芷茵非常執著自己廚神的身分，「第一次租房子，已是二十有九的年紀。一名房東說『養狗和養小孩免問』，另一名堅持不會搬走自己的大床，眼界大開。經紀一旦聽到房東問『你會不會煮飯』，都喜歡搶在前頭代答：『這個租客好，不會煮飯。』第一次我們不識時務，很愉快地親自回答『我會啊』，便給經紀很不愉快地瞪了幾眼。」（p.84）風趣活潑，對會煮飯非常自豪。她又很懷念學校的家政班，以及當年的三人小組，「圓形的東西出爐時變成方形，蛋糕烤熟了卻比較像曲奇、不知道是誰把所有要用來切條的甘筍切片。有次在煮肉羹，我把燒酒倒入量匙後，同組的女生突然轉身；她的長馬尾辮在我的量匙上一下掠過，整匙燒酒就這樣給她的馬尾沾去。」（p.150）「家政室裏的每個少年，現在都已長成不錯的少年人，各自有了不同的家和美食。忘記彼此的名字，也早已不束長馬尾辮。大家對意粉的想像悄悄改變，感情也隨想像轉淡。比《狂人日記》的昆仲之友來得更淡薄。也許從相識一刻開始，心裏的想像就註定彼此只能淡薄而去。我們是一堆放在同一座圖書館裏的舊書，排列起來是一面整齊的牆，卻永不可能揭開對方。」（p.152）比喻精采，神光流動，捕捉飄蕩的歲月，化成了感情永恆的滋味。

　　書中列出一些《小食譜》，教人製作美食，有果醬蛋糕捲、士多啤梨果醬、椰子油小麵包、雞蛋沙律三文治、番茄薯仔紅衫書湯、豆腐煮魷魚、蒜頭豆豉炒苦瓜、茄汁蝦碌、茄子焗螺絲粉、生滾雞粥、豆腐花、日式杏仁豆腐、威士忌酒漬車厘子等，列出材料及分量，講明做法，比較簡單，也容易處理。又有題外話陸續介紹廣東雲吞的靈魂：大地魚；叉燒三寶：南乳、玫瑰露、麥芽糖；家常手沖咖啡：濾泡與浸泡等，豐富飲食常識，饒有趣味。

　　本書最大的特色就是通過食物講解文學藝術，也通過中西作品的情節反映食物的神髓，或可演化為「文學的食」，以及「食的文學」，寫出食物的眾生相。例如在〈詩意的霉香〉中，介紹鹹魚出場，就用了盧偉力〈想吃一頓家常飯〉、飲江（1949-）〈鹹魚店（十四行）〉、飲江〈玄奧〉、鍾國強（1961-）〈大澳的長堤〉等詩作，以及古蒼林〈一個和鹹魚蒸肉餅有關的故事〉的小說，琅琅成誦，讀出霉香的味道。最後作者在大堆前輩的簇擁下粉墨登場。

> 近日與友人上館子，套餐裏有生死戀（馬友霉香鹹魚蒸馬友鮮魚），也有荷葉蟠龍鱔。大家都想要避開鹹魚，一致選了蒸鱔。畢竟鹹魚的霉香不一定帶有詩意，不可以足足嘆成世。我們把荷葉掀開，望著蒸籠下如銅器蟠龍紋的肥大白鱔；看它安逸地躺於豉汁環抱的海島上，做過骨肉分明的夢。（p.111）

　　作者通過詩歌、小說講述鹹魚的前世今生，飽飫一頓，霉香四溢，滔滔不絕，意氣昂揚。可是面對現實的食材時，筆鋒一轉，她們竟然選擇了新鮮的荷葉蟠龍鱔，出人意表，叫人難以想像。可是文字還是華美亮麗的，詩意濃郁，充滿色香味的誘惑，更為靈動。

　　本書有很多片段，借飲食話題，探討生命的意義，都是充滿詩意的文字，尤為深刻。

> 面對某天將會停擺的時間，我們在量度死亡前進
> 的速度以前不斷進食；用生存的欲念，每天順著
> 宏大的時代巨輪來活下去——煎一下隔夜麵包，
> 開懷吃喝，擁抱「吃」這種與生俱來的求生本能。
> 早餐桌用不著很寬闊，也用不著坐滿一群食客；
> 只要能放得下飲食可以呈現的各種浪漫意象，滿
> 足生存的欲念就好。（〈福爾摩斯的煎麵包〉，
> p.53）

　　死亡是必經之路，而進食更是維持生命的本能，兩者沒有妥協的餘地，鄒芷茵希望能在個人有限時空中呈現「各種浪漫的意象」，自然活得精采了。

> 在戰火傾城的危牆下，誰可若無其事地活下去
> 呢？是煮清蒸蠔湯的白流蘇，是在意酒釀餅那江
> 浙味道的張愛玲，是不須付托時間來醞釀發酵的
> 殖民麵包和愛情。（〈不列顛的傾城麵包〉，p.61）

在戰火危城中求生，原來我們還可以有很多不同的選擇。張愛玲（1920-1995）寫出文學的詭異世界，甚至還有愛情故事，相當奢侈。

> 老人最後帶了魚獲上岸嗎？可以說帶了，也可以說沒有。大魚一直流出腥臊的血液，回來時引來鯊魚，都咬碎了。只剩下不值錢的魚頭和骨頭，好像沒有膽的蛇。也許是因從沒生吃蛇膽的緣故，我已膽小得沒法直面一條沙甸蟲的死亡。生沙甸魚，不敢吃，只能放在烤箱裏烤熟；古巴黑豆飯，也不敢吃，因為放了辣椒。只能吃炸香蕉片和喝熱咖啡，在剪刀插入蛇腹強行扯出生命的瞬間，蛇的痛楚，已扯出來了嗎？都黏在膽上，讓我們吞下。（〈海明威的沙甸魚〉，p.102）

《老人與海》中的魚獲並不重要，給鯊魚吃掉和給人吃掉並沒有分別。作者更著意生劏蛇膽扯出生命的痛楚，充滿悲憫之情。人類為了生存，對待動物就是殘忍。

> 愉快的現代生活像小說，又虛假又真實，我們不必理會歷史，歷史總是能安靜地留在隱蔽的角落，如薯仔一樣變綠、腐爛、發芽。世界像安妮那個掛滿豬肉香腸的阿姆斯特丹密室；氣味既已瀰漫，自然不忍仰頭。（〈《安妮日記》的密室薯仔〉，p.117）

《安妮日記》也是揮之不去的悲劇陰影，生活在密室中的安妮（1929-1945）跟薯仔連成一體，充塞著腐爛的氣味。在戰爭和屠殺的陰影下，作者只能選擇小說，畏懼歷史的真實。

> 烈，火猛也。我未能回答烈佬阿難那道「一世人流流長，日子怎樣過」之難題；但我知道，猛火可以融化紅燒牛肉中的冰糖，炕盡魚腸蒸蛋上的水氣，把茄汁蝦碌和京都骨煮得黏稠。如火烈烈，冰糖化後、水氣盡後，剩下來的，就是滋味。
> （〈烈老茄汁蝦〉，p.144）

烈佬的人生疑惑永遠無法解答，生命的烈火卻可以燒盡一切的煩惱，煮得黏稠，我們就能如實品嚐烹調的滋味。

> 周芷若最終未能像〈漢廣〉般如願牽馬于[於]歸，翹翹錯薪，言刈其楚；之子于[於]歸，言秣其馬。張無忌沒有為周芷若餵馬，她要牽趙敏的手。張愛玲在〈沈香屑‧第一爐香〉裏說：「如果湘粵一帶深目削頰的美人是糖醋排骨，上海女人就是粉蒸肉。」可惜周芷若不是上海人，不能是粉蒸美人，唯有變成九陰白骨。一飯之恩結下良緣，也種下孽債。（〈金庸的美人飯〉，p.158）

這裏「于歸」誤作「於歸」。普通話「于」「於」不分，合為「于」字，但傳統及粵語必須寫作「于歸」。「于」「於」音義不同，不能混同。此段借用張愛玲的視角，把周芷若比喻為糖醋排骨、

九陰白骨，失去愛情的女子就是面目猙獰。

> 《格林童話》的蘋果，通常由成人給兒童吃；〈白雪公主〉的蘋果，更由皇后給公主吃。白雪顯然是個貪吃的公主，她擅自吃下了小矮人用來做晚餐的麵包和葡萄酒，又因貪吃蘋果而中毒。早期版本的〈白雪公主〉一點也不浪漫；白雪公主不是因王子情深一吻而甦醒，而是因王子運送她的屍體回家時不小心碰撞棺木，意外讓她吐出了毒蘋果而復活的，咬得也太大口了；但消化不良救了她一命。（〈卡夫卡、白雪公主和蘋果批〉，p.203）

此段利用蘋果故事，說出〈白雪公主〉兩個不同的版本和選擇，讀書有得，出人意表，看來早期版本比較踏實，可以經受科學的考驗。後來王子的一吻未免過於神奇，也蒙騙了很多世代的讀者。

以上七段不厭其煩的引錄，其實都是本書的精華片段，舉一反三，希望能喚起大家的興趣和思考。飲食除了維持生命之外，其實還可以豐富文學的深度思考，讓我們一起咀嚼文學、消化文學，享受文學，欣賞文學。鄒芷茵《食字餐桌》帶給我們深入的思考，別開生面，搖曳多姿，充分發揮想像空間，開拓寫作的領域，說來也是一本難得一見、比較奇妙的著作。

香港閱讀風情畫

　　趙浩柏喜歡訪書，用了十年的時間，遊走香港的大街小巷，見盡各式的書店場所，撰成《漫讀香港書店十年：我城閱讀風景》[1]一書，刻劃香港的閱讀場所，也是良好的閱讀紀錄。香港租金高昂，賣書的行業並不易做，很多小書店要在樓上或工廈苦苦經營，減輕負擔。書店的成立出於創辦人的一腔熱情，可是生意不佳，撐不了幾年，很快又要虧損結業了。這類的書店方生方死，層出不窮，可是沒有具體的記錄，很快又湮沒於歷史當中，化作浮塵。因此，趙浩柏寫出了大家很少接觸到的題材，不期然鑄就了「香港閱讀風情畫」，既陌生而又有點熟悉，甚至讀出了每一間小書店的個性，開展與書相遇的故事，表現香港的文化脈絡和讀書傳統，自然也是一本別開生面的著作，充滿窺秘的感覺，讓我們一起來探訪隱世書店這一個陌生的國度。

　　本書作品輯錄九龍 20 篇、新界 14 篇、香港及離島 17 篇，連同〈後記〉〈旺角博學軒〉1 篇，共收 52 篇。主要刊於《立場新聞》、《香港經濟日報》、《橙新聞》、《灼見名家》等，或長或短，遍佈港九新界的一些街頭角落，大家有空，信步往訪，不期然的都會遇上。例如〈訪大窩口偏見書房——作客藏書家的沙龍〉、〈訪荔枝角發條貓——小書店的溫柔夜色〉、〈訪 wildfire 把幾火

---

1. 趙浩柏著：《漫讀香港書店十年：我城閱讀風景》（香港：初文出版社，2020 年 1 月）。黃坤堯〈香港閱讀風景線〉，《香港書評家》總第 12 期（香港：香港書評家協會，2020 年 6 月），頁 9-10,8。

書店〉、〈訪比比書屋——記最遙遠菜田上的書店和她的掌櫃〉、〈訪ＫＴ書式驛站——錦田書店的驚喜和求學回憶〉、〈訪上環遊娛工房Ｘ夕拾——西區舊城故事〉、〈訪荃灣大河書店——租書鋪的倒數時光〉、〈訪綠野仙蹤書店〉、〈訪上環見山書店 Mountzero Books——香島的閱讀後花園〉等，看題目都有一種綠色溫柔的感覺，引人入勝。不過，說來慚愧，這些書店我幾乎都沒有去過，可能真的有點「心遠地自偏」的感覺，在人海中匆匆的擦身而過，最後還有點刻意避書的感覺。現在只能通過作者的文字記錄，憑弔蒼茫了。作者在〈源起〉中說：「動極思靜，書店是生活落入急促節奏的休止符。這是眾聲喧嘩、講求效率的年代，在香港亦然。政治漸變，經濟發展，個人求進，書店給予我們放慢、悠閒和自省的權利——更多的價值參照尺度以至更高的理想，由此覓得。書店讓新書登場，讓舊書抵達流轉的中途站。金錢和書冊易手，書店空間得以維持，我城風景更添充實，時光如是有了著落。」說明了舊書店的存在意義，也是時空交疊的歷史空間，讓有心人相期相遇，與書結緣。

本書行文瀟灑，隨意書寫，作者訪書沒有既定的目標和心儀對象，於是每次出巡都有意外收穫，寫出獲得喜悅的感覺，當然這也是閱讀的最佳境界，可是整本書看起來卻缺乏系統和條理，看到就寫，有點鬆散。而記錄的書種更是天南地北、中西兼備的，無所不包，自然也顯出作者的博學和廣泛的閱讀興趣。此外，本書以「十年」為限，嚴格來說就是最近十年，只能呈現作者在千禧年代以後所見的書店景象。至於十年以外的，也就是千禧年代

之前，香港的舊書店亦多，品流複雜，風光各異，只能讓白頭宮女細説前塵，另作敍述了。又本書以「我城」作為閱讀重點，立足於本土，似乎也刻意呈現個人獨有的閱讀偏好。因此本書所談的「香港書店」，只能説是片斷的景觀，不可能是全貌，自然也跟大家日常所見的香港書店，大有不同了。

作者〈訪大窩口偏見書房——作客藏書家的沙龍〉就很特別。偏見書房的主人是范先生，每星期只開一天，限於周六的朝九晚五。大窩口「工廈 15 樓的書房原來之前隨友人拿取暫存書籍時來過，事前已好奇群書堆疊、千尺單位的主人身分。這次重訪，門已打開燈已光亮，轉彎直入，眼簾自離不開遍房書海，主人早已待在書桌前，邊睇書邊迎讀者。」「偏見書房及其藏書自是主人范兒一己品味的實現，也是邀請別人來訪的好客雅地。『偏見』之名我原想是傳達『藏書為一己偏好』之意，原來語義多歧，范兒稱也可指彼此在『偏遠的地方遇見』。其實也無異向梁實秋《偏見集》致敬。如此人情和書香俱備。各人在書房相識相會相談，品書品茶談文化談感情談家庭談人生，儼然一道怡人沙龍風景。」「最近適值租約期滿考慮重簽，書房存續去留頓成選擇，是以范兒起了搬遷書房之念，兼試行自由定價，讓書再走一程，自己則可多見幾位讀者的臉。」由以上的故事，我們可以看出香港寸金尺土，藏書聚書十分困難，偏見書房其實是租來的私人書庫，並藉此以書會友，看來真是一種奢侈的享受，主人自得其樂，而作者因緣巧合，也就在店中結識了很多愛書的朋友。這自然就不同於一般營業的書店了。

又〈訪荔枝角發條貓——小書店的溫柔夜色〉，店主是Mr.Yellow，還自創了一個酒品牌，是有夢想的人。作者說：「夜幕將垂，來到了荔枝角。工廈處處，下班回家的人流漸多。步出地鐵站，朝著青山道人潮相反方向，訪一間晚上才開放的書店。對『發條貓』慕名已久，只開周四周六。聽聞書店甚有個性，有書有唱片有音樂，藍調伴以書冊，頗有情趣。私訊其臉書專頁，店主說周六才在，今天由友好坐陣。但早已急不及待，逕自走訪，要躲進寧靜又舒適的小書房，好避開都市繁囂。」看來這也是香港書店特有的浪漫情調，一星期才營業兩晚，志不在生意，悠然自得，令人羨慕。作者又說：「常跟 Mr.Yellow 談到買書和炒書的問題。書癡如我，有時不介意用貴價購得心頭好，卻覺得如別人動輒低買高賣，瞬即將書轉售賺錢，內心總覺有些異樣。我的想法跟 Mr.Yellow 相近。於是每次見面，總離不開這話題。例如我倆都是面書二手書交易群組成員，有時看見別人開高價售書，自己總有些想法，但他也說就當作市場考察，摸索人們的價值觀，然後談到最後，我們都沒有結論。是舊書理應價值如此，還是根本被人托市？這是值得不斷對話的問題。」可能這也是工廈書室的存在意義，讓二手書不斷流轉，用真金白銀顯出真正的價值。平常我們讀書借書，有沒有用說不清楚，到真正購買及收藏時，才能顯出意義。例如拍賣行的書畫，有時炒得很高，但原作者或古人，根本未能賺取分文，但看到這麼高的價錢，而作品的世俗意義就表露無遺了。炒賣其實也是驗證眼光的一道歷程。最後，書店撐不住，也要打烊了。「『如果 20/1（六）晚上來個特賣，大家願意來買書，減輕我們重負嗎？』原來還有一次重聚時刻。『發

條貓』也許終有一天會轉型或淡出，也許將來各自都在新路上走著，但聚過了，書看過了，店開過了，那些書店片段和夜色都是溫柔的。」

長沙灣福榮街文心書店，「老闆陳乃森先生，曾任孔教學院大成小學副校長，本身就是位愛書人讀書人。校長早年肄業於珠海學院，師從羅香林、李璜、勞思光、陳湛銓、嚴靈峰等著名學人，加上勤於閱讀，『我師、我書』，所以學養俱佳，藏書眼光亦獨到。從前在校讀書，對儒家學說抱有好感，但不過是書本知識，得見校長後，才知讀書確能變化氣質，校長儒者風範，正是最能服人的身教。」在訪書的過程中得遇世外高人，感受一種氣質，這當然更是難得的奇遇了

至於中環 Flow Bookshop，因欠租被律師將單位連書都封了。「周五下班，從北角走到擺花街，一程地鐵已感受到泛起的周末假期氣氛。夜中環依舊熱鬧，沿路酒吧美酒美女情侶大伙相聚總不缺，卻顯得 Flow 那掛在外牆的起皺橫幅有點落寞。升降機停在二樓，門打開走廊無人，書店鐵閘已拉上了，貼著一封律師信，一束紫花擱在門外，那堆漂書仍在原地。這時才細心看過架上的書，性靈和佛學居多，都指向在都市間尋找寧靜心安的路。我沒有取那無人認領的書。太多書值得被閱讀，卻遭到冷落。我步出大廈見遊人如鯽，一切似如故。」這就是書店和書的宿命，面對現實的環境，適者生存，不適者自然淘汰，書和書店都在不斷的流轉，有些無奈，卻很真實。不過後來得到鄧永鏘爵士遺孀捐贈的藏書及籌集資金，在上環另覓新鋪復業，延續書香。

在〈訪上環見山書店 Mountzero Books —— 香島的閱讀後花園〉所見，作者從文武廟往西蹓步，太平山街寧靜自成一角，街上 6 號 C 鋪即有樓高兩層，外牆翠綠怡人的見山書店，前身原是一間花店。作者説：「從花店到書店，因書繼續芳香。書店以『見山』為名，旨趣在於『見山還是山』的禪語典故，從登山看見書店風景，到眺望閱讀書海，卻提醒讀者要不忘初心，如同英文店名 Mount Zero 一般，下山返回原點，值得玩味。若太平山道是香港鬧市的後山，書店則像是後花園，栽種著閱讀及文化的品味、相識重聚的契機，更是值得期待的花香。」這可能是作者「香港書店十年」系列中唯一尚存的書店，可能也是碩果僅存的風景線。楊靜也去過見山書店：「那店小但佈置巧妙，方寸之間有序而美。店主人是文藝界，又有懷舊的情意結，可以發現不少八九十年代香港及其他地方的好作家，還有些另有一方天地的藝術家畫集或文論，一坐就是一個下午。樓上有舊版書和長桌，會文友再好不過。店主人和店員都是女仔，溫柔大方，像自家姊妹那般招呼你。」（《蘋果日報》，2019 年 2 月 18 日）有緣的時候，我們可能不期而遇。

趙浩柏《漫讀香港書店十年——我城閱讀風景》一書遊走於書店之中，遇到不少好書，也結識了不少志同道合的朋友，讓舊書重生，發光發熱，這些都是有價值的好書，希望覓得歸宿。此外書中也引發出了不少的議論，包括政治議題、社會現實等，而書本也就在沈默中發出了自己的聲音，走過不同的世代。

各師各法顯神通：《璞社談藝錄》演義

　　《璞社談藝錄・初篇》[1] 輯錄了古典詩藝座談會（2014-2015）上的講稿。講者有何文匯（1946-）、洪肇平（1946-）、朱少璋（1965-）、莫雲漢（1954-）、陳永正（1941-），共五篇。他們都是大專院校的教授，粵港詩壇名家，指導學生創作，兼擅理論研究。本書由他們各自現身說法，講述個人的學詩經歷及教詩心得，各師各法，隨意發揮，互顯神通，多姿多采。大家的角度不同，論詩的觀點迥異，自然也帶出不同的時代課題，刺激聽眾，火花迸射。讀者各取所需，演繹不同的思考模式，學詩寫詩的不見得完全管用，起碼也可以啟發個人的想像空間，珍惜學習機會。這五篇講稿恰好就帶領大家朝著詩壇的大道走過，探索沿路風光。

一、何文匯〈近體詩格律問題〉

　　何文匯統計唐代的試帖詩，指出當中「仄平仄仄平」（孤平）、「仄仄平平平」（三平）、「仄仄平仄平」的三種句式是考試時所沒有的，看來是必須迴避，以免犯規。但「在閒時寫作，唱酬，或於民間創作時使用的，它們都帶有詩句實驗的性質。」前者乃試場規則，後者或可謂之民間試驗，這兩項標準一直沿用至

---

1. 朱少璋（1965-）主編：《璞社談藝錄・初篇》（香港：匯智出版有限公司，2021年6月）。黃坤堯〈各師各法顯神通——《璞社談藝錄・初篇》演義〉，《香港書評家》總第15期（香港：香港書評家協會，2021年10月），頁29-31。

今，如果是遊戲文章，大家可以作各式各樣的試驗，無傷大雅。如果要參加比賽，就只能嚴守格律了，試帖詩的格律其實也就是今日詩壇的基本規範、金科玉律。此次何文匯對詩律的講解十分扼要，點到即止。反而是講畢之後的現場討論及互動環節，一問一答之間，相當精采。大家都熱烈發言，除了討論平仄，更深入探討很多常用字詞及國、粵語的讀音問題，析論當前香港社會的語言現象。何文匯推想，「在明清之際，北方人為了做官須學習南方發音方式，以便寫詩；南方人則須學習官話，以便當官。南、北語言之融合，於此可見一斑。」現在南、北方言的差異依然存在，可是大家很少寫近體詩，而且普通話統一了大陸，粵語僅殘留於南天一角，根本就沒有融合的機會。粵語不斷受普通話的影響，例如「桿」（大腸桿菌）、「朝鮮」、「藉口」等，原來的粵讀往往都被普通話取代了。何文匯認為「我們所謂的粵音根本已經危危乎，你還撐甚麼？字典不會查，就只會說撐，那麼你撐的，就只有俗語和粗口，意義便不大了。」此外他們也談到普通話有很多變調的現象，例如「因為」、「廣場」、「菌」、「肖鋼」等，往往都跟粵語不同，各走各路了。

二、洪肇平〈古典詩詞創作及香港詩壇話舊〉

洪肇平談到過去香港詩壇很多的名家大家，風花雪月，都成故事。開場時洪肇平首先吟唱自己寫給璞社同人的七律作品，引起在座諸君先後和韻作答，放聲吟唱，帶出熱烈的氣氛。洪肇平自述個人的學詩經歷，先是閱讀喻守真（1897-1949）《唐詩三百首詳析》，半通不通。後來入讀經緯書院，教他詩選的是梁簡能

（1904-1991）老師，但他卻更喜歡熊潤桐（1903-1974）的《勸影齋詩》。此後又在陳湛銓（1916-1986）課上認識曾希穎（1903-1985），何敬群（1903-1994）介紹他認識曾克耑（1900-1975），轉益多師，進步神速。六十年代在瓊華樓雅集，有白鶴派掌門人吳肇鍾（1896-1976）師傅、牙醫許菊初（1901-1976）等；又參加了李文格（1913-2000）的披荊文社。其他還認識了郭亦園（1902-1979）的香港詩壇，曾希穎的老友王季友（1910-1979）、高貞白（高伯雨，1906-1992），廣東畫家李研山（1898-1961）等，娓娓道來，都成故事。其中最有趣的要算曾希穎在高陞茶樓打人了。

> 有一天，吳肇鍾以及畫家李研山數人約曾希穎老師到高陞飲夜茶，以前有夜茶。那時曾老師在家已飲到醉醺醺，去到茶樓，伙計拿著水煲斟茶，誰料手勢不好，濺得老師滿衫是水。曾老師就一手搶過水煲，一拳打過去。他不懂功夫，但受軍事訓練，伙計應拳流鼻血。其他伙計即關上鐵閘，各拿武器要打曾老師。幸好當時吳肇鍾是白鶴派掌門人，有很多徒弟，如鄺本夫、陸智夫、[陳克夫]等。

> 那時吳肇鍾出來排解，他說不可打人，只可報警。後來曾老師被拉到警局。曾老師有個教救恩書院的學生叫湯定華，他即刻打電話給曾老師的次子（曾昭科）。曾昭科做警司，後來返回大陸。他

擔保曾老師出來。

看來詩人談藝，有時就像武林大會一樣，例如陳克夫（1918-2013）就是跟吳公儀（1898-1970）打擂臺的，後來才引發出梁羽生（1924-2009）、金庸（1924-2018）等的長篇連載武俠小說，動人心弦。洪肇平又談到家中有很多畫冊，他讀畫寫畫，也歸納出一些理論。他在論畫詩中寫過顧愷之、李思訓、李昭道、王維、吳道子、荊浩、關仝、董源、巨然、李成、范寬、蘇軾、李唐、馬遠、夏珪、梁楷、趙孟頫、管道昇、黃公望、倪瓚、沈周、唐寅、文徵明、石谿、石濤、弘仁、八大山人、王時敏、王鑑、王翬、王原祁、黃賓虹、張大千、李研山、溥心畬、鄧芬。最後是曾希穎。「諸家兼采付洪爐。天挺奇才雄萬夫。睥睨當今高格調，長留墨跡在江湖。」簡直就是一篇國畫人物專論。

三、朱少璋〈因情定體——談詩歌創作「情」「體」的配合〉

朱少璋的「因情定體」原出《文心雕龍》的「因情立題」，為了配合當前詩壇的狀況，不敢妄言「立」，即建立，以免有所誤會，也就改為「定體」了，亦即「情」與「體」的配合。因此，講座討論的重點，也就在於詩體的選擇了，例如五言、七言、四言、古體、律詩、絕句，甚至排律等。配合璞社詩課中的作品，專談當代人的現場寫作、選題訂調等經驗之談。大家相互討論，推廣寫作風氣。

四、莫雲漢〈詩衢回首重行行——古典詩歌創作雜憶〉

莫雲漢通過個人的《蹉跎集》、《一路生雜草》、《六月詩草》等三本詩集，講解寫作心得。作者主張詩歌寫作要反映時代，重視作品的寄託意義，以詩證史。所以他講解自己的作品，就好像重溫近半世紀以來香港歷史的發展軌跡及很多重大的社會事件，主張「我詩故我在」。最後作者提到他的詩友朱鴻林，相互唱酬亦多。老師方面有涂公遂（1905-1991）、黃麟書（1893-1997）、黃華表（1897-1977）、王韶生（1903-1998）、黃尊生（1894-1990）、甄陶（1902-1982）、李伯鳴、黃用諮（1902-1991）、陳克文（1898-1986）、黃湘華、陳直夫等，很多時都在松竹樓聚會。甄陶組鳴皋社，主編《亞洲詩壇》，推動詩學，貢獻甚大。此外莫雲漢又於星期六偕李孟晉、王韶生、李任難、彭樂三、劉翊偉等在彌敦酒樓聚會，也是香港詩壇的重要紀錄。

五、陳永正〈古典詩詞創作淺説〉

陳永正首先指出「詩人是從石頭裏爆出來的，是不能培養的，但每一個人，都可以成為會寫詩的人，會寫出比較好的詩的人。」而講課的目標自然也不是培養詩人，而是能把詩寫得比較好的人。

陳永正稱早年跟朱庸齋（1920-1983）學詞，並遵從指示學習王國維（1877-1927）〈古雅之在美學上之位置〉一文。「這篇文章大約的意思是，文藝是天才的製品，但一般人不是天才，只能夠通過古雅的道路，長期的學習、訓練、仿古、學古來製作藝術品。

王漁洋天賦不很高，才能也不很大，但他學古、仿古，模擬唐人、宋人，便能寫得成功。王漁洋的七絕學王半山，並得其神韻，朱庸齋老師亦叫我多看王安石的七絕。」指示入門途徑，十分踏實。

陳永正又專談「求新」，終身不輟，自然亦是經驗之談，值得細嚼。論云：

> 我和學生講課的時候，是主張守舊的，因為學生二十一、二歲，要「求新」是容易的。很多新的思想、巧妙的方法，他們很容易便能寫出來，這就是廣州話的「霎眼嬌」，霎眼一看很美，多看兩眼卻覺得沒有什麼大不了。我和中山大學的學生講了很多次課，每一次都說，新是一生追求的目標，可能到四十歲、五十歲，仍能創造一種新的風格。如是天才就不用說，二十來歲便能夠創新，像李賀一樣。一般人卻不能這樣創新，須通過長期的苦學，才能成功。詩除了要求創作者的天賦，更要求技巧，所有藝術也講究技巧。新是思想新、語言新、詞彙新，這些都是表象的東西，詩技、詩藝才是深刻的，是要長期浸淫才能夠掌握、理解的，所以我和學生上課還是要求他們先仿效古人。

此外陳永正又通過他在書法界多年的體會，反對「偽新」，也就是「似新非新」。他說：「創新應是風格新。風格有一個假的結拜兄弟叫特徵，許多寫詩的人、寫書法的人、繪畫的人希望創

造新風格，這現狀極為普遍，泛濫於當代藝術之中。許多特徵不是風格。」「網絡上也有很多人，寫得很有特色，十分奇特，語言、手法奇特，很多人模仿這些體裁，但我再認真想一想，這些都不是風格，而是特徵而已，特徵很容易便能製作出來，風格是一個人幾十年累積的天賦、修養、內心和精神世界、學養、對技巧的熟練、對其他東西的掌握。」他要將偽詩、偽書法區別開來，語重心長，指出正道，其實一切都是從「古雅」入手，培養高貴的美學精神。

《璞社談藝錄·初篇》輯錄的五篇講稿各有所見，有些嚴守語言格律，有些轉益多師，有些主張因情定體，有些反映時代社會，有些重視古雅精神，都足以深化我們的詩學理念。其實真正的詩人幾乎都是出於興趣，出於自學，洪肇平寫出七律的「抑鬱」，陳湛銓就請他到龍鳳茶樓吃一元零八角的豬手飯，可以記住一輩子，於此可見詩人真是從石頭裏爆出來的，教也教不了，開卷有得，轉益多師，一切的藝術就得靠自己了，社會上能做的，就是多辦比賽，提供一些誘因，就像奧運促成金牌得主的誕生，自然激動人心，誘發繼起的學習想像。璞社同人多年來推動詩學，不遺餘力，顯出最大的誠意。而本書的出版則可以給錯過詩會的人上一堂補課。

最後，我也根據《璞社談藝錄·初篇》五位講者的詩學主張，撰寫《璞社談藝錄》五絕句，也可以說是個人的學習心得，請大家指正。

何文匯〈近體詩格律問題〉

科舉掄才近體詩。對聯亭子客爭棋。語言角力難存古,滄海橫流亂象滋。

洪肇平〈古典詩詞創作及香港詩壇話舊〉

詩壇坦蕩見騷人。勸影齋前歷劫身。頌橘潮青陳湛老,江山如畫溯風神。

熊潤桐著《勸影齋詩》,曾克耑《頌橘廬詩存》,曾希穎《潮青閣詩詞》,陳湛銓《修竹園詩》。

朱少璋〈因情定體〉

情體相依配合生。江湖笑傲酒杯衡。金川平定元和頌,娓嬶風流辨正聲。

清《丙申兩金川平定詩冊》專用五言古詩散行體;韓愈(768-824)《元和聖德詩》則用四言古體。娓嬶(guǐ huà),形容女子嫻靜美好、漂亮。

莫雲漢〈詩衢回首重行行〉

一路生涯雜草多。十年花雨易蹉跎。詩衢回首行行遠,六月鳴皋子夜歌。

莫雲漢參加甄陶鳴皋社,著《蹉跎集》、《一路生雜草》、《六月詩草》三集。

陳永正〈古典詩詞創作淺說〉

詩人爆破石頭來。古雅裁成眼界開。大賽能招天下士,長期苦學鍛雄才。

香港藝術發展局 2002 年度委約出版的文學雜誌述評

一、引言

香港藝術發展局在 2002 年度委約出版的文學雜誌共有八種，即《文學世紀》、《詩潮》、《執書》、《童學站》、《香江文壇》、《詩網絡》、《科科世紀》、《性情文化》。由於獲得公帑資助，印費充裕，稿酬亦佳，皆能如期出版。其中《文學世紀》是第二度獲得資助的刊物，《執書》曾經出過四期，其他都是今年才首次面世的。這八種刊物的編輯理念和讀者對象各有不同，各具風格，各有特色，大抵都能比較全面照顧社會不同階層的品味和需要，老幼咸宜，雅俗共賞。可是在殘酷的市場機制下，以及社會閱讀風氣的偏差，這些刊物一般都缺乏積極的宣傳推廣，銷路並不理想。按照藝發局的資助原則，下年度除了一部分刊物能夠通過評審機制繼續獲得資助之外，其他如果不能自負盈虧的話，明年很可能就會停刊了。因此，本文擬探討 2002 年度這八種雜誌的內容和特點，評論得失，從而總結經驗，思考香港文學長期發展的可行之道。

這八種文學雜誌大概可以分為兩類：一為純文學類，例如《文學世紀》、《香江文壇》、《詩潮》、《詩網絡》四種，主要是詩、文、小說的創作和評論，後兩種更是純粹的詩刊，可以反映本年

度香港文學一部分的業績。一為跨文學類，例如《執書》、《童學站》、《科科世紀》、《性情文化》四種，主要是推廣中小學的閱讀風氣，同時也擴大了文學的領域，兼重想像的科幻世界和心靈的性情修養等不同的主題，求真求善，深化文學表現的內涵，可以兼顧不同品味和不同程度的讀者的需要。從整體社會資源的分配來看，特別是關係納稅人的財政支出，這八種刊物合起來也就顯出「多元」和「均衡」的意義了。又本文所及見的雜誌大約以出版至九月底為止，並不代表全年的成果。[1]

二、2002 年度委約出版的文學雜誌八種分述

1.《文學世紀》（月刊）：2000 年曾經出版了九期，其後以缺乏資助停刊。今年復刊後稱《文學世紀》第二卷：2002 年 1 月出第一期（總第 10 期）。主編：古劍；編委：顏純鉤、方川介。這是一本以創作為主的雜誌，兼顧評論和本地文學史料的整理。目前已出九期。

本刊每期都有一篇〈卷首語〉，分別由海內外名家執筆，例如顏純鉤、吳羊壁、也斯、葉輝、李歐梵、羅孚、西西、王曉明、黃子平等，天南地北，自由發揮，沒有固定的主題。例如第八期王曉明〈銅鑼灣街頭斷想〉一文，寫一位上海教授在香港小住的感覺，由城市失明談到以「批判的方式」對待他所置身的時代，

---

1. 黃坤堯〈香港藝術發展局 2002 年度委約出版的文學雜誌述評〉，第十二屆世界華文文學國際學術研討會，上海：復旦大學中文系臺港文化研究所，2002 年 10 月 27-29 日。刊入《香江文壇》總第十一期（香港：2002 年 11 月），頁 77-84。

認為「一部好的小説，總是會慫恿你順著不同的方向胡思亂想」，確認文學能夠提供一種無拘無束的想像力和洞察力，挑戰庸俗和局促的世代。發人深省，擲地有聲，可以顯出文學的威力。本刊每期都製作一兩個特輯，例如第一期「女作家創作展」〔西西、王璞、陳慧、方娥真、李默、關麗姍、妙玲、韓麗珠、舒非、黃燕萍〕、第二期「獲獎作家小説專輯」〔李維怡、謝曉虹、黃燕萍、麥樹堅、董啟章〕、第三期及第八期「小説多面體」、第四期「學者散文」、「旅情寫照」、第五期「中港新生代小説專輯」〔趙波、吳克勤、羊羽、王貽興、丁麗英、鄧潔雯〕、第六期「性心理小説專輯」〔崑南、王貽興、陳汗、李維怡、譚甫成、董啟章〕、第七期「文學與電影專輯」、第八期的「『吃的藝術』專輯」、第九期「文學評論專輯」等，發掘不同類型的作者和主題，琳瑯滿目，可以顯出編者的專業精神。其他重要的欄目尚有「香港記憶」、「香港心情」、「文學年輪」〔呂壽琨、熊式一、劉吶鷗、趙滋藩〕、「作品研究」〔鍾玲玲、劉以鬯〕、「文學評論」、「文化視野」、「浮過書海」、「錄音特區」〔李維怡、謝曉虹〕、「作家群像」〔關夢南、黃仁逵、秦嶺雪、董啟章、黃燦然、王良和、王璞、陶然〕、「作家側影」、「新詩群落」、「崑曲劇本」、「寬頻話語」、「散文隨筆」、「短篇小説」、「寫實小説」、「掌上小説」、「幽默小説」、「校園讀書札記」、「現場報導」、「交流通道」等專欄。其中編者對「香港記憶」一欄尤為重視，第一期的「編者的話」中聲明希望一年後能夠出版一本《文學的香港》之類的書，現在每期都發表幾篇相關的稿件，看來要達成目標並不困難。據統計《文學世紀》在過去九期中共有 193 位作者。

2.《香江文壇》（月刊）：2002 年 1 月創刊。主編：漢聞；副主編：張君默。這是一本純粹評論作家及整理本地文學史料的刊物。目前已出九期。

本刊每期都有〈卷首語〉，全部由主編漢聞執筆。他先後寫下了〈填補香港文學的空白〉、〈文學評論與創作〉、〈香港文壇喜迎小陽春〉、〈《劉以鬯專輯》的啟示〉、〈提高文學教育，提高文學水平──賀第四屆香港文學節〉、〈香港文學期待紅霞滿天──紀念舒巷城〉、〈文學是甚麼？〉〈讓文學評論健康發展〉、〈兩地攜手編寫《香港文學史》〉等篇，可以揭示每期的主題及編者心中的理念。本刊比較偏重對著名作家的研究，先後開闢了「金庸研究」、「劉以鬯專輯」、「舒巷城專輯」、「余光中專輯」、「陶然專輯」。此外又有「作家素描」〔陳蝶衣、韓中旋、倪匡、何紫、宇無名等〕、「人物專訪」〔劉以鬯〕、「作家研究」〔徐訏、劉紹進、劉以鬯、秦嶺雪、舒巷城、余光中等〕、「作家專訪」〔黃子程、蔡瀾、黃虹堅〕，大抵皆以本地的作家為主要的研究對象，可以從不同時期不同角度折射出香港文學的采光。其他主要的欄目包括各類文學景觀，尚有「研討會專輯」〔中國世界華文文學學會成立大會專輯〕、「文學節活動」〔文學教育座談會〕、「文壇憶舊」、「文海縱橫」、「筆耕漫談」、「史料鈎沈」〔茅盾、楊剛、朱旭華、易文、潘柳黛等〕、「創作探究」〔推理小說、與傳統共商量、歷史小說、詩與音樂〕、「文學評論」、「書窗景觀」、「風采之頁」、「文學教育」、「文社春秋」、「兩岸三地」、「序跋選載」、「文壇逸話」〔范止安〕、「海外文苑」、「目錄總覽」、「字海詞林」、「作品探究」

等。據統計《香江文壇》在過去九期中共有 95 位作者。

　　3.《詩潮》月刊，2002 年 2 月創刊。執行編輯：崑南；編輯委員會：崑南、葉輝、關夢南、陳智德。這是一本以創作為主的詩刊，當然也包括一些評論和研究。目前已出八期。

　　本刊每期都有〈編後〉，分別由崑南、陳智德、關夢南、葉輝四人輪流執筆。他們先後寫下了〈詩的盛宴〉、〈不一樣的可能〉、〈遊戲與烹飪〉、〈詩緣與詩教〉、〈我們的路，我們的創作〉、〈一切的延續〉、〈仍然做得太少〉、〈詩的端倪〉等篇，寫出了他們對詩的期望。本刊以「詩創作」一欄最為重要，網羅了大批本港的詩人作者，甚至在「他們創作小說，他們也寫詩」〔西西、邱心、韓麗珠、陳惠英、陳寶珍、崑南〕一欄中更專門介紹小說家的詩作，別開生面。此外，本刊也很落力向中學師生推廣讀詩及寫詩的風氣，例如「詩教」〔詩人說教、老師的困惑、學生心聲、中學老師新詩研習坊〕、「詩教回響」、「他們的第一次——新人詩選」、「我們的路，我們的創作」〔中學新詩教育〕、「『薪傳文社』詩輯」、「沙田培英中學作品選」、「青年新詩創作坊學員作品選」、「校園信箱」等，引入很多新人，十分成功。至於重要的欄目尚有「坦杜尼（Dezso Tandori）專輯」、「侯汝華小輯」、「李心若小輯」、「林英強小輯」、「劉火子詩選」、「李育中小輯」、「陳殘雲小輯」，比較多介紹三十年代的省港詩人。其他專欄尚多，例如「人物訪問」〔鄭樹森〕、「詩文化網絡」、「不一樣的情詩」、「倒影」〔陳江帆、關夢南〕、「譯鏡」、「視窗」〔草根朗誦會〕、「詩與視覺」、「書評」〔劉芷韻〕、「詩話」、「詩與漫畫」、「詩論與

詩評」、「視覺藝術」、「鉤沈」、「詩畫對話——閱讀黃仁逵」等。整份刊物富於進取心，內容繁富，令人眼前一亮。據統計《詩潮》在過去八期中共有 180 位作者。

4.《詩網絡》（雙月刊）：2002 年 2 月創刊。編審：王偉明、羈魂、路雅；編委：羈魂、路雅、譚福基、王偉明、胡燕青。這也是一本以創作為主的詩刊，同時也兼容了評論、研究以至詩歌史料的整理。本刊的前身是《詩風》及《詩雙月刊》，編輯的班底及內容樣式等也大致相同，本刊只是換一個新名字申請資助出版而已。目前已出四期。

本刊第一期有譚福基執筆的〈創刊辭〉，回顧了上一個世紀七十年代以來香港詩壇的發展大勢，先後出現了《秋螢》、《詩風》、《羅盤》、《詩雙月刊》、《當代詩壇》、《詩學》、《呼吸》、《我們》、《香港詩刊》、《詩潮》、《星期六詩刊》等詩刊，前仆後繼，此起彼落，浪漫悲壯，也很熱鬧。編者期望《詩網絡》是一張恢宏的網，希望吸納世界各地以中文寫作的優秀詩歌。「我們有理由相信，這些主要以西方詩歌形式為藍本而創作的新體，不一定是中國詩歌日後發展唯一的形式。未來中文詩的形式，要由詩人逐漸寫出來、探索出來，也創造出來」，顯出編者對詩的執著及兼容並包的精神，甚至尊重古典。所以在「詩路縱橫」的專欄中，除了王良和探討「鍾偉民現象」、黎活仁〈臺灣新詩刊物評鑑〉之外，甚至更連續兩期登載鄭煒明〈況蕙風之詞學理論〉一文，對於一份新詩刊物來說，可能有些突兀，不倫不類，其實卻也顯出包融的氣度。第二期「編者的話」有王偉明〈都付與蒼煙落照〉，

第三、四期則有不署名的〈遙知不是雪，為有暗香來〉、〈時俗是非何足道〉兩篇，迷於濃濃的古典意境當中，按筆路來說應該也是王偉明的作品。本刊固以「詩路花雨」的詩作為主體，其他尚有「星期六詩社特輯」〔洛謀、林露、山地妹、沈默、劉祖榮、林雲、掌明〕、「圓桌詩社特輯」〔聶適之、林浩光、謝傲霜、海戀、夏斐、秀實、瀟霖、井蛙、陳莛〕、「第二十九屆青年文學獎詩組獲獎作品選輯」等，也很努力推介新人。其他史料方面則有「香港近五十年新詩創作選特輯」〔陳青楓、崑南、張默、陳德錦、梁新榮、李詠茵、王偉明〕、「秀實特輯」、「詩人密語」〔周夢蝶、思果、夏菁、灰娃、辛鬱、吳岸、商禽、江楓〕、「詩史鉤沈」〔馬蔭隱〕、「詩來詩往」〔錢鍾書楊絳互寫情詩、悲悼徐志摩〕、「詩序跋」、「詩之外」、「詩訊」、「校園詩鈔」、「譯詩探微」、「詩前詩後」，以至廣邀文友撰稿的「評《詩網絡》特輯」〔王創叢、黎活仁、落蒂、林浩光、陳志偉、西彤、夏菁、黃維樑〕，或譽或貶，顯出批評的力度，同時也可以供編者檢討和參照。編者〈時俗是非何足道〉嘗云：「一本詩刊，沒有明確的詩觀，不一定是壞事；但缺乏長期的規劃與路向，卻肯定會在『詩蹤』裏迷失自己，茫茫然不知其所從。」編者困在長期勞累的編務中，漸漸也就有點力不從心，甚至迷失方向的感覺了，失卻了早年的銳氣，值得擔心。據統計《詩網絡》在過去四期中共有 163 位作者。

5.《執書》（月刊）：1999 年曾經出過四期。2002 年 3 月復刊。策劃：徐振邦；編務人員：潔慧、陳志強。目前已出七期。

《執書》是一本年輕銳進的刊物，圖文並茂，版面靈巧，色彩繽紛，印製精美，令人耳目一新。新一期「編者的話」說：「我們加強了《執書》的內容份量，收入更多優秀的作品，值得閱讀的好書介紹，希望可以更積極地推廣閱讀和寫作，以緊守我們出版《執書》的宗旨。」目的是希望大家能「執到好書」「執到好作品」。本刊所選的文章比較短小輕巧，可以吸引中學生的興趣。本刊所闢欄目有「小說點」、「特稿」〔杜麗小說、Harry Potter、圓桌詩社等〕、「薈萃」、「書賞」、「校園文集」、「好書推介」、「小園地」、「漫畫」、「書趣」、「遊記」、「圖書解讀」、「創作經驗」等。據統計《執書》在過去七期中共有 85 位作者。

6.《童學站》（雙月刊）：2002 年 2 月創刊。總編輯：趙美薇；編委：童學站編輯委員會。目前已出四期。第一期薇子姐姐〈互動聊天室〉說：「《童學站》在眾多兒童雜誌中，翩然而出與大家見面。這是一本充滿趣味性、知識性並重的集子，每期都有環保、科學、故事、遊戲、手工藝等十多項單元刊載在內。」因此本刊標榜為「兒童綜合雜誌的寶庫」。本刊的作品一般都不署名，其中署名的只有倫文標、小玲、小猴子、竹本一鳴、小星、潘金英、潘明珠、明明、賴雪敏九人，此外還有六篇小學生的作品，忽視著作權的問題。此外，編委會也不具名，整份刊物好像只由個人包辦，看來絕不合理。

7.《科科世紀》（雙月刊）：2002 年 4 月創刊。總編輯：李俊文；編輯：岑詠惠、盧佩貞。目前已出四期。本刊主要繼承過去《幻象》、《香港科幻叢刊》的精神，自我標榜為「香港原創科

學科幻雜誌——科學衍生科幻，科幻延伸科學」。呂應鐘〈幻想是人類文明進步的原動力〉說：「促成科技文明進步的原動力是甚麼？應該是人類天生的好奇心與想像力。」「沒有想像力等於沒有未來，沒有科幻也不會產生科學。」至於各期的專題則有「十大科學家與科幻小說家的震撼」、「解剖外星人」、「立入禁止的地下鐵路系統」、「預先規劃的『不日旺角』」等，全都沒有作者署名，文責誰負？其中「立入禁止」一詞費解，內文也沒有附加解釋。據統計《科科世紀》在過去四期中共有 54 位作者。

8.《性情文化》（雙月刊）：2002 年 5 月創刊。總編輯：霍韜晦；副總編輯：黎綺華；編務統籌：羅冠聰；編輯：顏國偉、袁尚華、曹秀容、曾國倫。目前已出兩期。霍韜晦〈創刊詞〉說：「建設有益於人類的文化，便要回歸生命，體驗性情，才能運轉時代，這是我們創辦《性情文化》雙月刊的原因。」「為復活東方人文主義『道不遠人』的傳統，我們並不打算純從學術層次下手，而是扣緊生活、生命、家庭、歷史、社會、世間以立言，尤重作者與讀者之感受與相通，冀望在此進路下能復活生命、復活文化，彰顯人類的價值。」第二期的卷前語〈如何挽救今日的社會危機〉主張：「恢復人的性情，提升人的修養，全方位進行，人類才能有救。」因此，本刊標榜為「一本讓你感受愛與光明的雜誌——生命為本，性情為根，運轉時代，見證希望。」明心見性，頗為高調，同時也見證了香港多元文化的包容空間。至於本刊的主要欄目有「道我深心」、「思入風雲」、「專題——唐君毅先生的性情世界」、「誠劇」、「醉閒情」、「親親孩子」、「喜耀家庭」、「戲曲牽我心」

〔訪問毛俊輝、陳守仁、辛其氏、葉紹德、小思、梅雪詩、朱劍丹、阮兆輝〕、「喜耀禪話」、「詩文寸心」、「性情之歌」、「教師心」、「社工心」、「書非白讀」、「香港情懷」、「性情中人」。第一期以專論唐君毅及其唐學為主，主要作者有陳特、唐端正、程石泉、盧仙納、陳健恩等。第二期則以「性情中人」的專輯推介劇本《袁崇煥之死》及佘家十七代人一直持續為袁大將軍守墓的悲壯情懷，大書特書，以正人心。據統計《性情文化》在過去兩期中共有 37 位作者。

三、2002 年度委約出版的文學雜誌八種綜評

在本年度委約出版的八種雜誌中，以純文學雜誌為主，共有四種。其中《文學世紀》是一本大型的綜合性刊物，小說所佔的分量尤重，除了辦了好幾期小說的特輯，按不同的層次分類，包括獲獎作家、女作家、中港新生代、性心理、小說多面體、寫實小說、掌上小說、幽默小說、短篇小說等，成績驕人；其次是散文及詩，此外也有少量的崑曲劇本。評論部分相對稍弱。而《香江文壇》則以評論及史料為主，不收創作。編者重視香港作家的作品，並以之為評論的對象，辦了金庸、劉以鬯、舒巷城、余光中、陶然等特輯。《文學世紀》、《香江文壇》兩份刊物都帶有濃厚的香港色彩，恰好形成互補的作用，但前者比較多樣活潑，具有前瞻性、新思維及開拓意味。後者則集中推介幾位名家，劉以鬯、余光中等反覆出現了多次，懷舊的意味略重；此外編輯手法稍嫌保守，缺乏全面開發香港文學研究的敏銳眼光和全盤策略，陣容氣派稍遜一籌。

香港文學向來以詩的表現最為活躍，過去出版的詩刊亦多。本年度一起資助《詩潮》、《詩網絡》兩本詩刊的出版，分屬不同的寫作班子，珠玉紛投，十分熱鬧。《詩潮》編製坦杜尼（Dezso Tandori）、侯汝華、李心若、林英強、劉火子、李育中、陳殘雲等的專輯或小輯，帶出一些久被忽略的三十年代詩人。至於詩與視覺、詩與漫畫、詩畫對話各輯，配合豐富的插圖，活潑多姿，別開生面，大有可觀。此外推廣校園詩風，培養中學生寫詩讀詩的興趣，不遺餘力，也是值得大家共同努力的方向。相對來說，《詩網絡》多了些訪問名家的專輯，白頭宮女，絮絮不休，懷舊的氣氛亦濃；編者獨力難支，整份刊物頗有老化的感覺，翻不出新意。跟別的刊物比較，難免顯得相形見拙了。

本年度誇文學類的雜誌也有四種，其中《執書》年輕可愛，活力充沛，圖文並茂，印刷精美，看來也可以吸引一些小讀者的垂青。《童學站》內容單薄，缺乏動人的故事情節，現代的小孩子看來也不見得會接受，聊備一格而已。《科科世紀》強調想像力的重要性，可是限於人力，止於剪輯一些科學舊聞充塞版面，拼湊的痕跡至為明顯，缺乏全面的規劃整理，科學世界難免也會變得支離破碎了。至於《性情文化》，說教的意味太重，亦乏文采，沒有激蕩人心的故事，一切性命之學可能都流於空談了。因此，《童學站》、《科科世界》、《性情文化》三種大抵只能流於推銷概念而已，缺乏堅實可觀的作品撐起場面，無論在編輯及組稿方面明顯都有力不從心的感覺，前景可能不太樂觀。

在作者的統計方面，截至九月底為止，《文學世紀》、《香江文壇》、《詩潮》、《詩網絡》、《執書》、《童學站》、《科科世紀》、《性情文化》八種刊物署名的作者約有 720 人，由於有人兼用筆名，外人不能盡知，如梁秉鈞筆名也斯、梁新榮筆名秀實，鄭煒明筆名葦鳴，即作兩人計算，所以這只是一組參考數字而已。又《童學站》只有賴雪敏、潘明珠兩位作者分別見於《執書》、《香江文壇》；《科科世紀》、《性情文化》兩份雜誌的作者各有自己的圈子，與其他刊物完全沒有來往。通過個別考察，《文學世紀》常見的撰稿人有舒非、崑南、胡燕青、黃燦然、施友朋、林幸謙等。《香江文壇》有漢聞、張君默、黃維樑、西柚等。《詩潮》有葉輝、崑南、關夢南、游靜、黃燦然、王良和、飲江、洛楓、何福仁、陳滅、彭礪青、廖偉棠、康夫、劉芷韻、鍾國強、劉偉成、梁志華、陳智德、小西、鄧小樺、洛謀、袁兆昌、許仲賢、余劍龍等。《詩網絡》有王偉明、黎活仁、路雅、向明、陳德錦、葉英傑等。《執書》有侯碧珮、琉璃、何良懋、二三、朱少璋、子遙、書記、魚糧、ahko、Kitcat、徐然、黃志堅等。《童學站》只有竹本一鳴。《科科世紀》有 2002277、Phoebe、太虛、王建元、白錦輝、李偉才、尋常、黃衍蕃、葉李華、零式、甄偉健、鄭軍、蕭源、譚劍、蘇逸平等。《性情文化》有霍韜晦、黎綺華、李軾哲、李澤文、曹秀容、陳愷令、曾繁光、黃鐘、羅冠聰、本刊記者、法住編劇組等。

香港的作者各有各的圈子，大抵慣性投稿，各為其主，且多為單一刊物服務。根據附錄〈2002 年香港文學雜誌（八種）作者

名錄〉所示兼見兩種刊物或以上的作者只有 100 人，約得七分之一。其中曾為四種刊物撰稿者有秀實、梁秉鈞（也斯）2 人。三種者有王良和、王劍叢、林浩光、柯振中、洛楓、胡燕青、袁兆昌、崑南、康夫、梁志華、莊元生、陳汗、陳滅、麥樹堅、飲江、葉英傑、葉輝、劉偉成、鍾國強、關夢南、羈魂 21 人。兩種者有 77 人，兼見於《文學世紀》《詩潮》者 30 人，《文學世紀》《香江文壇》者 18 人，《文學世紀》《詩網絡》者 6 人，《文學世紀》《執書》者 4 人，《詩潮》《詩網絡》者 10 人，《香江文壇》《詩網絡》者 4 人，《香江文壇》《執書》者 2 人，《香江文壇》《童學站》者 1 人，《詩網絡》《執書》者 1 人，《執書》《童學站》者 1 人。這一批人大概也是香港文壇上比較活躍的作者了。

四、「雜誌委約計劃」的檢討及香港文學的發展

　　香港藝術發展局「文學藝術小組委員會」自 1995 年起推行「雜誌委約計劃」，先後資助過三十多種不同類型的文學雜誌。例如《新報・文藝新潮》、《大公報・文學》、《星島日報・星林》、《商報・文學周刊》、《前哨月刊・文藝租界》、《純文學》、《當代文藝》、《春秋》、《文學報》、《文學村》、《滄浪》、《推理小說》等，其中既有新辦的雜誌，也有復刊的雜誌，甚至還有一些附屬於報刊的副刊。這些刊物各有理想，各展身手，此起彼落，前仆後繼，每年總有一些新鮮的品種面世，也總有些意興闌珊，黯然消逝，退出文壇。釀造出一陣熱鬧的感覺，然後又重歸寧靜。大家只能滿足於一刻短暫的存在而已。因此，我們不妨通過不同角度來檢視這些受委約出版的文學雜誌的命運。

　　香港藝術發展局在「申請指引」中很清楚的指出「雜誌委約計劃」的主要目的：一、推動香港的文學發展；二、提供公開的各種層次的寫作園地；三、培養閱讀風氣；四、文學的綜合發展。基本方向十分正確。為此，文委會乃為獲得資助的刊物實施「三年檢討週期」的評審機制，第一年為觀察期，第二年為定型期，第三年為改善期，希望經過三年的資助之後，可以達至收支平衡，自立門戶。如果在第一年觀察期表現不如理想，一般就不能獲第二年的資助了。為了善用資源，優勝劣敗，有所選擇，這實在也是稍為公平的辦法。香港沒有官辦的文藝雜誌，更沒有由政府支薪的「作家」身分，文學一直都是民間的自發活動，默默耕耘，相對於其他地方來說，是否又有些「滯後」的感覺呢？而「雜誌委約計劃」是否有一點補償的心態呢？對於香港的納稅人來說，為了推動文學的發展，這種「雜誌委約計劃」是否用得其所呢？我們又該怎樣監察這些成品？

　　至於申辦文學雜誌的編輯團體，大家都是一腔熱誠的，希望能夠帶出一些理念，為繁榮香港的文學而努力。可是我們所面對的市場狹窄，文學雜誌幾乎完全沒有銷路，實在也是夠令人洩氣的。因此，編輯團體只能努力組稿，吸納佳作，至於推銷工作，可能就無能為力了。這也是大家所公認的及共同面對的現實。為此，我對於願意出版文學雜誌的編者還是由衷敬重的，百折不撓，勇往直前，他們有一股不服輸的勇氣。

　　在讀者方面，現在市面上各種各樣的娛樂和選擇也實在太多了，五光十色，眼花繚亂，大家沒有時間接觸文學，甚至不喜歡

文學，自是十分正常的現象。怪也只能怪我們的時代沒有偉大的作品，可以吸引讀者非讀不可。不過文學從來就是一項高檔的產品，往往叫好不叫座。作者寫作只是為了一刻心靈的滿足，讀者閱讀又何嘗不是為了一刻心靈的交感呢？拈花微笑，引發共鳴，這已是很大的報酬了，作者讀者雙方交流感悟心靈震顫的波動，從來就不是市場價值所能衡量的。此外現實世界魚目混珠、真偽雜揉的「作品」很多，一切只能留待歷史作裁決，才能顯現「真身」。真正的作品有時要經過好幾代人的閱讀，擺脫了人事利害的糾紛，才能鑄成經典。現代評論有時受太多的人情因素所干擾，未必就是公正。按照目前香港的市場經驗，文學雜誌要在短時間內進佔市場，那只能是大商家大規模的投資，迎合市場通俗的口味，大灑金錢，大派贈品，一鳴振撼，才能迅速上位。香港藝術發展局微薄的資助，聊勝於無，委約出版的文學雜誌看來也只能奄奄一息，苟延殘喘了。其實文學一般只能滿足小眾的心靈需要，然後再慢慢的擴散開來，營造影響力，交流心得，這是編者、作者，以至讀者最殷切的期望。文學當如細水長流，滋潤荒灘，實在也不能期望太高的，否則揠苗助長，欲速不達，適得其反，很多的努力可能就付諸東流了。如果我們仍然沿用市場的眼光來看待文學問題，那只能是我們這個時代的不幸。倒不如不發任何資助，任文學自生自滅，讓人死心。置諸死地而後生，文窮而後工，有心人也還是會繼續默默耕耘的，看來也不見得完全絕望。因此，香港藝術發展局可以做的，應該是厚植根基，專心挑幾份有認受性的刊物，長期資助，多做推廣工作，培養大眾廣泛的閱讀興趣，而不必急於求成。有一天，水到渠成，開花結果，文學還是自然

會冒出來的。

騰飛歲月

　　2008 年 4 月 28-30 日，香港大學中文學院舉辦了「騰飛歲月——1949 年以來的香港文學」研討會，並將研討會的成果彙編成《騰飛歲月——1949 年以來的香港文學》論文集。[1] 跟主辦單位提供的會議日程比較，研討會發表了二十九篇論文，而本書則收錄了二十七篇論文，其中潘漢光、陳潔儀兩篇未見收錄。其中也有些換了題目的，例如龔敏，由〈饒宗頤教授的駢文〉，換成了〈金庸小說《連城訣》題材來源考〉。大同小異，略見不同。

　　本書基本上呈現了近六十年來香港文學史的相關面貌，除了宏觀的論述，例如香港文學思潮論、小說的風格流派及當代的「大散文」之外；還有施建偉〈香港文學的重新定位〉，指出「金庸成為香港文學奇跡的符號」，推動了一次「靜悄悄的文學革命」，顛覆了整個大陸的圖書市場、文化市場；而葛亮〈戀戀雙城——香港與上海的文學互涉〉，比較不同的描述，相互對照。施、葛二文都帶給我們很多的思考空間，豐富我們對香港文學的認識。此外探討現代文學與古典文學關係的，例如《文心雕龍》香港文學史的撰寫、杜國威戲劇的明代元素、《詩風》專號中的杜甫；結合古今的紐帶，亦見新意。其餘大部份都是論述當代香港的作家和作品，金庸當然佔據了一個最重要的位置，起碼三篇以上，其

---

1. 《騰飛歲月——1949 年以來的香港文學》（香港：香港大學中文學院出版，2008 年 12 月）。

他還有曹聚仁、劉以鬯、李碧華、舒巷城、高雄、南宮博、余光中、梁秉鈞、陳德錦、鍾偉民等，論文的專家學者提出了很多不同的視角，可供參考。作為一本論文集來説，圍繞著香港文學的主要論題，本書照顧面十分廣泛，內容很多，值得一讀。

至於評論作品／活動的藝術發展價值及藝術水平方面，我們大概可以從兩個不同的角度來看，對於一般關心香港文學發展的讀者來説，本書提供了若干材料，對香港文學的不同片斷也有很好的論述，可以大致認識香港文學的基本面貌及一些相關的課題，基本上沒有甚麼問題。但針對計劃名稱「香港文學資料匯編第二階段：香港文學史研討會」來説，可能就稍嫌散漫，缺乏統籌的機制了。按照大會的目標，例如楊玉峰、鄧昭祺二序，香港大學要舉辦研討會，自然經驗豐富，駕輕就熟的；但此次並非純粹的辦會，而是為了編撰香港人寫的香港文學史，那麼每一個場次的目標和工作就應該劃分清楚，例如文學史的分期、文學思潮、文學現象、各體文類、作家表現、專題論述等，都應該在「1949年以來」的框架中呈現出來，展現全局氣派。本書匯聚了很多著名的作家學者，大家各説各話，未能針對重點話題發言，要繼續撰寫香港文學史，可能幫助不大，最後只是累積了一些參考資料而已。

〈堅社簡述〉一文提到當代香港的詞學，過於單薄，只能瑟縮在現代詩文小説，特別是武俠小説、通俗小説龐大的身影下，未免形單影隻，似有還無了。如果多兩篇相關的論述，效果可能不同。

最後，同人的努力我們是深表認同和感謝的，可是我們難免還有更高的期望。

2007 年 12 月 20-22 日，香港嶺南大學人文學科研究中心舉辦「香港文學的定位、論題和發展研討會」，目標是希望整合各地專家學者的力量，探討香港文學的完整面貌。而《現代中文文學學報》Vol.8.2-9.1 則是將研討會論文彙編成香港文學的專著，內容豐富，製作認真。[2]

本書結構完整，能夠呈現出多元理念及精心策劃。篇首是梁秉鈞的導言，跟著將論文劃分為六大項目：一、華文文學中的香港文學五篇；二、文學史及文學選本五篇；三、香港文學特色五篇；四、文學場域：報刊、專欄、翻譯十一篇；五、文學教育三篇；六、香港文學及文化一篇；後者採用對話形式，大概代表結語，認知現狀，展望未來，合共三十一篇。都能表現出專業水平，有為而發，深入淺出，不同於一般空泛的介紹文字。

在導言中，梁秉鈞以李碧華的「青蛇」為喻，提出香港人寫香港文學史也不一定能呈現「真相」觀點，其實這就跟「不識廬山真面目，只緣身在此山中」的角度一樣，因此，我們有必要請來世界各地著名的專家學者，共同整理香港文學的史料；此外，史書美教授在論文中提出了「華語語系文學」(Sinophone Literature) 的概念，延伸到香港文學中也很適用，表現多語文學

2. 《現代中文文學學報》Vol.8.2-9.1(香港：香港嶺南大學科研中心出版，2008 年)。

的特色，跟其他華文華語地區比較，各具風采，自然也就是非一般的中國文學了。其他還兼顧教育、文化議題，兼辦文學活動等多項議題，甚至加入座談的形式，多姿多采，表現極大的誠意，值得欣賞。

本書的論文亦多精采之作，第一、二項共十篇談的都是撰寫香港文學史的基本材料及重要課題，見解精到，相互補充，具有指導意義。黃仲鳴〈粵語文學資料初探〉(1900-1970)尤具地方特色，「點將」一節提出邵彬儒、黃言情、鄧羽公、任護花、林瀋、我是山人(陳勁)、高雄、陳霞子、林壽齡、江之南的十人名單，擴大香港文學的發展空間，亦足發人深省。第三項五篇專門揭示香港詩文的特色，包括關閉與搖動狀態的城市刻劃、北方記憶及革命想像、歷史創傷與記憶探尋、起源及其變體、冷戰年代等，自然都展示了研究的深度和廣度。第四項文學場域各有專注，我特別欣賞樊善標、鄭振偉二文，他們分別為久違的十三妹、梁青藍兩位專欄作家造像，在塵封的史料中挖出精采，令人耳目一新。這些論文都有賴作者鍥而不捨，花費了大量的時間和心力，才能得到有限成果，說不上豐盛，但卻令人感動。

對於這一次香港文學的研討會及出版著作，我認為已達到深化討論的目標，而且更帶出豐碩的成果。本書的設計也很悅目，具列論文作者的基本資料，自然也是照應周全了。如果還要指出一些不足之處，我想當代的舊體詩文小說也值得珍視，就像粵語文學一樣，從開埠起計，也有一些亮麗的名字，不斷照耀香港文學美麗的星空，例如王韜、胡禮垣、陳伯陶、黃偉伯、伍憲子、

劉子平、伍俶、韋汪瀚、劉太希、許菊初、黃相華、熊潤桐、王淑陶、鄭春霆、劉德爵、勞天庇、謝啟睿、高臞賜、饒宗頤、曾敏之、羅忼烈、何叔惠、楊虞、蘇文擢、陳一豫、潘新安、勞思光、葉玉超、李鴻烈等，詩名顯赫，謹供主辦單位參考。

2009 年 10 月 8 日

文學史書寫的思考

　　陳岸峰《文學史的書寫及其不滿》[1]可以說是一篇學術論文，作者評論二十世紀八十年代以前中國現代文學史的六本著作，指出各書的主要內容、書寫的目標、作者的寫作背景，以及各書的不足之處，並藉此抒發不滿之意。這六本書包括：

疑古、革命及重構：胡適《白話文學史》

發憤以抒情：錢基博《現代中國文學史》

追源溯流，旁敲側擊：周作人《中國新文學的源流》

開山之作與政治審判：王瑤《中國新文學史稿》

政治宰制與書生遺恨：唐弢編寫的《中國現代文學史》

頡頏的文學史書寫：夏志清《中國現代小說史》

　　作者所選現代文學史的專著六種，難免各具缺陷，互有不足。前三種針對清末民初的文學狀況，揭出不同的史料和理念。胡適（1891-1962）著重白話語言的源流，希望取代文言的正統地位，重寫文學史，可惜只寫了上半部，還未成書。周作人（1885-1967）《中國新文學的源流》篇幅短小、比較單薄，但卻揭示了五四新文學的特點其實是遠紹「明末的新文學運動」，就是反對官樣文章八股文和桐城古文之類說的，發展的方向基本一致，「以前公安派的思想是儒家思想道家思想加外來的佛教思想三者

---

1. 陳岸峰著：《文學史的書寫及其不滿》（香港：中華書局，2014年6月）。

的混合物，而現在的思想則又于此三者之外，更加多一種新近輸入的科學思想罷了。」至於錢基博（1887-1957）的「現代」概念，則是由清末說起，分為古文學及新文學兩部，而新文學則有新民體〔康有為（1858-1927）、梁啟超（1873-1929）〕、邏輯文〔嚴復（1854-1921）、章士釗（1881-1973）〕、白話文〔胡適〕三體，也是切合時代現實和清末民初文學史的真貌。後三種代表五十年代以後的著述，白話文體一枝獨秀，民國以來整體的文言著述傳統全都被消失了，堅壁清野，不留痕跡。可能是大家對「現代」觀念和內涵起了根本的革命所致，更極端的做法是將「現代」三分天下，分為近代、現代和當代。由於政治的干預，「現代文學」就只剩下1919-1949短短三十年的光景，連夏志清（1921-2013）也是局限在這個時段內談現代小說史的。此外王瑤（1914-1989）、唐弢（1913-1992）二種代表大陸官方立場的指定教材，其他四種則是個人著述，自然亦帶有個人的主觀理念，各有精見和新意。

關於文學史的書寫，自然是以作品為主，評論高下。不過同時要在大量浩如淵海的作品中挑出有代表性的話題，反映時代風神，建構理論體系，各取所需，有時還是得靠點機緣和幸運的。陳岸峰指出夏志清在小說史中專論張愛玲（1920-1995）、錢鍾書（1910-1998）、姜貴（1908-1980）等，就因為剛好收到他們的著作，因此順便放在一塊作考究和論述；而王瑤、唐弢等可能未及見這批資料，或視而不見，也就完全不提了。本書前有〈導論〉一章，主要探討文學史的書寫及其意義〔性質、功能、史家意識〕、建立成科與政治干擾、「重寫文學史」的思潮、非偶然的擦身而

過、現代文學史的分期問題五項，帶出很多建設性的觀點。作者引用陳思和（1954-）說的，「它更需要證明，必須從材料出發，尊重客觀存在的科學性；它更需要批評，文學史家面對的是人類精神符號——語言藝術的成品，只有在審美層次上對他們作出把握，方能真正確立其在文學史上的地位和意義。」其實也就是在嘗透了王瑤、唐弢等官方論述的苦果之後的覺悟之言，必須撥亂反正。這類教材著作就算作者不作自我檢討或個人聲明，精明的讀者一樣會視之為反面教材，歪曲事實，觀點錯亂，毒害太深，無藥可救，是非真理不辨而自明，自然更誤不了別人的子弟。而八十年代之後，隨著新時代的來臨，也就有了「重寫文學史」必要，可是在九十年代的由北京大學出版的《文學史》中，「三輯合共五十二篇的論文中，與文學史相關的大約只有二十篇，還不到一半。」「沒能堅持當初的理想，畢竟是一種失敗。」結語則是「百年文學史的書寫，既是可見文學的發展，學者的風貌，更是百年中國風雨飄搖之縮影」，文學與政治息息相關，看來也是一語中的了。

至於作者對各書的「不滿」之處，則是本書的重點所在。胡適《白話文學史》專論先秦至兩漢、魏晉南北朝、佛經的翻譯，以至唐代的作品，除了「白話」蒼白的概念之外，跟現代文學完全無關，他只是想為白話找一個合法的出生證明而已，勞師動眾，根本沒有必要。後來還引發疑古思潮的興起，掉過頭來又嚷著「整理國故」去了，誤打誤撞，亂作一團。陳岸峰論云：「胡適認為他自己及新文學陣營中人一直的努力是在『復興』一個在傳統中

已存在的白話文學傳統，這也就是從白話文學革命、整理國故，以『再造文明』。」

　　錢基博《現代中國文學史》是以「知人論世」的方法來撰寫文學史的，陳岸峰評云：「以達至文學史與現實相涉，以體現世變下的文學變遷。然而，過多的關於作家本人的瑣屑記載，可能亦正是此書瑕疵之所在。」我認為其實這卻是本書的優點所在，清末民初翻天覆地的劇變，很多史料容易流失，例如附見於胡適的黃遠庸（1884-1915），「不太為人熟知」，但他留學日本，反對尊孔，主張新文學，是民國著名的報界奇才，跟胡適的主張相近，為逃避袁世凱（1859-1916）的糾纏，遠走美洲，竟為國民黨人所殺。其《遠生遺著》則是第一部的報刊通訊集。錢基博引述黃遠庸的論點：「故文藝家第一義在大膽，第二義在誠實不欺。技之工拙，存乎其人，天才亦半焉。」而胡適也認為他是新文學的「先聲」人物。可見這都是當時很多知識分子的共識，而五四運動亦呼之欲出了。又錢基博申論「現代」一詞，始於民國，但又包括若干清代遺老文人，不以1917年為限，更為符合現在大家所認定的「20世紀」的概念。陳岸峰認為王闓運（1833-1916）「仍未能活至趕上1917年開始的『現代文學』的頭班車」，又指《現代中國文學史》「堪稱逆流之作，充份流露其崇古意識與深切的現實關懷，雖對新文學運動中之人評價不無偏頗，⋯⋯」只是沿用舊有的觀念而已，還可待一一細論。錢基博不肯隨波逐流，不能不說是最有先見之明了。所謂「發憤以抒情」之說，看來亦當之無愧了。

　　周作人認為文學沒有「目的」,「文學無用」,提出「以平民的精神為基調,再加以貴族的洗禮,這才能夠造成真正的人的文學」。甚至追源溯流,指出新文學運動源出於明末公安派,獨抒性靈,不拘格套;又說「桐城派是以散文作八股的」,主要是有規矩可循,練習筆調,其中包裝了甚麼的內容,自然是因人而異了。至於「理想的國語」的構思,周作人指出「不是凡文字都用白話寫,只是為一般沒有學識的平民和工人才寫白話的」,這些觀點都饒有深意,值得思考。嚴格來說,周作人《中國新文學的源流》完全沒有文學史的成分,陳岸峰論云:「其迥異於胡適的文學觀與文學史觀,既有學術上的分歧,亦不無個人的怨懟,既是向胡適作出絕地反擊,亦是獨樹一幟的文學觀與文學史觀,而且亦為我們提供了新文學源流的另一幅圖像。」「革命時代的洪流並不允許文學置身事外,民族主義的烈火吞噬了書齋隱士的文學夢,周作人最終也捲入附逆的政治風暴而不容於世。同樣,現代文學史的書寫亦在不久之後的時代狂潮中,遭遇翻天覆地的命運。」

　　王瑤《中國新文學史稿》是 1949 年後首部的現代文學史著作,根據毛澤東(1893-1976)《新民主主義論》作指導思想撰寫,可說是全面為政治服務的文學史教材,材料弘富,但論述的觀點難免有所偏頗,同時也很難完全滿足大陸官方的需要,改完又改,最後還是招致狂風暴雨式的批判。陳岸峰論云:「為了趕上政治形勢而無法壓抑政治熱情的大量歌功頌德、違背歷史的論述,在黨性與學術之間,王瑤顯然毫不猶豫地選擇了黨性,這無疑是一種學術撕裂與自我否定。」「受政治熱情影響並以黨性為前提的

《中國新文學史稿》，則是王瑤學術獨立自主被逼失陷之所在。」
這是時代的悲劇，平心而論，我們也只能對五十年代的知識分子
寄以無限的同情，而不是譴責，他們做出了最失敗的試驗，自然
也是可作後世的警戒了。

　　唐弢編寫的《中國現代文學史》是集體編寫的著作，匯集了
全國大專院校最有權威的學者二十多人，從 1961 年初夏組成編
寫組，到 1980 年春末全書完稿，歷時二十年，但中間經歷了文革，
真正工作的時間前後只有五年光景。王曉明（1955-）清楚指出本
書「簡單化地把中國現代文學史看作是一部在文學方面的政治鬥
爭史，形成了按照政治標準將作家『排座次』的評判習慣」，完全
被官方的意識形態所支配和扭曲，自然也是一部令人不滿的著作
了。

　　至於夏志清《中國現代小說史》則是陳岸峰所選六種中最令
人滿意的一部，儘管夏志清不喜歡共產黨，但基本上還是比較以
客觀持平的態度，依從審美原則，審視人性，表現人道精神，如
果要完全泯除主觀思維，當然也談不上真正的學術研究了。夏志
清的優點是重新評定所及見的小說作家，平衡左右差異，在附錄
中帶出軍中作家姜貴的《旋風》雖然並不成功，「但其一腔熱血，
也足以感動有心讀者」，尤其是在五十年代國破家亡、山河變色
之後，《旋風》確也可以代表現代文學退守臺灣之後一道亮麗的
風景線。由於時移世易，新一代的讀者很難再喚起這種激情了，
但對夏志清來說還是深受感動的。陳岸峰論云：「此書有力洗清
了左派文學的機械、粗暴，並勾勒出張愛玲、沈從文以及錢鍾書

這一非左派的文學『大傳統』，如今已普遍成為現實。」「夏志清在《中國現代小說史》的強烈政治傾向，實非此書之致命傷，甚至可以說唯有如此的強烈政治批判精神，方能將淪為政治宣傳的現代文學解放出來，還其獨立地位。故夏志清對中共現代文學史之頡頏書寫，其實對被中共引導而走上歧途的中國現代文學起了洗滌作用，更重要是對文壇與學界均具有振聾發聵之功。」可見本書只有優點，完全沒有不滿，可能也是陳岸峰心中比較理想的文學史著述了，具有典範意義。

現在已是千禧世紀過後，新一代的文學史書寫早就跨越了舊有的政治局限，就跟歐美的學者一樣，現代文學也就是二十世紀的文學，今天（2014 年）仍然歸屬現代的範疇，沒有所謂當代的概念。參看下述各種文學史的新著：

謝冕（1932-）、孟繁華（1951-）主編：《百年中國文學總系》（濟南：山東教育出版社，1998 年）。

朱棟霖（1949-）等主編：《中國現代文學史 1917-1997》（北京：高等教育出版社，1999）。

朱水湧（1949-）、李曉虹（1953-）著：《中國現當代文學》（北京：科學出版社，2000）。

錢理群（1939-）主編：《20 世紀中國小說讀本》（杭州：浙江文藝出版社，2002）。

王曉樂等編：《20 世紀中國文學名作典藏》（杭州：浙江文藝出版社，2003 年）。

劉勇（1964-）主編：《中國現當代文學》（北京：中國人民

大學出版社，2006）。

　　其中書名「現代」、「現當代」、「百年」、「20 世紀」等概念幾乎是同義的，超出了現代文學三十年短暫的宿命，有時還引入文言作品，面目一新。

　　「不滿」是一種很負面的態度，但當指責過後，我們可又能寫出「滿意」的現代文學史嗎？對於陳岸峰所選二十世紀現代文學史的專著六種，通過嚴格的篩選和過濾之後，應該還是體大思精的著作，各有優點的，甚至可以互補不足。而本書對現代文學史所作的批判和思考，除了說明各書的特點所在，主要還是從「不滿」的角度加以審視，具體指出對諸書的「不滿」所在，實具嚴肅意義，值得參考。可能意在期待會有比較全面、相對客觀的中國現代文學史專著出現，希望我們的期待不會落空，早日呈現。

清末民初粵語書寫探源

粵語書寫源遠流長，遠者或可追溯到揚雄（53-18B.C.）的《方言》，近者則在湯顯祖（1550-1616）的《牡丹亭》及屈大均（1630-1696）的《廣東新語》中，或都有跡可尋。明清以後，隨著社會的發展，嶺南地區成了對外通商的主要門戶，面對翻譯表述的需要，很容易就出現了方言與通語的對應關係，加上地方藝術文化的發展，報紙及出版事業的興旺，粵語書寫也就逐漸定型了，擁有本地的讀者群，跟文言、白話鼎足而三，自然而然的，形成了一個獨特的市場。隨著香港都市的崛起，粵語的書寫中心也逐漸由廣州轉移到香港，現在很多電視、電影、廣播、流行曲及報紙等，依然是用粵語書寫，加上近年互聯網上潮語的興起，廣泛流行，而受眾者多，都可以表現出強韌的生命力，甚至可以跟白話文的書寫分廷抗禮，毫不遜色。當然，這只是在流行文化方面所反映的情況，講到正規的場合，一切還得以白話文或文言文為本位了。李婉薇《清末民初的粵語書寫》回顧了粵語書寫的發展歷程，廣泛地搜集資料，評論得失，大家日用而不自知，這是一項長期以來都備受忽視的工作，確實是很有意義的。例如近日的粵港兩地的撐粵語運動，大家反應強烈，可見我們在面對普通話及白話文的強勢語文時，還得反思粵語的存在問題。這對於推動香港未來的語文政策及教學語言的發展，本書無疑也是深具參考價值的。所謂「世事如棋日日新」，但另方面我們也得承認

「太陽底下無新事」，這兩個觀點相互補足而互不矛盾，溫故知新，亦有可供借鑑的經驗。

李婉薇《清末民初的粵語書寫》[1] 在〈導言〉中析論了幾個重要觀點，例如「書面的粵語」、「競爭的白話」、「一個言語／語言共同體」、「方法、主題和結構」等，作者希望通過雅俗語言和文體互相調和滲透，展現不同的風格，檢討粵語寫作的可能，彰顯方言作為一種語言意識對文學創作的重要性。作者的目標和方向相當清晰，只要粵語存在，我們很難在書寫上完全排除粵語的。而且所謂文言、所謂白話文等，其實都是來自方言，而又互相協調的結果，選取了最廣為人所接受的方式，大家都覺得明白，這就是規範了。在規範化或標準化之後，其實語言也還是容許有一個不斷創新，不斷壯大，不斷選擇，不斷完善的過程，根本沒有停止過。清末民初的粵語書寫是一個例子，八十年代隨著香港生活文化、流行文化的北上，普通話裏面已經增加很多香港的流行語，現在潮語橫流，更是一新局面了。作者認為晚清的粵語寫作並沒有爭奪話語權的意思，但「在特有的時代背景中，發揮無可替代的功能，並在文體、語言和風格等方面提供變化的動力」。（p.16）不亢不卑，意見中肯。

本書的主體部分共有五章：一、鄭貫公（1880-1906）、黃世仲（1872-1913）等人的粵語文體，以謳歌變俗，諧文警世，具有啟蒙時代積極的宣傳效應；二、廖恩燾（1864-1954）的粵謳及粵

---

1. 李婉薇著：《清末民初的粵語書寫》（香港：三聯出版社，2011 年 4 月）。

語格律詩，表現出雅俗的交鋒和文體試驗，特別七律方面，琅琅上口，別有會心，尤令人眼界大開。三、梁啟超（1873-1929）《班定遠平西域》，使粵劇語言本土化，表現時代風雲；四、兩部傳道的粵語小說《俗話傾談》及《天路歷程》，宣揚宗教道德，感化世道人心；五是陳子褒（1862-1922）的粵語教科書，具有普及教育的意義。以上按照歷史發展，分析粵語書寫的方方面面，範圍廣泛，尤其是包括了不同的文體，無論詩文、小說、戲曲、教科書等，應有盡有，文化以語言為載體，我們要反映粵地特有的文化面貌，絕對不能捨粵語而不用，而且大家一聽就明白，一看就懂，根本不必作任何的翻譯或解釋，這是最好的溝通工具。大概晚清民國之際，內憂外患，王綱解紐，加以列強環伺，大家在救亡的意識下，廣東地區直接用粵語來表達，自然事半功倍，同時也促進了粵語書寫發展的契機。李婉薇回顧了這一段語言的歷史，舉例亦多，實在也叫人深有同感的。

最後，作者在結論中，簡單指出晚清民國粵語寫作的一些心得，計有廣義的教育、以詼諧作反抗、尋找粵語小說、語言的格鬥等項，都能發人深省，明白方言的效用，在地區文化和寫作中，實在是無法取代的。其實香港現在面對普通話和白話文的規範中，為了統一的必要，同語同文是必然的，但如果要以犧牲方言作為代價，是不是又值得呢？兩者之間該怎樣協調和平衡，晚清民國的粵語書寫給了我們很好的示範作用，歷史就像一面鏡子，反映經驗，或者可以照出未來的。

　　本書錯字亦多，特別是繁簡轉換上的錯誤，看到的我都在書稿上圈出來了，這裏不一一列舉。本書的用例全屬過去的歷史，很多人看來會有些陌生感；有些語言和用法可能也過時了，讀者未必明白。如果作者將來有機會進一步將這個時期的粵語，結合用例，作歸納研究，可能別開生面，更見精采了。

傳記文學寫作的理論探索

　　中華傳記文學研討會第五場共有五篇論文，其中分為三種類型：即傳記兩篇、傳記文學兩篇、歷史事件一篇，各有不同的主題，內容廣泛，包括很多不同階層及領域裏的人物，例如軍事、政治、富豪、文人、特工等，但目標則一，就是通過不同角度指向傳記文學寫作的理論探索。從剛才幾篇的發言中，我們可以深切地感受到各位專家學者對傳記文學的理論建構，精闢而又深入，多姿多采，功夫札實，可以引發我們更多的思考。[1.]

　　第一篇董保存（1956-）〈當代軍事人物傳記之我見〉，作者從宏觀的角度構思軍事人物的寫作，大概分為三部分。首先是根據出版情況，分為官方修傳、自由創作、回憶錄自傳、後人撰傳四項，從不同的途徑，為將軍立傳，將他們的英雄形象，公之於世，永垂久遠。跟著作者評論近年軍事人物傳記的表現和成就，著重創作題材的開拓，包括正面人物、反面人物、神秘人物、小人物等都有；例如《我的父親鄧小平》、《粟裕大將》等，個性鮮明、英姿勃發。至於缺失方面，則是為了美化傳主的一生以致失實、掩飾缺陷、缺乏藝術功力等。作者特別指責海外的出版物，由於缺乏實例，沒有提供任何作品，只是一般泛寫，過於隱晦含蓄，也就使人難以看得明白了。最後作者提出一些建設性的意見，

---

1. 黃坤堯〈傳記文學寫作的理論探索〉（研討會第五節講評），參《理論探討與文本研究：中華傳記文學國際學術研討會論文集》（香港：中華書局，2010 年 7 月），頁 547-551。

指出軍事人物傳記要尋求新的突破，例如在歷史和藝術兩個層面的結合上深入開拓，同時又站在世界的角度，要進行美學意義上的開掘，表現軍事人物的英雄美、崇高美和壯美等。這些都是很好的意見，不過我認為當代人寫的傳記好處是貼近實體，大家記憶猶新，印象深刻；但缺點則是牽涉太多人的利害關係，不容易寫得客觀，不過這有待一代一代的傳承下去，尤其是事過境遷之後，人事的干擾減少了，真相就會慢慢地顯露出來，為當朝修史，有些不好說的，說不出來的，有時可能也就是間接毀滅歷史了。前修未密，後出轉精，軍事人物的傳記還是以早些出版為妙，後來者還是可以不斷地補充和修訂的，讀者就是要追求真相。其實軍事人物要寫得好，可能失敗者更為動人，例如《史記》中的〈項羽本紀〉及〈淮陰侯列傳〉等，項羽（232-202B.C.）天亡我也，功敗垂成，顯得十分悲壯。韓信（231?-196B.C.）更是一位軍事奇才，出身於風起雲湧的後戰國時代，縱橫捭闔，洞識先機，深於兵法，每戰必勝，且一度左右楚漢相爭的局面，幾乎三分天下。後來不忍背漢，也就被呂后（?-180B.C.）設計殺害了。十年間由軍中的冒起到迅速殞落，必然會拉動很多可供想像的情節。軍事人物總要帶些遺憾，帶出悲劇的感覺，可更為動人和壯烈。

第二篇施建偉（1939-）〈比較香港的政治人物傳記和富豪傳記〉分為四章：一、傳記文學在香港得天獨厚的文化生態中成長；二、政治人物傳記是華文世界的驕傲；三、破譯富豪傳記興起的文化密碼；四、比較：從兩個層面展開。作者的觀察力敏銳而又準確，一下筆就能把握香港政治、經濟的兩大課題。我們只要到

書局去，特別是在機場擺賣的，這兩類傳記琳瑯滿目，放在書架上當眼的地方，都是深受讀者歡迎的產品。香港具有不受政治意識形態操控的優勢，兩岸三地的政治人物傳記，都可以在這裏出版，暢所欲言，真假雜陳，可以說是傳記文學的天堂。剩下來的就只能由市場因素及文學成分來決定了。作者説：「文學史的敍述格局與版圖顯然太狹窄了，所以只有把他們當作當代史的大敍事來讀。」凸顯傳記文學大敍事的本體價值。作者還特別欣賞寒山碧（韓文甫，1938- ）《香港傳記文學發展史》，還原歷史發展的軌跡，補足文學史的不足之處，表現歷史的尊嚴和學術的尊嚴。施建偉更認為香港有很多的政治人物傳記，推崇文化自覺和秉筆直書，可以深入解讀歷史的真相，發揮了作家獨立思考的品質，充分展現出自我的史才、史識和史德。而富豪傳記則反映創業精神，認識人生價值，也突破了傳統文化重農輕商的觀念，積累資本，爭取最大的利潤。作者説：「這是民族集體意識更新的一種新嘗試。」表現出大時代的意識，拓展寫作空間。其實《史記》中的〈貨殖列傳〉，就是為古代著名的富豪立傳，功在社稷，可見司馬遷（145-86B.C.?）早就理解商人對國家社會的的貢獻了，歷代商人的地位都很重要，重農輕商只是一種演出的姿態而已，不見得就是歷史的真實。最後，作者分別從寫作主體層面及文本層面，比較政、經兩種傳記的寫作方式，追求普世價值的核心觀念，反對世俗的商業行為，強調傳記的本體價值就是歷史的真實。不過，作者又説：「其他的價值如文學價值、思想價值都是附屬的。」可能得失參半，得到了歷史卻失去了文學和思想，對於傳記文學來説，這又值得嗎？

　　第三篇吳東峰〈中華傳記文學中人物描寫傳統及其文學品質〉，前半敍寫歷史的發展過程，後半講述現當代的斷裂問題。首先作者指出中華傳記文學具有悠久而豐富的歷史和文本資源，由古及今，源遠流長，十分詳盡。其次是中華傳記文學人物描寫演進和發展，例如《史記》對傳說中人物的印象化的提煉；唐宋時期古文運動注重人物形象和生活細節的敍述，形神兼備；而明清傳記文學則注重環境的鋪墊和烘托，深入到人物的內心世界。強調傳記文學的文學性品質，表現出豐富多樣的筆法。其三中華傳記文學中人描寫傳統的主要特色，通過人物的故事、動作、細節和語言，強調對真人真事進行實錄。最後探討近現代人物描寫傳統上的流變和斷裂，主要是紀實性與文學性分離。不過，文本上這一段缺乏例證和說明，有些概念也很含糊，例如「中華傳記文學在十九世紀後期開始接受外來影響，並在二十世紀二三十年代完成了現代的轉型」，「只有紀實與文學的水乳交融的文本才是中國的」這兩句的敍述，具體的意義究竟是甚麼呢？中外的區別何在？現代的意義何在？希望吳先生有所補充說明。其實吳東峰這一段在研討會上的口頭報告比文本書寫的資料還要詳盡和豐富，看來是意猶未盡的。

　　第四篇唐柱國〈中華民國中央政府——遷臺早期保密局的內部鬥爭〉。作者首先介紹保密局由來，由 1946 年 3 月 17 日軍統局的創辦人戴笠（1897-1946）墜機死難事件說起，蔣中正（1887-1975）趁這個機會改組軍統局，成立國防部保密局。其二保密局初成立時的內部暗潮，在毛人鳳（1898-1956）、鄭介民

（1897-1959）、唐縱（1905-1981）三大要員之中，由毛人鳳出任局長。其三遷臺初期保密局的職能，1949 年 1 月 21 日蔣氏下野，李宗仁（1891-1969）縮編保密局，只保留七十五人。蔣中正指示毛人鳳，精選二三千人渡海入臺，由自己直接指揮，還偵破中共在臺北市的地下組織。其四改組保密局引發內鬥，蔣中正擬派長子蔣經國（1910-1988）接任局長，但毛人鳳卻請示蔣夫人（1897-2003）反對，牽動了整個情報治安體系，鬥爭十分激烈，而毛人鳳亦因患癌逝世。唐先生的論文資料翔實，敘述生動，講述事件的來龍去脈，具有臨場的震撼感覺，可以說是精采的報告文學，其實也不妨說是一篇毛人鳳的小傳，主要敘述他跟兩蔣父子的在臺灣的鬥爭片段，爾虞我詐，心狠手辣，其實作品本身也就是一篇精采的傳記文學，而非學術論文這麼簡單了。唐柱國見證了國府遷臺早期的一段驚心動魄的歷史事件。同時，他也是一位說故事的高手，用了很多第一手的材料，娓娓道來，就像說書人的演義一樣，令聽眾如癡如醉，欲罷不能，最後座中有人舉手建議，把超時沒說完的故事說下去。

第五篇是本港學者朱少璋（1965-）〈傳記文學的各種可能——以蘇曼殊傳記為例〉，作者首先列出蘇曼殊（1884-1918）的傳記作品，由 1977 到 2008 三十一年間，共有二十一種，其中朱少璋《燕子山僧傳》就是其中的一篇，朱少璋兼具作者及評論者的身分，大概是現身說法，分析這個熱潮的成因，也談到個人的創作體驗，「以期為傳記文學創作提供若干可行的創作角度與策略」，有些特別。其一，內在條件：與傳主有關的主觀因素，包

括傳奇的生平、洋溢的才華、廣闊的交遊、特強的自傳意識。其二，外在因素：與傳主有關客觀因素，包括第一手材料、第二手的材料，走訪所得材料。內外兼顧，工作細密。本文的結語也很精采，大家喜歡為蘇曼殊作傳，除了作品本身的價值，以及同情蘇曼殊的不幸和痛苦之外，作者還特別提出了「共鳴」之說，最後分不出寫的究竟是傳中人還是自己了，感同身受，完全投入，這是傳記文學的最高境界。

在本場研討會的五篇論文中，通過不同類型的傳記人物，例如軍事、政治、富豪、文人、特工等，幾位專家學者探討傳記文學的寫作心得及理論建設，各有所得，也有一些不同的看法。現在我打算綜合各家在文本上的語句，列出幾條重點，供大家討論。

1. 董保存說：「思想性文學性尚有欠缺。」而施建偉則說：「其他的價值如文學價值、思想價值都是附屬的。」哪一個對呢？我認為傳記文學不能缺乏思想性及文學性，否則只剩下一堆原始的傳記材料而已，不是文學，更不是創作，只能是記錄而已。

2. 董保存指責海外的出版的軍事傳記「缺少最起碼的公正態度」。施建偉說：「香港的那些優秀的人物傳記體現了傳記的本體價值和作家的文化自覺。」寒山碧甚至更明白指出「自由孕育和造就了香港傳記文學的輝煌」。當然，大家心目中各有不同的著作，海外及香港的傳記好壞都有，不可能一概而論，但大環境的自

由天地畢竟可以減少很多人事的干擾，大家容易有所發揮。如果有人濫用了自由，讀者的眼睛是雪亮的，造假的人一定會被人揭發，逃不了歷史的審判。

3. 施建偉認為「真實是傳記文學的生命」，但吳東峰指出「只有紀實與文學的完美結合的傳記文學作品，才能清晰地傳真人物的形象和色彩。」朱少璋在搜集蘇曼殊的傳記材料中，主張內外兼修，這是「真實」的最好詮釋，通過篩選和驗證，自然是一種科學的治學態度，而他所提出的「共鳴」之說，更帶出傳記文學的藝術感染力量，而代入作者的主觀感情了。因此，我忽然有一種看法，蘇曼殊的二十一本傳記，可能也就代表二十一位作者的心靈境界，各師各法，成書後再也未必能復原為客觀的蘇曼殊了，為傳記文學添上一抹迷惑傳奇的色彩。

4. 吳東峰說：「儘管《三國演義》、《水滸傳》等小說脫離了傳記文學的本真，但在創作方法上卻把中華傳記文學的藝術性推向了成熟的高峰。」唐柱國稱蔣介石評述戴笠說：「他是在有若干工作表現，並向我表示願終生以特務工作為志業後，我才交了一部《水滸》，一部《三國》給他，命他好好玩索體會，悟出心得，以做為工作指導的參照。」《三國演義》、《水滸傳》二書對傳記文學的影響，原來竟是神通廣大，妙用無窮的，看來真的值得大家參透了。

現代史料的選擇與辨析

胡志偉《書評雜錦》[1]，名副其實，都是評書的論文，包括文學二篇、傳記四篇、名人回憶錄十五篇、評論四篇、工具書六編、雜誌兩種。前有陶傑（1958-）序一篇，末附康正果（1944-）的評論一篇，對作者的評價極高。本書插圖多達九十餘幅，以近現代的政壇人物及文化界名流為主，圖文並茂，多采多姿。

本書表面上全是書評文字，其實卻是以名人傳記及政論為綱，以歷史事件為緯，縱橫交錯的，抉發出很多隱性的史料；進而辨析史料的真偽，讓事實説話，根據蛛絲馬跡，解開歷史的疑團，努力發掘歷史的真相，通過對比方式重建近現代中國歷史的面貌。近現代的中國歷史由晚清甲午戰爭 1894 起計，到今天剛好是一百二十年了。中間經歷了立憲、革命、共和、復辟、北伐、統一、抗日、國共內戰，以至國共分治的不同階段，出現了大量不同政治光譜的人物，很多還一度掌權，包括英雄豪傑、文人武將、漢奸走狗、牛鬼蛇神等，一起落力演出，最後當然還是一一從政壇中消失了。不過他們的是非功過、所作所為，其實都有載錄的，逃不了歷史的審判。可是由於撰述者的立場不同，例如左中右黨派以至旁觀者的敍事角度各異，加以有所隱瞞，故意留白，虛假造作，指鹿為馬等，我們讀近現代史，往往真偽雜陳，疑信

---

1. 林同（胡志偉，1942-）著：《書評雜錦》第三輯（香港：自由出版社，2014 年 1 月）。

莫辨，各執一辭了。大家只能按自己的立場，根據不同的説法，擇善固執，從而確立自己的史觀，信不信由你，但自己就只好信了。面對歷史，就像任人化裝的女子，有時就是這般的無奈。不過，讀了《書評雜錦》，卻使我們對近現代史，以及治史的方法有了新的認識，挖掘資料，努力尋求真相。

作者博覽群書，興趣廣泛。所謂「群書」，主要是指近現代的中國政治及人物傳記、回憶錄等而言。作者早年在大陸成長和生活，到七十年代後期來港，見證了內地從建政、三反五反到文革結束的整個歷程，同時也結識了很多「戰犯」之類的國民黨軍官人物，記錄了很多不同的史料；來港後閱讀大量近現代的歷史文獻，相互比對，因此也就寫出了很多部的政壇人物鉅著。本書《書評雜錦》可以說是撰寫那些歷史鉅著的副產品，作者將所讀過的著作逐一加以辨析，梳理抉擇，尋根究柢，釐清真相，也就逐漸浮現一些歷史的原貌。當然，《春秋》撰史，一定會有所褒貶的，也就是個人的立場，作者力貶毛澤東（1893-1976），卻十分稱讚蔣介石（1887-1975）。此外本書對張發奎（1896-1980）的功績和人格最為推崇，所以也就佔用很多的篇幅了。

在文學的兩篇書評中，作者〈再論莫言小説的人民性〉一文專論莫言（1955-）《牛》及《十三步》二書。莫言深得《聊齋》的神髓，用説故事的方式影射人間的罪惡。例如作者指出「《牛》是莫言中篇小説的代表作，小説通過一頭被閹割的牛之命運以及衍生的災禍，揭露了文化大革命的滔天罪惡。」又如各章的小標題「貪佔村民死牛，污吏集體中毒」、「貧民百姓深切懷念舊社會」、

「活人踏著死人屍體往上爬」、「貪官死後要整容，割除脂肪半百斤」、「各行各業都在撈油水」、「警察胡亂判案，黑漢欺凌書生」、「臨時工升任副廠長，重案犯嫁紀委書記」、「十億人民至少可抓三億個右派」、「莫言足以同狄更斯、福克納媲美」，由以上這些文字，可見作者認為莫言的主要成就就是揭露中國社會的黑暗世界及人性的墮落、「把人間最卑鄙、骯髒、黑暗的東西暴露到光天化日之下，正是提升人們的心靈，喚醒人類固有的勇氣、榮譽、希望、自尊、慈悲、憐憫和奉獻精神」，其實更有挽救人世沈淪的悲壯意義，「榮獲諾貝爾文學獎，這正是實至名歸」，反而他認為高行健（1940- ）的得獎相對來說，則是誤打誤撞所致，「中共阻撓王蒙赴瑞導致北島落選諾獎」，「中、瑞雙方的失誤，徒使豎子成名」，是耶？非耶？作者如是說，聰明的讀者最好還是根據資料，自行判斷了。

在文壇方面，尚有高拜石（1901-1969）《古春風樓瑣記》、唐紹華（1908-2008）《文壇往事見證》、王蒙（1934）《王蒙回憶錄》、舒巷城（1923-1999）《艱苦的行程》等。例如唐紹華指出國民黨籍著名的文藝作家有徐蔚南（1900-1952）、陳紀瀅（1908-1997）、謝冰瑩（1906-2000）、李辰冬（1907-1983）、王夢鷗（1907-2002）、趙友培（1913-2999）、張秀亞（1919-2001）、姜貴（1908-1980）、鍾雷（1918-1998）、朱介凡（1912-2011）、吳若（1915-2000）、尹雪曼（1918-2008）、魏希文（1912-1989）、徐鍾佩（1917-2006）、彭歌（1926- ）、顧毓琇（1902-2002）等；而文藝理論家則有周策縱（1916-2007）、魏子雲（1918-2005）、王

聿均（1919-2007）、夏濟安（1916-1965）、夏志清（1921-2013）、鹿橋（1919-2002）、許芥昱（1922-1982）、胡品清（1921-2006）、黎東方（1907-1998）等，都有堅實的作品支持，只是不擅於政治鬥爭和大眾化的宣傳技倆，往往輸給左派，未能引人注意了。舒巷城跟高伯雨（1906-1992）、劉火子（1911-1990）、侶倫（1911-1988）等都是少數香港土生土長的本地作家。舒巷城在西灣河、筲箕灣一帶長大，他在太平洋戰爭爆發後遠赴桂林，隨著湘桂大撤退，從宜山輾轉去了貴陽、昆明，還先後在越南、臺灣、上海、東北、北平、南京等地工作或生活，直至1948年底返港，寫出顛沛流離充滿血淚的個人經歷，驚心動魄。作者總結本書有「火車上難民擠成沙汀魚罐」、「泥濘、齷齪、死亡、傳染病」、「一幅險象環生的流民圖」、「在危難中堅信抗戰一定勝利」、「中日雙方力量對比懸殊」、「史迪威抽調精兵赴印緬導致中華空虛湘桂戰役失利」等的史事和畫面，切實反映民間的記錄及對抗戰的觀點，而八萬多字的《艱苦的行程》也就成了「抗戰文學中的一枝奇葩」。

　　至於政壇人物，自是本書重點的閱讀對象。作者對國共之間你死我活的鬥爭介入很深，興趣亦大。其中周宏濤（1916-2004）回憶錄談《蔣公與我》指出「蔣介石難容忍下屬制訂亡國政策」、「放棄否決外蒙入聯合國與葉公超無關」、「宋美齡的告密函使麥帥被炒」、「毛澤東令張治中向蔣介石發誘降信」、「運臺黃金近兩億美元」、「司徒雷登盛讚蔣介石」，揭密很多，作者基本上認同了周宏濤的觀點。對於楊天石（1936-）《蔣介石日記解讀》，作者

比對兩岸所見的資料，指出楊稱「在新書中澄清了下列六項被嚴重扭曲的歷史事件」，認為「其實不新」，但能「在大陸出書闢謠」，還蔣介石以清白，同時也揭破了李敖（1935-2018）在電視臺上「以訛傳訛弄假成真」的不實宣傳。此外又在讀鄭義（1947-）《毛澤東欽點的一百零八名「戰犯」之歸宿》一文中指出「大陸學者普遍崇敬蔣公」的觀點，看來大陸對蔣公的評價要比臺灣高出很多了。

在近現代的歷史人物中，作者極力推崇張發奎，而評論《張發奎上將回憶錄》約佔全書六分之一的篇幅，認為是「傳記文學的奇葩，口述歷史之極品」，自是重中之重了。作者通過本書寫出了一系列的論文，包括《張發奎上將回憶錄》的「歷史價值」、「張發奎評騭政壇人物品格」、「張發奎對蔣介石毛澤東的誅心之論」、「從《蔣介石與我——張發奎上將回憶錄》看民國時代的軍人待遇」、「張發奎扶植胡志明攀登北越元首的寶座」、「張發奎談南昌暴動細節」、「日本軍閥怎樣動國府政商要人的腦筋」，內容廣泛，有話實說，不作絲毫掩飾，自然也是很真實具體的民國史了，尤值得向讀者推薦。

其他各書亦各有重點。例如《牛鬼蛇人——谷正文情報工作檔案》一書記錄 1946 年李登輝（1923-2020）參加中國共產黨臺灣工作委員會的細節，後來得到蔣彥士（1915-1998）的擔保獲釋，未予追究刑事責任。曹汝霖（1877-1966）《一生之回憶》提出「廿一條非曹汝霖簽署」、「西原借款條件並不苛刻」、「西原借款日方血本無歸」、「官修教科書舛錯甚多歪曲歷史」、「許德

珩等人回憶五四錯誤多多」、「袁世凱對日寸土必爭」等，都有濃厚的翻案意味，作者認為「基本可信」。又評《陳君葆日記》「對附逆的經過語焉不詳」、「同日本憲兵特務酬酢頻繁」、「日記尚有價值，編校水準甚差」，持論嚴苛，自有見地。又介紹武之璋（1942-）《原來李敖騙了你》一書認為「臺灣亂象的罪魁禍首是李敖」、「李敖仇蔣是假，旨在自抬身價」、「民進黨創黨元老，臺獨幫理論權威」、「邏輯混亂，顛倒黑白」、「李敖奴顏脾膝搖尾乞憐的往事」各項，以其人之道，還治李敖，自然也帶出不同的見解了。

通過本書，其實我們也就閱讀了三十五種近現代史的著作，作者抉發淵微，提出了很多不同的觀點，讓人耳目一新，也讓我們讀到了不一樣的中國。至於書中的是非真偽，讀者當然也要比對資料，充分思考，加以判定了。

親子閱讀看繪本

　　黃芓程《繪本日常》編入香港繪本文化童年研讀系列之一。[1] 這是一本介紹親子閱讀的著作，通過兒童的日常生活和行為表現，探索兒童成長的心理歷程，也可以說是家長教育，教育家長，了解家長設身處地的位置，陪孩子讀書，跟孩子一起學習，一起成長。此外《繪本日常》也是兒童文學創作的指南，以及建設兒童文學的理論和思考。

　　何謂繪本？繪本專指兒童閱讀的畫冊，看圖說故事，配合簡單的文字說明，思考每個故事中所帶出的做人處世的道理。本書言簡意賅，行文流暢，加上重點理論的探索，注入詩意的書寫空間，反映小朋友的內心渴望，以及成長過程中遭遇到的挑戰，彰顯生命聖潔的意義，自然也是親子教育的精義所在。

　　黃芓程《繪本日常》分列早、午、晚三個時段，也就構成一日完整的生活圈，審視親子關係，釋出教育理念。作者有兩個孩子，配合家長教育的專業觸覺，廣泛閱讀了世界各地大量的繪本製作，撰寫讀書報告，早、午、晚三個時段各選八篇，共選二十四篇，另有延伸閱讀，促進思考。各篇圖文並茂，附有該書的封面，選刊大量的彩圖，製作華美，悅目賞心。可是在編製的過程中，很多作者讀過的優秀繪本早已斷版，有些文稿找不到適

---

1. 黃芓程：《繪本日常》（香港：香港繪本文化事業有限公司，2021 年 5 月）。

合的插圖，只得割愛，另作編排組合。可見繪本原是孩子的書，不容易保存，而《繪本日常》則保留了大量的書影和圖片，難能可貴，令人大開眼界，認識多種繪本的真貌。

《繪本日常》分為三輯，每輯列出兩組副題。首輯「用繪本說聲早」，副題是「新芽多茁壯」及「攜手去遠方」，各有四篇作品，核心主題是培養力量，茁壯出發，面向遠方。作者的早餐以一隻蛋開始，「它看似平凡而又簡單，但每一寸都別具匠心；它堅硬得可以保護萌芽中的生命，同時，又脆弱得可讓小生命憑自己的力量，破殼而出。」這是一個巧喻，充滿象徵和遐想，導引小生命向人間啟航。作者用鼓勵的眼光，讓孩子從閱讀中擺脫依賴，從一路跌跌撞撞中學習走路。跟著又以〈笑的魔法〉釋放壓力，減少親子之間磨擦。「今天晚餐要吃甚麼，就用抽籤的方法選一根頭髮來決定」，有時生活就是這麼的簡單，天大的煩惱不妨輕鬆決定，而這也不失小女孩的幽默本色，一起成長。〈如果你累了〉閱讀《飛天獅子》，撲來撲去，捕捉獵物，期望獲取他人的掌聲，其實獅子也有軟弱的時候，必須好好休息，釋放身上的壓力，「甦醒過來，牠一躍而上，金色的身影在天上閃閃發亮。這一次，牠比之前任何一次飛天都快樂，因為牠學會了為自己而飛。」就是認識自我的脆弱，好好療傷。《今天真好》的封面是滂沱大雨，小女孩在雨中奔跑水花四濺，而〈境隨心轉〉則是一幅充滿動感的畫面，在雨中，「當音樂像藍色的緞帶在音樂中流轉，所有人都動起來了。他們伸展、跳躍、旋轉，在水窪裏踩腳，在大樹上翻騰。畫面中動態自如的線條和隨意的潑墨亦充滿生命力，彷彿

和孩子一起跳舞。」然後陽光浮現，雨過天青，「轉變的不是天氣，而是看待天氣的心情」。作者就像指揮魔法棒一樣，活在當下，夢幻而又自在。

「攜手去遠方」亦有四篇作品，其中〈橫渡大海的力量〉閱讀《那天來的鯨魚回來了》，寫小男孩和爸爸協助擱淺的鯨魚回到大海。然後某一天，爸爸在風雪中失去音訊，諾伊決定出發去找爸爸，「一個孩子就勇敢地在冰上行走，爬上被冰堵住的船，全因為與他相依為命的爸爸。在紫藍色的大海裏，男孩黃色的雨衣顯得有如北極星般的光亮和篤定。」在他陷入困境的時候，鯨魚整個家族前來相助，帶著諾伊穿越冰洋，跟父親會合。這是一篇寓言故事，無中生有，「生命就像橫渡黑暗的大海，充滿種種無法掌控的事情。以海為家的鯨魚尚會擱淺，人在世也難免會迷失方向。我們能拿出像諾伊那份赤子般的決心和勇氣，成為彼此的引路明燈嗎？」

第二輯「午間漫步」分為「人間好風光」及「我伴我啟航」兩組作品，通過閱讀認識自我，探索無盡的外邊世界。例如〈打開心窗〉閱讀《無所事事的美好一天》，男孩闖進了森林，丟掉了遊戲機，「寬廣而美麗的大自然，讓男孩慢慢明白，他可以做的，就是打開自己，迎向生活的其他可能。就如蝸牛從殼裏探出頭來，以柔軟敏感的身體探索世界，男孩也可以卸下冷冰冰的外殼，真切地與身邊的各種生命連結。」「一天不一定要填滿，有時候，反而需要打開一扇窗，讓心呼吸，讓愛流動。正如故事結尾，男孩與媽媽放下早前的齟齬，平靜地牽手、對坐，再喝杯熱騰騰的巧

克力。簡簡單單，『無所事事』的共處，也是可貴的美麗時光。」
在《一直一直往下挖》中，已經接近鑽石所在的位置，但「創作
者留下一個開放的結局，讓我們學習孩子，從容地邁步往前，迎
接人間好風光。」到了《再見夏天，哈囉秋天》，「夏去秋來，季
節交替，女孩對身邊一切變化處之泰然。也許她早已明白，大自
然循環，生生不息，它不會為任何人駐足等待。」在《城市裏的小
訪客》中，男孩得到媽媽的信任，在寒風暴雪中尋貓，還背負著
各種糾結的情緒，沈靜地走下去。「跨過風雪，男孩最終回到媽
媽的懷抱，而門前和暖的燈光，亦照亮了雪地上一連串通往家門
的貓足印。任城市再美，男孩和貓只是輕如微塵的小訪客，只有
回到家，他們才能做穩住彼此的基石。」表現不同的生活態度，
以及尊重眾生的價值理念。在延伸閱讀中，作者介紹米夏・亞齊
《公園裏有一首詩》，究竟「詩」是甚麼呢？「園裏的動物說，詩
是清晨的露珠、清涼的水池、黃昏的歌聲，……在問與答之中，
丹尼爾看到萬物生長的美妙，聽到生命合奏的詩篇。」其實，孩
子只要帶著好奇心，有敏銳的觸覺，「詩」一直都在我們的身邊，
不假外求。

第三輯晚上「我們的枕邊書」分為「靜倚你身旁」及「晴雨都
心安」兩組作品。前者說：「有了愛，我們就有能依靠的岸，無
懼外面的驚濤駭浪。」有〈等待，與你相見〉、〈留一盞燈〉、〈細
水長流〉、〈海闊天空〉四篇。在〈留一盞燈〉中，「由棉婆婆打
開爐子燒水的一刻開始，我們便知道她並不真正打算去睡了。最
終她帶著燈，走到村子口的大樹——她遙望，躑躅，離去，再回

頭望——燈掛在樹杈上就像是留下暗號，讓夜歸的人知道這份牽掛。回到家裏，水燒好了，遠行的棉爺爺也回來了。『哎呀，老太婆，你怎麼還沒睡？』婆婆一邊沏茶，一邊答：『我睡不著，心裏老想著事情。』爺爺沒說自己帶上樹上的燈回家，婆婆也沒說自己惦記著他，兩人淡淡的對話，是歲月沈澱下來的默契和愛。」通過聆聽和分享，懷著希望和感恩的心思入夢。

　　後者「晴雨都心安」引用詹姆士・巴利（J.M.Barrie）說：「我們身邊可能有與別不同的孩子、被排擠在主流外的孩子、經歷過創傷的孩子、被遺忘的孩子，……儘管我們無法完全明白他們的艱難，我們仍能藉著善良的心和言行，成為彼此溫暖的光。」有〈如你所願〉、〈照我本相〉、〈為你，甚麼都能做〉、〈何似在人間〉四篇，刻劃母親的內心顧慮，為孩子創造明天的新世界。這裏有很多孩子和貓兒互動的照片，表現溫馨的家居生活，發掘人間的溫柔和美善，充實學習，期望長大。最後一篇〈何似在人間〉，作者結語說：「《今天的月亮好圓》描繪的世界，就像夢境般美好，但現實中的生活是否都能如此？從書末的皎潔圓月，我們或許能明白，『今天』已來到尾聲，當太陽升起時，全新的一頁便會在我們面前打開。明天會如何，從來都是未知，但每一天，我們都可以選擇當一個善良的人，讓身邊大大小小的生命，看到像月亮一樣溫柔的光。」釋出溫柔和善意，表現精粹的感覺，提煉生命的純度。

　　黃芋程《繪本日常》構思精細，想像飄飛，製作精美，寓意深刻，自是一本佳作，也是出版界的一道清泉，在鬧市的煩囂中

尋覓自我，説不定也會吸引少年讀者，洞悉天機，淨化心靈。

　　《繪本日常》文筆優美，校對嚴謹，可是偶然也有一兩個錯字；其中「大大小小的鑽石近在咫尺，幾乎垂手可得」（頁 69），這是近年香港社會比較常見的大家常犯的錯誤，以訛傳訛，「垂手」不可解，甚麼都做不來了，該是「唾手」，表示容易，不費吹灰之力。此外「但試煉也可以是一場深刻的學習，讓我們更肯定自己的價值。」（頁 85）其中「試煉」也是一個比較生硬的詞語，勉強可以解作嘗試鍛煉，不妨考慮改用「試驗」。

2021 年 6 月 18 日

一個人去旅行：生命的可能

　　譚惠賢（安娜）熱愛旅行，幾乎走遍了世上的各大洲。不過，她所去的幾乎都不是香港人所熟悉的熱門旅遊景點，很多還是非一般的旅程，例如遊學、義工、靜修、學習西班牙文等，她就是想多看這個充滿異色的世界，甚至似夢迷離的愛情感覺。經驗獨特，圖片精美，結合文學、哲學、社會學、美學和政治經濟等議題，錯綜成文，顯出鮮活豐盛的人生。作者行萬里路，觸覺敏銳，深於觀察及思考，將沿途所見的記錄下來，鉅細靡遺，有時還帶點緊張的氣氛，強化懸疑效果，化險為夷，平安回到香港，令人有所會意。《關於旅行：生命的可能》[1]是一本個人生命之旅的報告文學，充滿寫實意味，作者不甘於困居在一個城市之中，在有限的經濟條件下，追求不同的生活體驗，以及豐足的精神境界。一個人去旅行，勇於挑戰自我，將生命中的不可能化為可能。

　　譚惠賢將旅遊體驗分為舊地、一個人、一個人以外、親人、愛人、友人、途人、錢財自由、觀景、遊學、住城記、靜修，共十二輯，每輯各有兩三篇作品，附錄義遊、西班牙遊學、拉丁美洲遊學、靜修遊等資料。她大概是從 1991 年開始出發的，先是獨遊杭州和黃山，不同的年代目標各異，有時還有不同的組合。不期而遇的各式人物和城鎮風光，像一陣清風似的，悠然吹醒那

---

1. 安娜（譚惠賢）：《尋找 Tashi Deleg——旅行的味道》（香港：天地圖書有限公司，2013 年 10 月）。黃坤堯〈一個人去旅行——生命的可能〉，《聯合邁進》第 15 期（香港：2015 年 9 月），頁 16-18。

些久困在城市樊籠中的狹隘心靈，原來世界是可以這麼大的，而我們也可以這麼看世界的。

譚惠賢對尼泊爾似乎情有獨鍾。書中的第一篇〈加德滿都：尋找 Tashi Deleg〉，這是一間藏族人開的餐廳，藏文的名字表示祝福。作者 1993 年 11 月初到尼泊爾，就在加德滿都的遊客區 Thamel 找到了這間餐廳，此後十年間來過尼泊爾三次，很多時都在這裏吃飯，認識了這裏的印度廚師，他是藏人，住過新德里難民營。作者逗留了一個月後前往西藏，因為有高山反應，幾乎病得半死，回到尼泊爾才感到踏實，而 Tashi Deleg 的溫馨擁抱更給她家的感覺。「此前此後，再沒有一個地方，給我這樣溫柔入骨的感覺。」廚師陪她去市場買茶葉，在溫煦的陽光下，喝香滑的山國奶茶。臨走前「和印度廚師握手言別時，他握住我的手很久很久都沒有放下」。第二次要去印度路過尼泊爾，印度廚師已經不在了。「第三次來到 Tashi Deleg，是因為一份執迷不悟，明知沒有歷久常新的快樂，明知沒有重溫的美夢，還是再次來到尼泊爾，只為了一個人。本不想來，還是來了，於是我第三次踏足尼泊爾，再尋上 Tashi Deleg。在這個給我家感覺的地方，我聽到了這個人對我和盤托出的心底話，心痛得要裂開。」「我曾經按印度廚師給我的難民營地址給他寫過兩封信，但都沒有回音。時光不願也不能回頭。」當時已經是 2001 年尼泊爾王室政變之後，加上武裝游擊分子和政府軍爆發激戰，市面有軍人站崗，氣氛比較緊張。物換星移，只有餐廳仍在。但比較奇怪的是文章結尾，「我們在 Tashi Deleg 吃最後早餐」，「他送我走，我們一起搭的

士去機場，他不斷在說話，我一路無言，到了，我們擁抱道別，保重，我說，保重，他回說；就這樣了結了所有的恩怨以及一起有過的今生今世。」他們重回美好的時光之中，用意識流的筆法重組圓滿的畫面，確是神來之筆，想像出奇。

　　在尼泊爾，譚惠賢還遇上了其他不同的人物和故事。例如 Tashi Deleg 的侍應也很親切，大家談得來，臨走時她還把剩下的藥物送給他。至於住打鼓嶺的蓮花朋友，出發前送給作者可供吃即食麵大的不鏽鋼杯，還給她寄了一封 post restante 信到加德滿郵局待取。此外，在尼泊爾 Pokhara 遇到了一個藏族女孩，跟尼泊爾 Newari 族的男朋友想結婚，希望作者回港後能夠匯錢幫忙他們，但她不大情願給付，最後失去了聯絡，留下了〈心結〉一文。作者又說：「當年去西藏，正值寒冬，因為路上遇到的朋友說要去，就去了，沒有可禦寒的羽絨和厚鞋？不要緊，在當地買好了。」表現年輕人的豪情壯志，原來她是跟新加坡來的阿娟夫婦同往西藏，並在拉薩過聖誕節。阿娟後來辭了厭倦已久的高薪公關工作，去澳洲讀護理學，後來在護老院工作，重新塑造自我。

　　書中記錄了很多難得的旅遊體驗。1995 年，譚惠賢一個人從巴基斯坦北部的 Swat Valley 的旅行，由 Mingora 重鎮入境，抵埗後看到周圍全是清一色穿長袍的男人，沒有一個女人。她打算到車站對面的旅館落腳，周圍的男人都在看她，甚至遭受接待處的男人連番的盤問，十分尷尬。〈在巴基斯坦走過，從未如此沮喪過〉云：

　　「結婚了嗎？」「當然。」我揚起戴著戒指的無名指給他看。這戒指是我出發前在香港就已準備好的，而頭上圍的紗巾則是我踏足巴基斯坦買的第一件東西。結婚戒指和紗巾是我在巴基斯坦旅行的必備武器。「為甚麼不和你丈夫一起？」「他有事，所以沒法和我來。但我們已經約好了明天會合。」「你是哪個國家的人？」這已是他向我連珠發問的第四個問題。「我是中國人。」……

　　通過這一番跟巴基斯坦酒店職員奇異的對話，相信讀者都會了解到甚麼叫文化差異了，很多習以為常的認知，換了一個視角，可能就完全不是那麼一回事了。原來這裏是最保守的地方，近年已被塔利班佔領，女人一般不得外出，有時出外也要穿一件黑罩衣，由頭遮到腳，在六月的豔陽高照下，熱得令人難受。後來離開酒店前作者還遭人用力在臉上揑了一下，他們肆無忌憚的在外來女子的身上動手動腳，她形容這是令人「無地自容」的地方，趕快逃出生天。

　　在阿根廷，作者被偷去背包，失了護照，同時也失去了美國簽證，連已買好了的回程機票都不能用，要改由智利、紐西蘭的迂迴路徑返港。其間通過中國領事館補辦證件。領事館補發的證件全用中文，又沒有領事簽名，必須補簽，費時失事，麻煩透了，其實這也是一個人在旅途中最深刻的體會。〈可以回家真好〉說：「我想起那位年輕的中國領事，她似乎只關心她忘了簽名會給人笑，對於我是否可以順利回到香港並不在意。事實上，她推薦我

乘搭的馬來西亞航空公司，要在兩個月後才有機位，她見過我多次，從沒有問我是否訂到機位，或我有什麼困難。」大家思考角度不同，處事的方式各異，有時也真令人啼笑皆非了。

在秘魯，譚惠賢出現高山反應，喝過了當地的可口葉茶，雖未能醫好頭疼，但身心舒暢，感覺良好。可口葉營養豐富，當地人含在嘴裏咀嚼，在艱難環境下從事苦力勞動，可以抵禦飢餓和寒冷。但這些可口葉茶包只在秘魯、玻利維亞這些國家買到，不能帶出境。原來可口葉可以製成可卡因，變成毒品，也就遭受禁運了，然而也壓抑了當地的經濟發展。但作者指出可口可樂公司卻可以輸入大量的可口葉，用作飲料的味道。2005 年 1 月，秘魯的禁毒機構發表聲明，其中提到：「可口可樂公司每年向秘魯購入 115 噸可口葉，向玻利維亞購入 105 噸可口葉，用以每日生產五億瓶汽水。」「憑甚麼只有可口可樂公司可以在全球售賣可口葉飲品，但那邊廂，其政府美國卻阻止其他可口葉產品入口，以及堅持要摧毀當地大片可口葉農地？這樣的道理大概很難說得通吧？」批判霸權主義，筆觸凌厲，其實也可以促進我們對公義的思考。

1993 年，譚惠賢到英國修讀「女性主義」課程，〈遊學女性研究〉說：「那個抵埗後即想同我見面的同學來自加拿大，她來到後不久就說感到失望，我懷疑我是令她失望的原因之一，但她更大的失望相信來自課程和老師。教我們的老師大部分都是彬彬有禮、溫文爾雅的，可能都是文學院出身吧，沒有女性主義者的激烈性格，印象中只有一位來自社會系的老師作風悍猛，負責講

授藝術和女性的關係，她講話直率有力，每當說到大學對女性主義這門課不重視，及女講師在校內的地位，她就會很憤慨，冷嘲熱諷。」通過「溫文爾雅」與「作風悍猛」的風格來辨析女性主義，看來也是比怪奇特的學習體驗。後來經過年半的學習，閱讀了不少有關的理論和文章，作者終於悟出了自我的身分，「由女性以至人在社會的身份制約，聯想到自己可以走出規範，覓到自由的天地，內心不禁泛起喜悅，興之所至，把書放下，繞著狹小的房間踱起步來。」後來她又去了英國一所大學讀發展學，〈途上一席話〉云：「是這一年，我第一次接觸諾貝爾經濟學獎得主 Amartya Sen 的書和文章，他說，大飢荒，和缺糧無關，分配不均而已。我看了，如飲醍醐。君不見，一些看似和大自然相關的災難，其背後往往都有人為的因素嗎？所以，那些發生天災的地方，往往都是窮人住的地方，窮人沒有錢，就沒有選擇的餘地，即使是危險的地方，也會繼續住下去。」看來貧窮的問題更使人顯得無奈和渺小。此外作者堅持終身學習，2003 年去西班牙南部 Granada 大學城 Castila 語言學校讀西班牙文，在沙士（SARS）蔓延之際，她被隔離了兩星期。2004 年再去南美五城六校學習西班牙文，在厄瓜多爾首都 Quito、玻利維亞文化古城 Sucre、阿根廷第二大城市 Cordoba、首都布宜諾斯艾利斯，以及厄瓜多爾南部 Loja Vilcabamba 神聖山谷，碰到她最尊敬的 Tenya 老師，寫下了很多不同的學習體會。

旅途上還有不少的愛情體驗。除了尼泊爾刻骨銘心的印度廚師之外，作者在新疆喀什，以及中國第二大草原巴音布魯克的天

鵝湖，也留下了很多淒美的回憶。〈有關藍天和土牆的記憶〉說：「愛情從來都不是找的，愛情是遇的。」某年某月還專門坐飛機去看他，跟他一起過生日，「愛情是斷了線的風箏，一放，就走了，他說的。她沒法忘記。」在〈Maputo 機場〉一文，兩位戀人在約翰內斯堡的機場會合，一起飛抵莫桑比克機場，但男的打電話給另一位女子，又匆匆的要買機票走了。作者把他送上飛機，「我被留了下來。一個人在莫桑比克。我的心突然出奇地平靜，波平如鏡。」充滿了懸疑效果，增添了旅途的異色。這是聽回來的故事嗎？她沒有明說。

在本書中，譚惠賢拂之不去的，其實旅程的起點還留在廣州。星期一的早上，〈這樣走過〉說：「吃完簡單的早餐，爸爸就會送哥哥和我去汽車站。我們摸黑走差不多半小時的路，由龍津東路一直走到回民飯店前的車站。上了車，爸爸離開，就是哥哥和我相依的時間。我們在芳村附近下車，走一段路面凸凹不平的路，左蹦右跳地避開一個又一個的大洞小坑，去到用木搭建的碼頭，搭船去農村沙貝。下了船，兩個小人兒，還要走好一段路才回到學校。」這樣曲折的上學路程，更令人匪夷所思了。千里之行，始於足下，她想走遍世界的雄心，原來早已在七歲時萌芽了。

書中譚惠賢也談到旅途拍照的問題，她本來不喜歡拍照，要用心靈記住那些畫面。〈風景和記憶〉說：「回首，中巴公路的景致並沒有因為我沒有拍照，而記得更清楚。我還是要靠路上拍下的零星照片喚醒記憶。最終記住的，不是景，倒是景背後的心情。」記憶是會隨著歲月淡忘的，照片有時卻可以喚起我們的情

意。

　　譚惠賢閱歷廣泛，暢所欲言，深入淺出，旅途上的奇遇亦多，自然也是一本賞心悅目的佳作了。

意象翩飛十四行：韻律舞動與愛情想像

　　陳慧雯擅寫十四行詩（sonnet），全依莎士比亞（William Shakespeare，1564-1616）的曲式，採用 4442 的結構，配合交叉尾韻 abab cdcd efef gg，分為四段。在香港詩壇中獨標一格，丰姿綽約。

　　陳慧雯《彷若水晶》分兩輯，[1] 上輯《浣雲篇》42 首，下輯《摘星篇》51 首，錄詩 93 首。詩集沒有任何具體的時間日月、空間地域、人物事件、行跡背景等，也沒有前因後果、故事情節，要之只是一連串的意象、物象、象徵、想像、飄逸流蕩的字詞、劇烈波翻的情緒，反映當下的感覺，喜樂愛惡，哀哭無端。

　　《彷若水晶》可以說是個人的心靈紀錄，源源不絕的，一連串的意識流動，水銀瀉地，塑造不同意象，帶出強烈的情緒變化，有時甚至陷入絕望抑鬱、想像淒美的境地。究竟作者想表達甚麼呢？一般讀者相信會很難捉摸，泛泛讀過，浮光掠影，可能也說不出甚麼主題和概念，要之只有個別揮之不去的印象，像霧又像花。或者說，《彷若水晶》塑造了大量由個人獨創的象徵符號及感情密碼，讀者必須揭開繽紛密實的外裝，始能進入作者的內心世界，傾聽心臟跳動的脈搏。甚至更可以當作推理小說來讀，追尋潛流隱伏的故事細節，展示作者的心靈經驗，反映幽秘的愛情想

---

1. 陳慧雯（1974-）《彷若水晶》（香港：香港文學報社出版公司，2009年 5 月）。

像，體會水晶「通透」的感覺。

《彷若水晶》摹寫意識流的活動，主要是我和妳的對話。在上輯的《浣雲》篇中，作者首先以〈半敞的心扉〉迎接愛情。「是否微弱的心聲不足以挽留愛的飄逝？／當愁雲鬱氣環繞心頭，氤氳潛行。／是否單薄的雙臂不足以護衛愛的幽秘？／當昏燈與殘月私語，嘗試破解這份緣情。／」可是免不了流露出「心底潛藏的種種隱憂」，折射悲劇的故事。在〈保守內情〉中，作者很想挽救愛情。「縱然有幫好事之人擅長捕風捉影，／姑且泰然處之，君不見我心澄明如鏡？／」向對方揭示真心，顯出自信。可是面對〈背叛〉，作者有意將惡夢壓榨成〈標本〉。「既然認清了妳，誰是誰的標本已不重要，／更為死心塌地對愛——我今萬慮俱消！／」跟著渡過了〈不辭而別〉、〈殘缺之月〉到〈超度〉，「何等怨恨何等噬臍莫及自是毋庸贅言，／情途投荒，命運最是多蹇。／」作者在愛情的蒙蔽中，忍受傷害。

〈初戀〉是一篇情竇初開的佳作，「珍貴的吻如電光打破開寂，誘惑著每個良辰美景。」激起輕快跳動的節拍，可是一切又很快的冰消瓦解，「多年後對妳的記憶卻是那麼牢固，不願妥協。」換來的只是「無法扼制的精神渙散」。跟著是〈串供〉扮成素不相識的路人，〈垂釣〉「灌溉構思中以妳我為藍本的小說」，而〈飛雪〉更「是妳的舌尖輕輕舔觸」，「此生銘記不忘」。可是在短暫的歡愉過後，由〈黑獄〉、〈渾黃氤氳〉、〈生命的根源〉、〈劫波〉、〈舊事填膺〉到〈款款深情〉「僅留風姿綽約的雲影同波光神遊的瑣憶」，「蒼老的容顏將欺騙我們，說我們並不相稔」。叩

叨念念的，不斷追憶一段逝去的戀情，以至〈淪陷〉於萬劫不復之地，「妳手握鈍刀銼向我的胸膛」，跟著〈迷離〉、〈沙漏之愛〉、〈失寵〉、〈替身〉、〈偷渡怨怒〉、〈無奈的人生〉、〈無人問津〉到〈霧晨之悟〉，「強韌的薄膜只是一層薄霜，我必重返幽古」，「當它走出了迷離幻境，如此湮遠出塵」，也就化解了很多與生俱來的怨恨。

在〈新娘〉一詩中，作者懷著無從消釋的悒鬱，「試著預演一次面對夫君的倩笑，／就當回想起情郎癡語的柔膩與溫煦。／」夫君與情郎同場演出，最後還是一場遊戲，騙不了自己。偶然回望，〈許久沒有妳的音訊〉，〈夜〉已無從感受彼此體驗的冷暖。通過〈夜的深穴〉，「我和妳幽會於夢」，「哦，我們一早知道，這場苦戀沒有破曉之時，／它融入深穴的幽暗，任何光對它都是一種奢侈。／」纏綿繾綣，難捨難離。〈夜雨〉淅瀝，「恍比情人枕邊的癡嗔怨嗟」，「營造的假象顯現出誘人的視覺觀感」。當感情昇華的時候，作者傾向〈用生命的代價愛您〉，〈幽禁的光輝〉顯出心靈的內戰頻仍，「愛情賦予的光曜是不可強求的夢想的衍化，／也是平淡生活中的一種奢華。／」〈誘俘〉銷魂之至，「而綺念，也似浮雲疾速地交替著皎白與酡紅」。〈與妳一起〉不停地呼喚「愛人」，「生來就該與妳一起，死去亦不會改變。／請勿責怪我的任性，要這般與妳灑淚相見。／」〈遙遠的寒星〉「那也許是向遠方愛侶遙遞念掛的訊號」，而〈真相〉卻是「三番婉諷，杜絕妳施捨的涓滴不止的愛，／卻於暗中為妳美言庇護，這般鬼使神差」，意外的傾吐心聲，情辭酸苦。〈肢解感情〉疾呼狂叫，聲

嘶力竭，不斷攀升「愛妳」的境界，也是難以阻隔的狂瀾。「總是，隨著時間的積澱愈見情感之苦，／何時才能解脫，盼得我的金風玉露？／」〈只要有愛〉乃上天最大的賞賜，也是生命的根本。〈重創〉懭然驚醒，「鏤刻著蕾絲花邊的故事被雪裏冰封了結局」，在叩念愛的碑文中，「每一遍都戳穿著我的靈魂，妳已得逞！」可見流蕩在《浣雲》篇中的愛情體驗，作者的初戀故事戛然而止，就是不斷的執著與掙扎，情願虛耗生命，化成淌淚的詩篇，也要在十四行詩的韻律中若隱若現，翩翩躍動，帶著鐐銬跳舞。

在《摘星》篇中，則專寫各種生活體驗和感悟。首章作者即〈承擔一切罪孽〉，感頌生命恩典的授受，昂然地步入刑場，「暖陽將輝照著妳健康苗長」。〈彷若水晶〉「幻想於故事的池隅懷胎，星星草的種子依舊偏小」，「連續繁密的意象讓幼畜發育了」，「破譯去年的詩作需要編碼器，需要輸出電流。／詩情因摩擦生熱，循環系統發生阻滯致使螺絲鬆脫，／未能及時用濾波器消除雜亂訊號是誰的過咎，／痛經阻礙懷孕，誰能幫我確定受孕的參數，歲月如梭／」，一連串繁密的意象揭示了懷孕的過程，當然也宣示了「詩」的誕生體驗。〈卸去偽裝〉「今晚，權且在今晚放縱愛意，讓它隨思潮湧瀉翻滾。」〈寄往夢鄉的包裹〉乃臨睡前跟胎中的「寶貝兒」對話，「在妳聰慧的大腦刻下甜美且隱形的印烙」。〈收起翅膀的天使〉一再呼喚寶貝，「只有妳才能為我揭開幸福生活的謎底」。〈水球之戀〉「水的宮殿日益擴建壯大，水桶般撐展原本苗條的纖腰，／經過十月戰戰兢兢的呵護，它更顯得圓潤，／」強烈的陣痛過後，「伴隨撕心裂肺的叫喊，我聽到了嬰兒的第

一聲啼哭！」

〈生命的最終原鄉〉一再帶出「披著喪服的女人」，「到此遊魂都想逃離的流瀉著陰黑的地帶，」思考死亡的威嚇。〈兩個我〉寫鏡中對望，「雖然她複製了我的面容，於對視之際目光灼灼。／那曖昧的挑釁意味提點著醒世的幾多荒涼，／」「如何例舉佐證劃清界限，說明我就是我，妳就是妳？／抑或我只是跟隨著妳的一個虛影？／」詩中出現了三種人稱「她」、「我」、「妳」，分別代表作者精神的三重狀態，自己跟自己對話。「我」是現實的自我（ego），「妳」是潛意識中的本我（id），而「她」可能就是監視作者的超我（super-ego）了。其實詩中只是呈現了兩個「我」的對立，「她」應該是「妳」的不同角度或變身。〈佯裝〉「時間沒有義務消亡黑暗，卻叫光明望塵莫及」。〈風〉「風之言語在湖面蕩漾，顯影著馨夢中的吻痕」，〈黑色森林〉「即便黑色森林如夜梟般於其上臨摹著猙獰的映像，／卻又何妨，我依舊迷醉於幽綠蓊鬱的無窮想像！／」〈話別〉「流言蜚語即將舒醒並且不期踅返」，〈舊巢〉「當我停住流浪的腳步，才驚覺已經無家可歸。」〈信亦或不信〉「信亦或不信都是最大的羈絆，我飽諳抉擇之苦」。往返人天之間，徘徊於生死之際，追求虛幻與解脫的感覺，幻得幻失，若即若離，而「詩」與小孩也就同步誕生了，說起來他們還是同齡的兒女。

作者專寫十四行詩，依據莎翁的韻式，有時卻刻意呈現唐詩的語境。例如〈秋怨醉語〉「秋月年年顧照，更惹頹弛，／欲訴衷情空對月，轉眼香減色褪。／」；〈夜雨〉「恍比情人枕邊的癡

嗔怨嗟，／夜雨如此柔婉，纖綿之極！／」；〈回味〉「依舊微醺
於神搖心醉的夢，／縱使朝暉吻開我的眼臉，／」；〈剪燭論心〉
「何苦坐臥不寧將心事鬱積？／酒酣耳熱後姑且促膝而坐。／」
等，文白結合，多用短句，語言精煉，比較獨特。

　　《摘星》篇中披露了很多詩論觀點，其中專論十四行詩的兩
首，啟動作者的心扉，可以看出端倪。〈詩人與十四行詩〉指出
「妳是通往文學聖堂的十四層木質階梯，／琪花瑤草階邊叢生，
剔透晶瑩的靈珠閃爍其間。／階梯下是一條陶情養心的泅渡之河
標榜著閒逸，／那夜，我淌過河水拾級而上，任由大腦候令差遣。
／」暗示開始泅渡進入「詩」的國度，隨著鋼琴的琴鍵跳躍著柔
美的音符，敲響沈緬中的生命之鐘，「串聯的天籟之音綿綿游溯」，
沾濡著寧靜之夏，「身軀因失眠倍感疲累，大腦卻別樣舒爽」。寫
作者沈迷的程度，如癡如醉，全程享受的感覺。又〈十四行詩〉
「哦，十四行詩，妳是生命濃縮的精華，／妳促成顫動的幻光與
淨化之曲相約，／」「篩除光年的渣滓，去偽存真，／妳是遺落
在幻夢的遍地閃石；／又如君子蘭般瑰麗出塵，督促我修身養性，
打坐於沈靜的禪室。」痴醉魂迷，跟著摹寫十四行的種種功能，
「時而感懷傷情，時而溫雅流麗，／時而情意款洽，時而深沈凝
重。／」「這片輕逸的雲呀，我日夜精心地層摺剪裁，／讓它呈
現出奇麗悅目的花紋與幻彩。／」作者對十四行有一種不言而喻
的偏愛，靈魂的伴侶，心靈契合，情有獨鍾，可能也暗示一些曖
昧的寓意。例如作者在《浣雲》篇、《摘星》篇的題辭中，都分別
納入〈彷若水晶〉的詩句，「妳嘗試開創另類的自由詩體」「詩行

參差因妳產生共振，氧化反應的速度是緩慢的」，與「詩」同在。在〈籌劃喪禮〉中，作者不但「為困鎖的，不再筆酣墨飽的詩詞籌劃喪禮」，甚至「自此，無從於晨光熹微中集結詩詞精粹，／詩魂業已隨思情紛紛散逸，飄墜昏睡。／」似是宣告「詩」的凋亡，玉殞香消。不過，很多時候，詩中的「妳」很多都是作者的初戀對象，而且還一再深深的反覆致意，煙霧迷離。至於真相如何？看來只能通過讀者的解讀自行建構推論了。

此外，《彷若水晶》在排版時未作分段處理，有點像古風似的，缺乏停頓的空間。十四行詩一讀而下，很難辨析每一段的層次，必須反覆閱讀，才能了解作意。加以作者好用長句，有時長達二十一、二字左右，音節太多，有點被散文拖曳著似的，無法感受活躍跳動的詩行。分段排列起碼會有提示作用，方便讀者，同時也是自我約制，調控韻律。

乙編：

空江月明千里，
香港文學探新

奧地利留學記趣

奧地利對廣大的香港讀者來說，既熟悉，又陌生。熟悉的是音樂之都維也納、藍色的多瑙河、史特勞斯（Johann Baptist Strauss，1825-1899）、莫札特（Wolfgang Amadeus Mozart，1756-1791）、佛洛伊德（Sigmund Freud，1856-1939）等一連串響噹噹的名字；陌生的是大家都不知道奧地利究竟是一個怎麼樣的國家，她絕對比不上英國、法國、德國、意大利等享負盛名，甚至也比不上東歐捷克、匈牙利、波蘭、羅馬尼亞諸國有較高的知名度。她是位於東、西歐之間的內陸國家。不過，八國聯軍入侵北京的時候，奧地利卻是叨陪末席的第八個國家，看來還有一點奧匈帝國的霸氣，名留青史。不過，這都是上一代的事了，為了珍惜和平，往者已矣，我們要往前看。

《留學記趣‧奧地利》是一位留學生的心靈紀錄。[1] 朱偉舜從1998 年去奧地利，在薩爾茲堡的莫札特音樂學院讀書，到2006年7月歸港，前後留學八年，取得了學士及碩士學位。作者是一位很專注的學生，事事物物觀察入微，對留學生活更是積極投入，八年來回港兩次，真有點叫人不可思議。面對種種中西文化的變異和衝突，作者由抗拒而漸顯包融，以至接受同化，中間自然有一段漫長的過程，同時也帶出了很多有趣的聞見。早期作者會由

---

1. 朱偉舜著：《留學記趣‧奧地利》（香港：SoftRepublic 共和媒體，2007年1月）。黃坤堯〈朱偉舜《留學記趣‧奧地利》〉，刊《字花》第八期，頁 126-127，2007 年 2-3 月。

香港人的角度來看奧地利，後來轉換角色，再以奧地利的標準來回望香港了。因此，這是一本雙向的文化交流的專著，深入淺出，輕描淡寫，不高談理論，只是用閒談的方式，跟讀者講述留學生活的片段，以及一些耳濡目染的小故事，同時也帶出作者一些觀點與批評，以至主觀的看法。全書充滿了幽默感，趣味盎然，領著讀者邀遊天下，指點江山，通過文化的對照，很多人事作風、社會習俗的問題馬上就呈現出來了，發人深省，可供閒味咀嚼，自然也是很好的閱讀享受了。

除了前言後語之外，本書共分五章，分別從德語國家、飲食文化、水土與健康、危機感與安全意識、奇風異俗等不同的角度來考察奧地利的文化現象，同時也處處跟香港文化，以至中華文化作比較。如果奧地利人看得懂本書，借鑑東方經驗，很可能會有所比對和反思；香港人讀了，也可以擴展視界，重新檢視我們的生活空間。例如打錯電話的時候，德語會有一系列的電話禮儀，一方覆述號碼，一方耐心回應，禮尚往來，最後還要互說再見。連錯幾次之後，作者竟然由此而認識了廚師先生，品嚐他所煮的奧地利菜。至於香港呢，「正常情況下都會馬上掛線」，禮貌回應比「超現實程度有過之而無不及」。至於飲食文化方面，當然是差異更大了。作者固然不喜歡維也納炸肉排，虛有盛名，沒有味道。而奧地利人當然也無法欣賞白切雞、叉燒包、春卷、烤鴨等的中式食品了，甚至一出了國門，也就扮成新款變種的洋中菜了，在歐洲落地生根，「研發出其獨有的吃法」，甚至「更是超出了中國人所認知的範圍」，讀者尋幽訪勝，一定會有意想不到的收穫，

逗出會心微笑。

通過本書，我們知道奧地利自有一套茶療治病的哲學：「茶是在生病的時候才喝，而感冒是不用去看病的，喝茶就好了。」這跟我們飲茶的習慣明顯不同，我們天天泡茶，洋人看起來還以為中國人有甚麼病了。作者說：「我們之間都有心病。」這是一個幽默的答案，十分巧妙。而洋人則喜歡「有病沒病都會去找醫生聊天來消磨時間」，別有一番悠閒天地。作者買了當地的醫療保險，但要到診所看病卻也有五大步驟，歷經千辛萬苦，才能辦好預約時間，其後左拖右等，到醫生渡假回來，說不定也有一個月以上了，作者帶著病壞了的殘軀去看醫生，醫生看過後卻只是仁慈地說：「沒事的，一般感冒而已，回家多喝點水，多喝點茶，多休息，兩個禮拜後自然會好，不用吃藥了。」作者沒有病十分失望，後來發現醫生斷錯症了，作者根本不是患感冒，而是花粉過敏，結果再轉到專科看病，等化驗，加上醫生渡假，「熬了三個月，等他度假回來，花粉期剛過，我的病真的不用吃藥，自然就好了。」此外，奧地利庸醫太多，其中牙醫尤甚，作者還建議「如果不幸蛀牙，首要做的不是打電話預約，是到旅行社訂機票。」有朋友預約看牙等了三個月，還被庸醫所誤，千奇百怪的，痛過半死。在整體社會來說，香港人爭分奪秒，辦起事來總比懶洋洋的奧地利人有效率多了。

到作者由奧地利回港的時候，原來他已經不能適應香港的生活了。第一是住房高聳入雲，天氣炎熱；第二是聽不懂很多人所講的廣東話；第三是香港的傳媒，硬銷「歐美等更先進的國家」，

妄自菲薄。此外，作者又毫不客氣的指出香港樂器考試的怪現象，「考了演奏級便可以到琴行賺錢」，「可悲的是看到琴行只有八級程度的樂器導師去指導學生應付八級甚至演奏級的樂器考試」，「那為了應付五次考試而學的十五首考試曲目去投資十五萬港元與三千一百二十小時的童年」，作者警告香港家長，讓子女習音樂，如果是用來炫耀的，回報太低了，可能並不值得。

最後，作者又批評歐洲人的種種缺點，「歐洲人根本生活在一個與世隔絕的環境，⋯⋯好像在溫室中長大，被寵壞了的獨生子一般，見識淺窄，任性刁蠻。」百般滋味，又愛又恨。世上的安樂土根本沒有出現，而作者的思緒卻正遊走於回憶中的奧地利和現實中的香港之間，內心的激盪可能比當前中西文化的衝突更為嚴重。本書寫出生活的實感，議論鋒芒，同時更帶給讀者認識世界的機會。

2006 年 11 月 21 日

九個城塔雪影羽

　　梁新榮《九個城塔》是一本散文集。[1] 全書分為三輯，第一輯「雪」生活小品十四篇，第二輯「影」旅程心影七篇，第三輯「羽」散文詩十四篇，共三十五篇，各輯以一字記之，幻化成不同的畫面，各有各的精彩。梁新榮以詩人的身分來寫散文，文筆凝煉，意象紛繁，詩意濃郁，節奏輕快，帶領讀者在時空的軌跡中飛翔，出入古今中外的文學世界，挖掘很深，感染力很強，同時也散發出一股強烈的滄桑味道。面對慘淡的人世，以至那深不可測的命運，有時淒淒切切的，如泣如訴，訴說著中年的逼近和思考的掙扎。

　　第一輯記之曰「雪」，摹寫一個冷寒凜烈而又晶瑩潔白的世界，裏面有一篇〈丙子說鼠〉，剛好是上一個的鼠年寫的，即 1996 年。換句話說，這本書收錄了作者起碼近十二年的作品了。〈不知歲月遺落在哪裏〉寫作者在一個下雨的晚上選擇留校工作，操作一臺電腦，由上海伸入紐約，在不同的網站之間飛來飛去，看起來十分寫意，其實卻宣洩了一種極度不安及中年失落的恐懼。「眼前的一切，都像是浮移不定的，城市如樂高積木堆砌而成，有繽紛的色彩卻不能讓人依靠。」「一頭雪豹這樣負傷地穿越黝黑的叢林。不知歲月遺落在哪裏。」他就是這樣一頭傲然竄進

---

1. 秀實（梁新榮，1954-）著：《九個城塔》（香港：匯智出版有限公司，2008 年 6 月）。黃坤堯〈文學作品推介《九個城塔》〉，刊《字花》第 15 期，頁 128，2008 年 8-9 月。

城市中的雪豹，格格不入。〈清涼〉跟一群年輕人在炎夏的大雨中暢談人生意義，人間有情有愛，「窗外仍有風雨，倉惶避雨的甲蟲已不知去向。我們走到窗前，看著給雨水沐浴的山坡，彷彿我們的心靈也清涼了。」寫出生命淨化的過程和意義。〈星巴克懷舊〉是一篇最富有象徵意義的小品，充滿了星空奇幻的陌生化感覺，香港的大雪把學校正門堵塞了，作者費勁地擠了出去，而路面也已有半呎的積雪了。作者在星巴克喝一種叫 double espresso 的飲料，而熱心點燃爐火的學生則成立了一個「雪花棧」的客店，給人送暖。「雪地上有人堆雪球，堆成雪人，堆成小丑，雪人和小丑自有他們未溶化前的歡樂。」「大雪紛然，在車站的平臺上回望校舍七樓。窗框內的燈火已熄滅，如一個空間在絕對的漆黯中漂流著、並殞落。有人說，你好傻，香港沒有大雪紛飛的冬季哩。我淒然的笑，邊哼著歌邊走進地鐵車站，如走進大雪紛飛外的星空去，走進遠不能度的漆黑中。」這是一段如歌如泣的中年流程，文字的駕馭剛好到位，擺脫現實的困局，想落天外，自然也是一篇不可多得的佳作了，值得大家細味。

第一輯同時也重組了作者家族的歷史，寫出文學心靈上四代同堂的感覺，詳盡而又奢華。〈丙子說鼠〉寫他在鼠年出生的兒子（1984-），在老鼠的文學世界裏浮想聯翩。〈祖父印象〉兼寫祖父吸煙，祖母不吸煙。祖父住在油麻地公眾四坊街，大約在五十年代逝世。「祖父是最疼父親的，大概因為父親能繼承他的學問。因之他也更愛他孫兒。父親不曾與我談及祖父的一鱗半爪。我只知道祖父是前清舉人，唸私塾，擅舊詩，在市橋（廣州番禺）鄉

裏有點聲名。僅此而已。」〈我走了〉寫父親，大約在八十年代初
辭世。「父親安貧樂道，不喜求人，以『負米總思貧日好』刻苦持
家。如今工作多年，我家境漸好，但個性不喜作過分的玩樂，反
而愛書樂道，閑時為文作詩，這是父親給我寶貴的『遺傳』。」〈父
親和他的粲花館詩稿〉[2.] 記錄了作者大哥跟父親隔代唱和的原委，
詩門風雅，一脈相傳。「父親有盛名於詩友間，但謙恭甚遜，『獨
憐性梗難隨俗，漸覺才疏不入流』（〈次韻逸翁飲瓊華樓〉），故
三卷詩鈔裏，酬唱的作品獨多。他有詩句『品題俗氣污天地，乞
食文章辱鬼神』（〈偶題〉）。我常以此警惕自勉，今讀遺稿，念
慈恩，往事如昨，令人悲憤復惆悵。」通過家族詩史的敍說，作
者所刻意塑造的，也還是一個遙相呼應的「雪」世界，在現實的
香港社會裏，籠罩著冰冷中年的感覺。

　　第一輯中還穿插了幾篇意識流的小品，有些詠物，有些寫
實，有些寄意，有些想像。〈觀星〉云：「若從觀星一刹想到宇宙
無垠，便不啻是洗滌俗世塵心的一個好機會。」〈與友航中看鷗〉
云：「十一月的下旬，天空灰茫茫而透出一片白光，雲低而厚，
遠景模糊不清，大嶼山的輪廓隱約在日落的方向。在天與海這片
狹窄的空間裏，我們航行著。今日，在過去的歲月和未來的忖測
中，顯得是那樣的萎縮。」〈記憶裏的螢火蟲〉寫捉放蟲的經驗，
「看著微弱如絲的光線，滑向草坪中。」〈尋羊記〉寫 2003 年瘟
疫危城，禍不及高官的香港百態，作者借《莊子》的救急寓言，

---

2. 梁學輝（1918-1984）著：《粲花館詩鈔全卷》（香港：香港詩歌協會，
　2011 年 9 月）。大哥指梁欣榮，臺灣大學外文系教授。

擺明諷刺的說：「政府為市民規劃香港未來的藍圖，在『數碼港』、『科技城』、『中藥港』、『迪士尼』、『文化長廊』之外，是不是應該增添一個『枯魚之肆』呢？」如果不施援手，可能很多香港人都會陰乾，變成鹹魚標本了。其他〈麻鷹〉、〈情色地圖〉、〈匆匆〉等各有寓意，虛實相生，幻彩流光，揭出一幅幅不同的畫象。

第二輯的主題「影」，共七篇，分別書寫外地旅途中的飄泊影象及白石州的生活斷片，同時亦散發著深厚的中年情味。〈斜陽直巷子——中和路 378 巷〉寫臺北捷運永安市場站旁邊一條巷子匆匆走過的紅塵綠靄，包括賣糧食雜物的小鋪、家庭式理髮店、貢噶精舍佛堂、義大利餐坊，通過工筆素描及人物速寫，構成一幅幅動人心弦的畫面。「要了一壺『薰衣草茶』，滾燙著的紫色裸粒在玻璃瓶內微微顫動著，如生命中那些令人難忘的親切的顫抖。在慢慢溢出的茶香中，混和著蒸汽的輕浮無奈，那條直巷子如生命裏一道磨不平的疤痕，再帶來了斜陽的無限光景。」作者用心靈感受世界，帶出了細膩豐盈的感覺。〈感覺臺北〉包括情兮中和、睡矣觀音、寂然西門、善哉圓通、傲然萬芳五節，作者走過了臺北的大街小巷，打造出不同的景點，營造出非凡的品味。「孤獨、深宵、霓虹、人影、咖啡館、錄像影音店、誠品和金石堂，如一頭創傷的雪豹靜靜穿越叫囂的城市，在地圖上劃出一個又一個生存的商圈，讓創傷的雪豹躲在叢林的寡情薄義中，走過熱鬧，感受寂寞。」雪豹的形象一再出現，而這更是作者心中特有的臺北感動了。〈九個城塔〉寫瑞士琉森的城郊風光，「依次是：代合利塔、聚風塔、火藥塔、護城塔、古鐘塔、守望塔、

瞭望塔、曼里塔、諾里塔等九個塔。每個塔的造形，各有不同的特色，憑外貌已可辨認。前三個塔給封閉了，遊人不能攀登。在護城塔的入口處有遊覽路線圖。我們便順著登城。」九個城塔有點像萬里長城的烽火臺，自是古代的軍事要塞。「琉森市在山色湖光間，天幕慢慢推移。當我們安坐遊覽船上，黃昏已悄然降臨，『九個城塔』浸沒在灰霧裏。夜正在山稜外醞釀著，如一醒醇醪，滲入肌膚。」作者選擇了〈九個城塔〉作為書名，可以看出他對這一篇作品的偏愛。〈糖城和挪威的森林〉揭示作者在美國休士頓糖城（Super Land）渡過的寧靜日子及回港讀小說《挪威的森林》兩種不同的感覺：「糖城淡薄，挪威的森林深厚，於是我告別現實的『城』，走進文字的『森林』裏去。」在遊記之外，其他三篇〈紅耳鵯〉、〈雨夜屋の塗鴉〉、〈中年如酒〉都是以白石州的寓所為背景的，刻劃濃烈如詩的感覺。〈雨夜屋の塗鴉〉云：「我徹夜睡在沙發上，用手揉搓著那頭棕褐色斑紋的花貓。這個雨夜，我如一尾魚般呼吸著，無聲無色的氣泡自天花板角落的冷氣洞口逸出。」〈中年如酒〉云：「酒氣仍在，我鑽進蚊帳裏，那一卷詩，在虛擬的網絡中，存在的，不存在的。我知道，將有一場洪水，把詩都淹沒了，色彩繽紛的魚群，傲游其間，在悠長的夜裏。賞魚和賞詩相同，都會令人體會到一種深刻的空間，足以震撼中年如酒的心懷。我知道，明天我如同『神授之君』，叫洪水剎那退去，而詩卷仍完好無缺，只要我隨意按下任何一個鍵。」作者用精煉文字來營造紛繁的意象，花貓和遊魚、網絡和洪水，本來互不相干的，竟然結緣合作，感動人心，這在本書中都構成了精彩的演出。

　　第三輯以「羽」來命名，用一片一片的羽毛來乘載散文詩，就像雪花似的，漫天飛舞，多采多姿。散文詩走出了齷齪的現實，讓心靈自由飛馳，給作者留下了廣闊的寫意空間，精緻凝鍊，感人亦深。梁新榮的散文詩十四篇，其中〈深圳書簡〉由九首小詩組成，合計共得二十二篇。這一批作品以四段的結構為主，佔九篇，五段者八篇，其他六段者二篇，例如〈蟬〉、〈小狐狗〉；而〈深圳書簡〉中有三段者三篇，例如〈青少年宮的階梯〉、〈關外小鎮〉、〈穿越南山〉、精悍短小。散文詩的結構就像古絕句的起承轉合，情隨意轉，圓融流動，或長或短，自然都表現出嚴謹的組織手段了。在這一輯作品中，我比較喜歡〈暮色〉、〈蝴蝶〉、〈樹〉三篇。〈暮色〉四段，刻劃一段航程，第一、二段描寫兩岸風光，第三段説：「扶著船舷，讓倒數的記憶隨流水消逝。倉促回航間，我跌進河道裏，瞬間淹沒，我的牽掛離開了，飄揚在河口的風中，把擱淺在岸邊木艇上的魚旗幟，漂染成一種顏色。」結尾跟著點題説明：「魚往這種顏色裏洇游，這種顏色，叫暮色。」簡直就是一段精彩的心靈獨白，悟得妙諦。〈蝴蝶〉五段，寫花墟的年花市場，在繽紛的彩色過後，第四段説：「夜幕垂下，那些人潮又攏聚來了，我捧著一大束滿天星，走離這個花墟。星空跟隨著我走在寂寞的界限街上，我懷抱著的是不願與別人訴説的秘密。」於是第五段結束説：「那是有關色彩蛻變的秘密。」謎底揭出來了，原來蝴蝶竟是用來象徵花色的飛動。〈樹〉分五段，作者潛進大樹的中央，經歷了春夏秋冬四季，最後被年輪綁住，第四段云：「我微張開眼縫，那些生命的流動正沿著微細的脈管急促地上升，發燙了我的身體。」第五段結尾説：「成了一株大樹。」天人合一，

注滿了生命的喻象。讀者要捕捉詩意，這裏俯拾即是，同時更是一片自足的天地，不假外求。

最後，作者的〈寫詩〉專談寫作經驗，詩分五段。第一段說：「寒夜關我在房間內，寫一首散文詩。」第二段的「巨人」象徵黑暗中搜索枯腸，表現詩思的苦澀和困乏。第三段窗外雪花紛飛。第四段說：「雪花飄滿空間，雙腳開始冰冷起來。我抬起惺忪的睡眼，發覺熒屏上竟同樣飄著漫空的雪花。我放棄了，切斷了電源。一時間雪花消失在無邊的夜空。」最後作者睡著了，散文詩可能還沒有完成。

梁新榮的散文集《九個城塔》文筆雅正，詞句洗鍊，意象優美，揮灑雄文，往往更帶有濃郁的詩意，表現自佳。編織於迷離惝悅之間，有時也不容易分出究竟是詩還是散文了。作者詩與文雙劍合璧，緊密互動，為香港文學樹立了一個「可能」。直抒胸臆，輕鬆自然，寫出自我，更重要的是完全沒有絲毫應酬和媚俗的感覺。佳作琳瑯，強化表現，自然也就是香港文學百步之內的「芳草」了。

2008 年 2 月 20 日

王璞《九個故事》

王璞（1950-）是講故事的高手，反映廣闊的生活面貌，也是繁華都市的眾生相。情節生動，曲折離奇，具有懸疑效果及魔幻色彩，穿滿現代感覺，耐人尋味。用作者的語言說，這種文體介於散文與小說之間，同時更往往是現實與想像的臨界點，真假虛實，很難說得清楚。讀者代入角色之中，結合個人的經歷，自然會有不同的意會，就像傳說中的莊生蝴蝶一樣，自由地變身，翩翩地穿梭於天人之際。

《九個故事》（稿本）是一本小說集，顧名思義，就是由九個故事組成。這些故事都是獨立成篇的，沒有必然的聯繫。如果真要指出一些共同點，那麼，書中所說的很多都是都市女性的愛情故事，有些還在香港發生，不斷的在悲歡離合、是非得失中輪轉，探尋生命的意義，以至一種人性的尊嚴，發人深省。這裏共有八個短篇的小故事，以及一個中篇小說〈啤酒〉。不過，我得先對讀者發出讀書預警，如果你過去一直沉浸於浪漫的愛情故事，可能會感到失望，看不下去。如果你認為小說是消閒的小故事，只要感動就好，不必費勁思考，可能更加失望，根本就看不明白。本書帶有濃厚的推理色調，讀小說就得跟著想像飛馳，躲不得懶。

〈希獵拖鞋〉寫一位女子中了「希獵拖鞋」的咒語，用五百二十元買了一雙希獵拖鞋，並且耀武揚威地穿著希獵拖鞋上班，結果變成同事的笑柄，用一個天價去買一個虛幻的心魔。在

一次邂逅中，故事這樣説的：

> 「除非是希獵拖鞋。」他這麼説。時間是我們第一
> 次約會那天，地點是那家地處偏僻的小酒吧。吧
> 枱旁邊坐著個單身女子，漂亮得像妖精，打扮得
> 像貴婦，可是，腳上套著雙拖鞋。

以後，這個詞語一直潛藏於女子的內心深處，「連同那一度好像要顛覆我整個生命的瘋狂」，「遺留在沙灘上」。最後，為了徹底擺脱傷心慘目，以及發自五內的淒厲長嘯，她只能把希獵拖鞋埋葬在大嶼山的深處。原來生命中一句不經意的説話，竟然度越了記憶，直至永恆的生生世世。

〈啤酒〉是一個中篇小説，作者用一句「我用一生的愛去尋找一個家」的流行歌詞，藉啤酒去尋覓帶有異域色彩的浪漫故事。這個故事的篇幅比其他八個短篇加起來的還要長。故事開始於1972年的北京火車站，「十七歲那年，我第一次喝啤酒。」「張山就是那個曇花一現似地出現在我面前的青年人的名字。」以後〈啤酒〉中的女子經歷了四段失敗的婚姻，但張山的影象一直穿插於她的幾任丈夫之間，有時還是離婚的伏線。張山還為她帶來好幾篇詩文作品，蜚聲文壇，以至獲獎。最後，有一位女子出現了，自稱張山是她的前夫，而且已經去世了。她跟作者疾言厲色地説：「為甚麼要誇張那些色情的成分，沒有的事。張山每次都向我發誓，他甚至都沒跟你握過手，更不要説在小客店共度春宵了。那一切不過是你的幻想而已。也難怪，上哪去找張山這種完美的男

人去？」「我要告訴你，張山他只不過是出於助人為樂的雷鋒精神，在你困難時給了你無私的幫助，他心裏對你一點也沒甚麼，要不是你那些小説，他早把你忘光了。」然後，作者狂飲一大口啤酒，説：「上帝用泥土造人，小説家用幻想造人。我很高興我造的某個人物竟然這麼逼真，讓你產生了誤會。」結果，兩個女子就像瘋子和白癡似的，相互搶奪著同一個並不存在的男人，拼命打敗對方。

其他的七個故事，其實都各有寓意，帶出意想不到的答案。例如〈嘉年華會〉寫夢中多次重複參加的嘉年華會，又寫到現實的嘉年華會，結果套圈遊戲失手，受到丈夫明道的揶揄，説她「心浮氣躁」，引發兩夫妻潛藏已久的心結，露了出來，挑剔對方，經過一輪互相攻擊之後，她大力反擊説：「你好，買那隻八號仔不是我簽字的吧？真應了那句笑話，炒股炒成股東，不到三天就把一百萬的大股東炒成一萬的小股東，那總是你這聰明人的成就吧？你這麼聰明，你倒説説看。……」當她志得意滿的時候，「明道早已不在了，面前是一片燈光，人流，彩條，入夜了。」「好多隻大汽球飛上了天空」。然後，她又回到嘉年華會的夢。「我等著那些燈一盞接一盞地熄滅，然後，夢就醒了，明道躺在我身邊，發出微微的鼾聲。我耐心地等。」雖然是一篇極短小的短篇，看過這樣的情節，很多人可能難以理解，作者的葫蘆裏究竟賣的是甚麼藥呢？如果我的理解沒有錯，嘉年華會可能就象徵緊張的婚姻關係，表面上色彩繽紛，實際上是同床異夢。尤其是香港人經過股票的洗禮，特別是現實中八號仔的故事，可能就只得永遠耐

心的等待下去。王璞的情節跳躍得很快，思想不斷地流動，幾乎
每篇都是這樣的，有時讀者會跟得很苦，但可以挑戰我們的想像
空間，享受閱讀的樂處。

最後一篇〈流氓是怎樣煉成的〉，這位男士打扮斯文，向租
客收房子，結果頭頭碰著黑，折磨了一整天，氣炸了，也幾乎瘋
了。最後，他還碰到了拒載的惡司機，他冷冷道：「你小子活夠
了是不是？」結果，司機收錢時那隻手還在顫抖，他也修成正果，
變成流氓了。

讀者們，你有興趣追蹤作者的思想軌跡，探尋生命的故事
嗎？

2008 年 9 月 24 日

黃雪慧《醒來的話》

　　黃雪慧《醒來的話》可以説是一本散文詩集，具有以下一些特徵：第一，篇幅比較簡短，點到即止，很少長篇鉅論。第二，作者多用意象語言，也就是詩的語言，顯得精煉，絕不流於一般平易的敍述。第三，作者著重表現生命的境界，特別是睡與醒之間的臨界點，透示了天地初開一刻的靈明觀照。第四，作者強調個人的感覺，這是一個完全的個人世界，從而構建起個人特有的時代觸覺，批判社會人生。第五，作者用當代通行的文字來寫作，包括粵語、英語的詞語及句法，不是一般純粹的書面語，可能還有一些潮語、夾雜語、符號語，雅俗共賞，絕對是鮮活道地的香港經驗。[1]

　　《醒來的話》分為五輯：第一輯「生活理性」，包括〈噴嚏〉、〈打思憶〉、〈嘔吐〉、〈Shall we talk?No thanks!〉九篇；第二輯「浮花」，包括〈長的是磨難，短的是人生〉、〈特異功能〉、〈安心去睡〉、〈牛是這樣失戀的〉十二篇；第三輯「作為女子的身體，及其器物體察」，包括〈沒有眼鏡的日子〉、〈新鞋子〉、〈習慣〉、〈尋香·後記〉十四篇；第四輯「人在火星」，包括「類ＸＸ」、「麻雀與教科書」、「Ｏ嘴、潛水、屈機、講解」、「人如其文」十一篇；第五輯「光影虛擬」，包括〈黑『擇』明〉、〈野孩子〉、〈斷背山〉、

---

1. 黃坤堯〈文學作品推介《醒來的話》〉，刊《字花》第 18 期，頁 128，2009 年 2-3 月。

〈因為所以〉十六篇，多談電影，加上〈代序〉、〈自序〉、〈訪談〉，合共六十五篇，合成一冊小書。不過，小書的好處很多，除了方便之外，還有一個亮麗的賣點，精采。人生的問題千瘡百孔，作者挖掘人性的方方面面，尤其是從一位女性的角度去面對這個城市，有時還是相當悲愴和震撼的。詩的聲音其實也就是心靈的話語。

作者在〈自序〉中解釋書名《醒來的話》的含義。「睡醒的一刻，就像電腦剛接通電源，所有程式還未就緒一樣，人的思緒是最純淨的，理應不會被任何煩惱纏繞，縱使這只是很短的一刹那。」睡與醒是一個渾沌初開的臨界點，有點像維納斯誕生時的純美感覺，可是甫一接觸現實的世界，百怪紛陳，有時更令人沮喪，這種純美的感覺往往也就一去不復返了。作者又說：「人蛻變長大的過程，其實就像是不斷在一個接一個的夢境裏醒來。」就是這一連串的思緒串成了永恆的文字，扣問真實的自我，玲瓏剔透，晨光乍現，甚還可能是一串名貴的珍珠項鏈。

作者在每一輯的前面都有一段引言，言簡意賅，意義深刻，感覺敏銳，點出作意。例如第一輯解釋「生活理性」，專寫日常的生理行為，有時還是俗不可耐的，重新加以詮釋及想像，作者希望像維基百科似的將任何的資訊「以放射的形式將知識的版圖無限伸延出去」，甚至「一本正經地胡說八道一番，這也不失為一個梳理自己紛亂情緒的好方法吧？」可見作者心目中的「生活理性」，其實也就是藉夢醒時分的一刹靈明，可以肆意的從心所欲，顛覆我們的日常世界，否則太陽出來之後，一切也就回復常態了，

再也沒有新意新事，說不好聽的，也就是故態復萌。例如〈噴嚏〉「是一種人接收到思念者強烈腦電波而產生的生理行為」，「直徑大於 100 微米帶著恨意的飛沫會很快落地，剩下來帶著眷念的部分蒸發後，形成悲傷的氛圍，可以懸浮幾個小時或更長。」〈打思憶〉即「打噎嗝」（hiccup），即「胃氣上逆」，由於不能預計何時來，何時停，因此作者發揮想像說：「同樣人也會用很多不可思議的方法去阻止自己『思憶』某人，如用力地伸個懶腰、在地上來回打滾、吃一桶雪糕、看一場爛戲、找一場交嗌、嘗試做拱橋、做一百下仰臥起坐、煮一頓飯。⋯⋯」就是想盡一切的偏方來防止「思憶」對方了。〈姆潘巴現象〉（Mpemba effect）顯示急急放進雪櫃的熱牛奶竟比先送進雪櫃的冷牛奶先結冰，作者用來解釋男女熱戀過後感情開始平淡的過程，「而在感情降溫的過程中，雙方開始計較付出與得到之間的差異，較熱情一方的失落感會一直大於較冷靜的一方。由於較熱情者表面付出的感情較多，失望得也較快，因而感情降溫的速度也較也較快。」〈淚〉稱「淚水盛載著人類最複雜的情感」，又說：「眼淚原來也有限額，當有一天發覺自己眼淚少了，甚至流不出眼淚，就知道自己老了。」〈色眼〉直接觀照出人間的七情六慾，但作者卻非常欣賞佛家的「慧眼」，照見五蘊皆空。「不論是從眼睛觀照出的世界，還是由眼睛流露出的各種情緒，都是空虛而不真實的。」以上幾篇借題發揮，主要抒發個人的感覺，寫出創意思維，引發共鳴。

至於其他各輯亦各有各精采，帶出不同的視覺和觀照。例如第二輯「浮花」的引言說：「她們倒掛起來的身軀依然是生前

枝葉繁茂的樣子，花瓣果然是仍是紫色的，可是卻是生命完全消逝後了無生氣的晦暗色調，乾皺的花瓣告訴我時間這位殺人兇手，如何以最完美的手段將生命的氣息從她們身上榨乾淨盡。」艾慕杜華（Pedro Almodóvar Caballero，1949-）的電影《浮花》（Volver），是西班牙語「回歸」之意，中文片名採用音譯，乃是呼應描寫女人的主題。又引言用了〈逆插玫瑰〉一文中的文字，作者「驀然發現茶壺裏的浸泡的花茶不就是花兒的來生嗎？」結語説：「但願逝去了的人和事，也能經歷這樣輪迴重生的過程，以另一種方式留存在我的記憶中。」第三輯「作為女子的身體，及其器物體察」沒有引言，題目上已經充分表現出女性的心思。第四輯「人在火星」的引言主張回歸根本，抱著「我會做好呢份工」的心態，將一切複雜簡單化，活得自在。第五輯的引言説：「絕對的光明或黑暗，都不能讓我們看到事物本貌。」在這一大堆濃密的意象背後，其實作者還是著意探索整體社會的問題，千絲萬縷，十分複雜，喜歡思考的讀者，也許從中會大有得著，極具啟發意義，在閱讀的過程中大家彼此相視一笑，也就夠了。

2008 年 12 月 12 日

藍巴勒隨想

　　曾偉強《藍巴勒隨筆》是一本隨筆文集，[1] 收錄作者在 2005
至 2007 年之間所寫的作品五十二篇，加上〈自序〉一篇，合共
五十三篇。作者駐足於荃灣，「卜居此山麓，翠微豐草，仍可以
延眺藍巴勒海峽，正是依山看水。風水，不必盡信，但心安處是
吾鄉，何以常住安樂；只願此心能安，在歲月長河中，當個觀海
人。」通過平實淺白的文字，由荃灣來看香港，看世界，以至探
討全人類的命運，內容博大，感受深刻，對於不太苛求的讀者來
說，圍繞著我們周邊的生活和人事，都是實實在在的存在，可供
反覆思考。《藍巴勒隨筆》就是這麼一本平實的、講道理的小書。
在香港五光十色、珠光寶器的豔照中，坐而論道，可能並不起眼，
只能說是讀者的損失了。

　　《藍巴勒隨筆》按文章的內容分類，大約可以處理為幾個重
要的範疇。第一部分，從〈從紅燒鯛魚談起〉、〈哀哉禽鳥〉、〈誰
之過？真是果狸惹的禍？〉到〈全球暖化後果堪憂〉八篇討論近年
的禽流感、沙士，以至全球暖化的大環境大問題，生物鏈的破壞，
直接威脅到人類的生存空間，感同身受，逼在眉睫。作者發出懇
切的呼號，地球患了重病，請大家救救地球，救救自己，以及我
們的子孫。第二部分，從〈日出威尼斯〉、〈教人欷歔的巴特農〉、

---

1. 曾偉強（1964-）著：《藍巴勒隨筆》（香港：明文出版社有限公司，
　2008 年 9 月）。

〈走在齋沙默的沙丘上〉、〈兩個陵兩段不朽情〉九篇，寫作者的兩段旅程，一是2005年的印度之行，包括新德里、德里、久德浦（Jodhpur）、齋沙默（Jaisalmer）、瓦拉納西（Varanasi）、泰姬陵（Taj Mahal）等；一是2006年地中海的遊船之旅，包括威尼斯、巴里（Bari）、馬特拉（Metera）、聖托里尼（Santorini）、米克諾斯（Mykonos）、比雷埃夫斯（Piraeus）、雅典、科夫（Corfu）、克羅地亞的杜布羅夫尼克（Dubrovinik）、蘇黎世（Zürich）等地。這是一批遊記作品，作者著意觀照這兩個「西方」獨特歷史文化、社會風情的體驗，以至傳統與現代之間的變化。這兩個「西方」都是別開生面的旅遊景點，沒有多少玩樂設施和飲食享受，反而讓我們充分體會心靈的感覺，思考哲學人生等可能永遠解決不了的種種問題。第三部分，包括〈安樂死體現人道主義〉、〈兼達眾生的母愛〉、〈從霍金『活著』談起〉、〈小天使〉七篇，探討安樂死及在家善終的問題，社會上爭論很多，作者引用大量的數據來說明問題，顯出理性。第四部分，由〈大會堂隨想〉、〈懷念宋城〉、〈銷售稅行不得〉到〈破冰之後〉，共二十篇，篇幅最多，主要評論香港的本土文化政策、社會經濟等。第五部分，包括〈誰可拉陳水扁下馬？〉、〈怎一個貪字了得〉、〈『魔警』真相永遠成謎〉、〈八達城的神話〉八篇，則是探討人性問題。從以上粗略的介紹可見，這些都是我們曾經引起社會關注及熱切討論過的課題，有些可能到現在還沒有結論，現在重讀這些篇章，儘管大家的觀點並不一致，但溫故知新，開卷有益，都可以給我們重新思考的機會，釐清一些疑點所在，過濾了一些雜音，忽然觸動一下，說不定就有了我們自己的看法了。

在第一篇〈從紅燒鮰魚談起〉，作者以「長江三鮮」的鮰魚、鰣魚、刀魚作切入點，現在都已瀕臨絕種了，說明濫捕及污染之害。其後還引申到三峽大壩的問題，作者說：「建大壩，最苦的還是老百姓！官方也已承認，三峽工程啟動以來，發生的貪污、挪用公款案件和涉及的人員數以千計，涉款數百億元。移民抗議與返遷事件接連發生，就在（2006 年）5 月 20 日慶典當天，還有居民舉起『懲罰腐敗官員』、『還給我們生存空間』等標語的抗議事件；但結果是被鐵腕壓下去。」至於防洪效果，作者也不認同，「三峽大壩曾高舉防洪的旗幟，還聲稱可以應付 1954 年那種特大洪水。然而，據記載，當年 6 月至 8 月上游宜昌洪水達二千九百億立方米，但三峽大壩的防洪庫容量則是二百二十億立方米！其防洪效果不言而喻。」作者明顯是反對建壩一派的，跟建壩派的看法不同，何況三峽大壩基本上已經修好，是好是壞，也只能由日後的事實來驗證了，但作者仍然不厭其煩地列舉反對建壩的兩大理由，聰明的讀者，你們可以接受嗎？其一是人性及法制的問題，這只能通過教育及執法來解決，我們不能因噎廢食；其二是總流量及庫容量的問題，這樣的數據能夠混為一談嗎？萬一再碰到這麼可怕的洪水，除了儘快開閘洩洪外，我看別無善法，沒有了三峽大壩，難道葛洲壩就可以獨支大局嗎？人類很多工程都是回不了頭的，說來未免可哀。最後作者的結論說：「古語云：『治國先治水。』然而，洪水不能根治，也無法根治，江河也不能斷，只能疏不能堵，必須能讓洪水奔流。說到底，那是人與自然如何和諧共存互生的學問。」這些都是大原則、大道理，說來十分動聽，擲地有聲，無懈可擊的，但面對人口的增加，水資源

的缺乏，如果不建壩儲水，任其自然奔流，可又有效解決問題嗎？
沒有了東江水，回到了六十年代的制水生活，那麼香港可能連一
天也活不下去了。我並不反對作者尊重自然的觀點，但我們更必
須嚴肅面對愁紅慘綠的人生。

　　在威尼斯，作者在偶然的機會下看了一場馬拉松比賽，他
說：「其實，人生不也是一場馬拉松？勝敗得失並不重要，也非
最終目標；而競逐的對手，也不是別人。只是起跑了，便得一步
一步的向前，或快或慢，或早或晚，也得走至終點，完成這一期
的任務。」面對永遠做不完的工作，其實我們都是不斷的跟自己
賽跑的，我深有同感。至於其他篇章的經歷尚多，最後只有留待
讀者自己去發掘吧。

2008 年 12 月 12 日

戲劇評論倫敦篇

　　閱讀本書的稿本，有些粗糙和混亂，不容易捉摸。例如書名就有兩個，一是上文標明的《旅遊文學 ——〈憂‧由‧遊〉戲劇評論：倫敦篇》，[1] 但作者在書稿中所標出的卻是《〈憂‧由‧遊〉——旅遊文學 1 倫敦》，看起來好像差不多，但前者的重點是關於倫敦的戲劇評論，後者則屬於倫敦的旅遊文學，為了名正言順，我們有必要釐清題目，首要就是目標明確。

　　此外本書的書名標示〈憂‧由‧遊〉三字作為亮點，或是賣點，但序文〈遊‧有憂〉用字不同，次序不同，好像又另有含意了。序文共分三段：首先作者指出在不足兩週〔按作者記錄由 2007 年 1 月 29 日至 2 月 3 日，連看六晚〕的旅程中，偏向選擇賞觀倫敦西城（West End）的大眾化劇種，期望「把所觀所想書之以文，對本地藝術文化加以批評，期望嚴苛的責問，能引發業界及政府的一點討論，重新思考本地文化藝術的發展路向。」我絕對認同這是莊嚴的使命，至於時間及深度是否足夠那就是另一問題了。次段專寫文化與生活二者不可分割，強調其相通之處，層次愈深，聯繫就愈緊密；往高處探索，枝葉也相互交錯，主張多元文化之美。末段毫不諱言指出「對本地戲劇界有所憂慮」。按序文意思，當是倫敦之行遊中有憂，不過這樣書名中的「由」字就完全沒有著落了。〈憂‧由‧遊〉讀起來同聲同韻，琅琅上口，可是卻令人看不

---

1. 梁慧珍：《旅遊文學 ——〈憂‧由‧遊〉戲劇評論：倫敦篇》（2009 年）。

明白。

　　本書的章節安排令人困惑。梁慧珍按重點分為七大部分，十二章：（illustration-1、-2、-3、-4-6、-7-10、-11、-12），首尾是序文及尾聲。illustration-2〈戲劇遊踪——看戲、賞戲、再想戲〉是重頭戲，作者記錄在倫敦看過的六齣戲劇。而 illustration-3〈查令十字街頭〉只有一頁的敍述，可能也是重要的話題，自成一類，但相對來說就有些單薄了。illustration-4-6〈藝術博覽〉專頁，佔用三章的編號，卻包括四個博物館及藝術館，這讓怎樣分配嗎？illustration-7-10〈眼界大開〉只有牛津、千禧橋、跳蚤市場三項主題。illustration-11〈抒情寫意〉則有四個題目。分配參差，並不平均，真的令人有些費解，希望正式出版時可以釐清條目。

　　說了一大堆的編排問題，可能令人有些掃興。不過本書言簡意賅，實亦可供深思和探索，平心而論，這也是一次很有深度的旅程。作者對倫敦的文化世界做足了功課，把握時間，有備而來，而且又能針對香港的現實問題，掩映多姿，在敍寫及論述中顯出感性，亦見精采。

　　嚴格來說，本書可分五章。首章〈戲劇遊踪〉寫作者在倫敦觀賞的六齣戲劇，包括《歡樂魔法舞英倫》、《獅子王》、《教堂輕音》、《第十二夜》、《快樂日子》、《海鷗》，著重介紹每一套戲的主題內容、賣點、音樂、編舞、創作意念、佈景設計及觀賞感覺、批評意見等。在《歡樂魔法舞英倫》中，作者特別讚賞男主角 Bert 的舞步，「當主角舞動至臺口的頂端時，以倒掛姿勢自如

地大跳『啲嗲』舞,一眾舞蹈員則仰望吶喊,就連席上觀眾也禁不住隨著節拍鼓掌助慶,全場目光聚於一點,氣氛熱鬧」,寫出觀眾投入的情緒。在《獅子王》中,「導演透過佈景設計師層層從大至小的中空正方形巨型吊幕,把多排羚羊狀的剪紙模型,放置在吊幕正中內的多滾軸上,不斷往前滾動,再運用皮影戲的表現方式,配合燈光和聲效,建構了一場在峽谷內成千上萬隻羚羊奔馳的情景;然後安排小森巴站於臺口前,不停沿地跑步,呈現小森巴拼命逃生,千鈞一髮危急情景」,誘發觀眾的想像力,場景逼真。至於《教堂輕音》,作者認為表演並不出色,可是卻獲得了過多的掌聲;然而作者卻在步入教堂底層迂迴的走廊內發掘豐富的節目配套,感到意外的驚喜。

第二章只收錄了〈查令十字街頭〉一篇文章。這裏有很多二手書店,「書店盛載著老英國的光輝與榮辱」。梁慧珍說:「我愛站在店內的火爐旁邊『打書釘』,爐火掩映,暖意無限。當客人走進書店時,聽到門檻上的搖鈴叮叮作響,仿如聲聲親切的招呼。」寫出了動人的記憶情節。

第三章〈藝術博覽〉分別介紹大英博物館、國家藝術館、帝國戰爭博物館及攝映師藝術館。作者說:「在倫敦,我從畫家的筆觸或攝影師的鏡頭,看到年代的更替和轉變,見證文明。借鑑對歷史的回憶,學會汲取教訓,懂得學習,然後進步。」而攝影照片則成了歷史的眼睛,希望政治家都「做一隻稱職的好貓,紓解民困」。同時更希望可以在香港「肆意享受無處不在的藝術文化氛圍」。書中附有很多造形獨特的照片,意趣橫生,促進思考。

第四章〈眼界大開〉寫作者遊歷牛津城、千禧橋、跳蚤市場三項主題，或是蘊含無盡的寶藏，或是色彩繽紛的萬花筒，以及在寒夜中往來千禧橋幾次，享受燈光的異彩，尋找翻騰的往事及倫敦特有的異樣感覺。

第五章〈抒情寫意〉包括〈一杯星巴克〉、〈黃昏免費報〉、〈地下鐵約會〉、〈承傳與保留〉四篇，議論縱橫。其中星巴克侵入全世界的街頭巷尾，其他小商戶難以跟大集團競爭，惹人反感。倫敦的免費報紙也有很專業的戲劇評論，可以培養高質素的市民。作者曾經在英國讀書，地下鐵舊地重遊，刻意要發掘一些不同的感覺。此外，倫敦又能成功保存工業時代的發電站及 92 米高的大煙囪，成為泰特當代美術館（Tate Modern）。作者説：「一個城市的戲劇表演內容，絕對可反映城市人的素質。」

梁慧珍對倫敦情有獨鍾，故地重遊，肆意享受兩星期浪漫的藝術生活，寫出了豐富細膩的感覺和回憶，同時也在有意無意間凸顯了香港藝術的嚴重滯後情況，語帶批評，難免會有些主觀的情緒，但卻顯出了作者對藝術的尊重和愛尚。讀者一卷在手，優遊其間，可能也有意想不到的收穫，享受一刻心靈的富足感覺，值得推介。

2009 年 3 月 21 日

太平洋的呼喚

　　葉芳《太平洋的呼喚》彙輯多樣的文體，[1] 包括散文遊記、微型小説、新詩摘選、人物訪談、文學活動、附錄六項。此外書前〈名人作家合照及贈言〉還影存了很多名人的函件，例如美國夏威夷州檀香山市議員譚鴻章先生的賀信，以及羅錦堂（1929-）、貝聿文、林貝聿嘉（1928-）、湯恩佳（1394-）、李明心（1925-）、瘂弦（1932-）、程乃珊（1946-2013）、蔣夷牧（1942-）等的函件或題辭，加上大量與明星、演員、作家、官員合拍的彩照，以及寰宇風情及個人的生活照片，琳瑯滿目，美不勝收，內容豐富，風靡天下。一卷在手，可以享受一種從太平洋出發，遨遊天下的感覺。而這恰好也就是本書所要表達的效果，作者在廣漠浩瀚的文學世界裏遨遊，寫出如畫的風光，多采多姿。蔣夷牧贈言説：「我是雲，我的世界沒有圍牆，風是我的翅膀，自由是故鄉。」頗能抉發葉芳的文學世界，行雲流水，意態飄逸。

　　葉芳是一位誇行業的作者。程乃珊説：「金融才女難棄難捨文學夢，生花之筆潛心營造櫻桃園。」這兩句話也很能概括葉芳詩文小説的特色。就以「微型小説」四篇為例，就是以上海金融界為背景，寫誇國公司的文化衝突，兼具濃厚的寫實意味和象徵

---

1. 黃葉紅（葉芳）著：《太平洋的呼喚》（大世界出版社公司，2008年9月）。黃坤堯〈文學作品推介《太平洋的呼喚》〉，刊《珍珠港》第五十四期，2009年5月；又《字花》第20期，頁128，2009年7-8月。〈葉芳《太平洋的呼喚》評介〉，載《文學評論》第五期，頁186-189，2009年10月。

意義，這是中外文化的交匯點，綢繆成太平洋上一道亮麗的風景線。例如〈菲菲的尷尬一天〉，談的就是生育政策。菲菲的丈夫是新加坡企業派駐在中國的代表，而她也是在新加坡出生長大的，就在上海一個優美的國際社區裏過著寧靜的養胎生活。沒想到某一天在林蔭小道上散步，卻招來了鄰居老太太居委會主任的橫蠻干涉：「儂懷孕有勿有申請登記？」觸碰了菲菲的私隱底線，幾乎引發雙方的衝突。此外，社區管理處張貼的通告完全沒有英文，有人寫英文投訴，結果換來的是「學中文」的建議，顯得滑稽。〈老板的中文名字〉寫菲菲生下孩子後，獲聘為某誇國公司的高層管理人員。她的老板是中年老美，對中華文化感到神秘與好奇。菲菲陪她視察業務，其中北方分公司的負責人是一位窈窕美麗的北方佳人，談起風水，乃建議洋老板取了個李世佳的中文名字；後來到南方分公司遇到了另一位南方碧玉，乃建議洋老板以「玉」代「佳」。左右為難，明爭暗鬥，最後就連中文名字都不用了。其他兩篇還有菲菲在中國城市中所遇到的「打的」亂叫價，及晚宴時的敬酒問題，這些似曾相識的情節，看了都使人發出會心微笑，具有強烈的寫實及諷刺的意味，自然也間接地反映了作者的生活。

本書以「散文遊記」二十篇為主調，摹寫世界各地的風土人情。放在最前的〈我在清水灣電視城的日子〉，採用日記形式，分為上下兩篇。由 1993 年 2 月 23 日獲通知取錄參加助理編導訓練班開始，直至 5 月 8 日為止。培訓過後，直接參加了電視劇《九彩霸王花》的幕後製作。葉芳進入星光熠熠的電視城，一切都充

滿新鮮好奇的感覺，加上跟大批電視明星一起工作，有機會時還跟他們單獨拍照留念，刊出的有她與劉德華、譚詠麟、羅家良、張學友、周星馳、王菲、葉倩文、林憶蓮等。她是在美國讀商科的，但電視城短暫的工作卻為她的生命添上了鮮豔亮麗的色彩。娓娓道來，還是十分興奮的。其他旅遊散文寫到了夏威夷、拉斯維加斯、印尼婆羅摩火山、歐洲巴黎、布魯塞爾、阿姆斯特丹、科隆大教堂、瑞士琉森、意大利米蘭、西班牙、直布羅陀、中國雲南、九寨溝、長白山、泰山、上海、香港、越南各地，除了美麗的風光之外，還有深厚的文化探索。例如〈為了魚兒的呼吸〉，葉芳的美國友人看到了夏威夷火奴魯魯港灣浮著大片的油污，認為非檢舉不可，「再不好好關注環保，夏威夷也將不再美麗。」而作者也説：「這時海面出現了一艘環保署的船，正不停地向油污噴水，白花花的水柱像扇形的噴泉，煞是好看。不消半個鐘頭，海面又恢復了那晶瑩剔透的湛藍。」

「新詩摘選」輯錄了十六題的作品，其中很多都是旅遊作品，〈大地組詩〉十二首包括大理、昆明、麗江、玉龍天國、西雙版納、壩上草原、西班牙舞曲、葡萄牙羅卡角、俄羅斯、墨爾本菲力島、布吉島、東京飄雪等。其次則為情詩，另選入友人的作品三首。葉芳詩意象優美，平易近人，文字淺白，還給人帶來深沈的回味和思考。〈東京飄雪〉末段：「離別的那天，我看到你，眼裏的淚光，東京，開始飄雪。」〈感受〉中段云：「就算把日月遺忘，當琴聲響起，雨中的蕭邦，又尋回，流逝的季節，那飛一般的感覺。」〈今生今世〉首段云：「金黃的激情果，冰鎮黑咖啡，

混合成某個午後，時間的滋味，相距一天，走不盡的漫漫長路。」
這些都是一些情韻悠揚的詩段，幽幽地訴說了一些天荒地老的故
事，令人動容。

　　「人物訪談」十篇，有羅錦堂、李明心、洛夫（1928-2018）、
瘂弦等。李明心是李金髮（1900-1976）的長子，任教於夏威夷大
學政治系，1967 年因組織及參加反越戰示威行，遭到不公平的解
僱，其後持續抗爭了兩年，始能恢復在夏大的職位，傳媒稱之為
「和平主義戰士」。不過其中最為文學界所關注的還是李金髮的
問題，例如三段的婚姻，以及 1968 至 1976 年李金髮給兒子的
二十多封的家書，談及各項不同的話題，十分悅目。至於羅錦堂、
洛夫、瘂弦三篇都流於一般的報導，談不上深度。「文學活動」
十一篇，差不多都是一些宣傳文件，好處是紀錄了作者推動文學
活動的業績，但對於個人的文集來說，可能就破壞整體的觀感了。
不過，作者對文學的執著和誠意，大家還是有目共睹的。

2009 年 3 月 21 日

東瑞尋書人間有情

　　東瑞勤於筆耕，著作極多，參〈東瑞著作目錄〉所列，計有長篇小說、中篇小說集、短篇小說集、小小說集、少年兒童小說集、散文集、遊記集、隨筆小品集、評論集及得獎作品等，多達一百餘種。唯一他不敢碰的重要文體，或者可以說是他的弱項，可能就只剩下詩了。又據〈目錄〉所列，東瑞有散文集二十五種，其中 1999 年三種、2000 年五種、2001 年二種，三年間即佔十種，全由獲益出版，產量特多，也可以說是東瑞散文創作的高峰期。大抵香港作家之中，無人能及，也是文壇特有的現象，值得注意。《雨中尋書》就是其中最新的一部散文集，但距 2003 年的《奶茶一杯》，竟然長達五年之久。近年東瑞的興趣主要放在少年兒童小說集方面，2004 年以後共出六種，而散文也就相對淡出了。

　　《雨中尋書》共收散文六十四篇，[1] 其中內容時有重複，交疊互見，可能是為了在不同的刊物發表，而對某些事件的前因後果有些追述和補充所致。又本書以《雨中尋書》作為書名，其實並無深意，雖然書中也有書情五篇、心情八篇幾乎都是談書的，但整部散文集跟「尋書」的主題看來並不密切，至少是志不在此。東瑞只是將書中第一篇的散文〈雨中尋書〉作為書名。如果讀者看到了書名，也有尋書的雅興，可能就大失所望了。開始時我也

---

1. 東瑞（黃東濤，1945-）著：《雨中尋書》（香港：獲益出版事業有限公司，2008 年 11 月）。黃坤堯〈文學作品・名家點評《雨中尋書》〉，刊《百家》第四期，頁 94-100，2009 年 10 月。

有這種美麗的誤會，但翻看一下，很快就把這種想法糾正過來，還是平實的讀散文吧。

東瑞《雨中尋書》以寫情為主線，全書分為親情、閒情、文情、旅情、鄉情、書情、心情、餘情，共八種情，交織疊奏，也就構成豐富多姿的人間有情了。東瑞的文字直抒胸臆，樸實無華，文筆暢達，有時也會運用不同的修辭手法，一切比較坦露，歡快澄澈，讀者很容易進入他的感性世界。他把事情都説得很清楚，很明白。如果我們還要指出書中一些「不足」之處，可能就是缺少含蓄想像的空間，稍欠餘音蕩漾的感覺。文學有時就是需要一種讓人回味的姿態，意猶未盡，才夠過癮。不過，每個人才性不同，經歷不一，審美的情懷各異，這一點並非特別重要的，我只是舉例説説，指出散文的可能，以至不同的發展方向。

本書按情的性質歸類，東瑞更刻意將親情列為他生命中的第一情。在這十一篇散文中，他用倒敍的方式，還用很多篇幅，傾力描寫父子及父女親情。例如〈雨中尋書〉，他帶著兒子海維、女兒海瑩到廣州中山大學訪書，在偌大的校園中，在愈來愈大的雨中，找來找去找不到一家像樣的書店，後來才知道有一家「學而優書屋」。作者很享受這種「雨中尋書」的經驗，他説：「但老父子女一起雨中疾行的場面，可能難得再有幾回。」又説：「只要我還能走得動，我願一直跟在維兒的後面，支持著他。……」充分顯出做父親的深心，頗像朱自清（1898-1948）〈背影〉的重現，塑造「偉大」。其他還有〈歲月如此有情〉：「兒子知情有義，我們也就放心了。」「時間真的是一隻魔手，轉眼間，兒子真正成

長了！歲月如此有情。」〈還有多少日子為你沖奶茶〉：「如果能夠，我願意為愛喝奶茶的兒子沖一輩子奶茶。見他滿意地喝下也是一種幸福啊。」父慈子孝，人間甜蜜，但這幾段不約而同的都放在結尾中說，有刻意點題的作用，在文章的表達手法來說，可能就過於直露了。其他各篇分別寫女兒的，寫妻子的，寫母親的，以至最後寫父親的，都各有感人的效果。其中〈讓我們再對坐一次〉，寫作者重回三十年前的「快樂世界」，冰室依舊，猛然憶起當年父子對坐的場景。「對父親的思念如水倒流，剎時那麼強烈。可如今，他已安息在炎熱的墓園多年了！我一生的遺憾除了沒能陪他走最後一程外，還在於他在生時，我們的對談是這麼少。」這是一篇最叫人震撼的作品，紙短情長，就是一些不完美的情節，才可以天長地久的，扣人心弦，還多了些發揮想像的空間。

　　本書的第五情是鄉情，共有四篇散文，東瑞專寫他久違了的故鄉金門。由於文學的結緣，他終於回到了這一片最陌生的鄉土，還受到親人及縣長熱情的接待。作者藉此暢談金門文學，以至金門的歷史文化，山水清光，人才輩出，別開生面，璀璨多姿。作者〈仙洲之旅〉寫訪尋宣統二年的祖屋甲政第說：

> 院子上去的地方，用很長的石條鋪成地板。我望著腳下以石塊鋪成的地，不覺吃了一驚。但見石塊與石塊之間，有些泥土，竟冒出了幼嫩的青綠。不知那是甚麼小植物？一九一〇年以來，這兒住著不少人，也不斷有人離家，下到印尼、越南，……而今竟沒人居住，這當中的故事一定很

長很長，惜已無人能敍述了！埋葬在墳墓內的祖
先總共有十八人，除了最重要的祖父祖母，其他
我們也已不知道是誰了！（p.286）

這一段籠罩在一片神秘死寂的氣氛當中，但青綠的小植物的
出現，竟是神來之筆，彰顯生命的力量，生生不息，可以供人發
揮玄想，以及一些永遠說不完的故事。作者追尋下去，可能要比
校園偵破事件還要動人。

《雨中尋書》插圖豐富，配合四方遊歷及文字說明，其實也
就是東瑞近五年來的生活紀錄了。又本書校對認真，錯字極少，
我暫時找到兩三個，例如「酸枝傢俱〔家具〕」（p.286）、「放遂
〔逐〕自己」（p.350）及「對杜〔社〕會的安定」等（p.368），一
時走漏了眼，無傷大雅，更不是吹毛求疵的，不必彼此責怪。整
體來說，本書文筆流暢，可讀性亦高，反映了遊子漂泊的一生，
同時更創出了輝煌的文業。文章乃經國之大業，不朽之盛事，東
瑞的成就剛好就印證了魏文帝（187-226）的偉論，也就為讀者指
出了努力的方向。

2009 年 6 月 16 日

靈魂在陽光中飛舞

　　周瀚《靈魂，在陽光中飛舞》是一注滿理想色彩、表現心靈境界的詩集。[1] 全集分為九輯，彙列一百一十一題的作品，如果連同四首組詩計算，則達一百一十七首。這輯作品始撰於 1997 年，結集於 2007 年，剛好十年的詩齡，可以當作一個階段的結集。但作者早年的作品較少，只有〈在薩爾斯堡的思念〉、〈致太陽〉、〈木頭傳奇〉三首，撰成於 1997 至 1998 年之間；其他全是 2002 年以後的作品，嚴格來說只有五年作品而已，算是生命中的一個豐收期了。書前有張海鷗（1954- ）教授的序文，列出了當代詩壇很多不同的流派，奇形怪狀的，但周瀚卻未能歸入某一門派之中，張海鷗說：「她的詩不沾染當前詩壇的塵俗和惡習，抒寫的都是自己的生活和思想，很真誠，一點也不做作，不矯情。」水流花落，清新自然，真有點小龍女不沾人間色相的意味，評價很高，也是對於詩的尊重和執著。

　　詩集分為九輯，不依寫作年代排列，但按內容歸類。第一輯「靈魂，在陽光中飛舞」十二首，跟書名完全一致，這是作者首要確立的詩觀，而第一首〈靈魂，在陽光中飛舞〉其實也就是序言了，詩分三段，首段說靈魂要從夏天的陽光中掙脫綑綁，第二

1. 周瀚（1972- ）：《靈魂，在陽光中飛舞》（香港：麥穗出版有限公司，2008 年 12 月）。黃坤堯〈文學作品·名家點評《靈魂，在陽光中飛舞》〉，載《百家》第四期，頁 94-100，2009 年 10 月。〈文學作品推介《靈魂，在陽光中飛舞》〉，刊《字花》第 25 期，頁 128，2010 年 5-6 月。

段擺脫「彷彿是千年古墓裏的幽靈」般的日常生活及世俗觀點，第三段就是作者在扉頁畫面中所揭示的四句箴言：

> 讓我進入自由的國度／ 在陽光中快樂地飛翔／
> 讓我像初生的嬰兒／ 對著自然界呼喊「媽……
> 媽……」／ （p.19）

她在追求一個完全自由、飛翔、初生、自然的詩歌世界。其他具體論述的細節，還包括靈感、孤獨、燃燒生命、凝視黑暗，批評當代詩棍的教條，在生活的大爐子裏掙扎，歌頌草根階層，以至對大自然的膜拜等種種命題，回歸現實，表現出激情。其他對詩歌整體的描述尚有：「生下了我那一群／真實和孤傲的孩子」（〈春天，我的孩子〉，p.28）、「尋找文學不滅的燈塔／卻走進了世俗的胡同／懷著飛向雲霄的志向／卻荒廢在社會的邊緣」（〈墓誌銘〉p.32）、「我的標新立異飛在黃昏的浪花上」（〈詩人的腦袋〉，p.37），展示作者詩歌論述中的完整系列，顯出作者的心思，而第一輯自然也就在詩集中佔據著最重要的位置了。

第二輯「我的北京奧林匹克夢」是旅遊詩。第三輯「流浪街頭的小女孩」寫城市低層的眾生相，充滿了同情及批判意味。第四輯「萬聖節派對」追尋夢想，表現出對幸福的渴求。第五輯「春天，我們要回家」塑造不同的人物形象和擷取社會的典型事件。第六輯「致太陽」摹寫自然亮麗的色彩。第七輯「鬍鬚地」專寫愛情世界及婚姻生活。第八輯「大師的背影」以親友為主，探索生死的主題。第九輯「夏天的花園」以時事為主，議論世情。一言

以蔽之，就是言之有物，摹寫生活，作者以嚴肅認真的態度，藉著詩歌觀察香港社會，中國國情，以至眾生百態，審視人性，展開想像，翩翩飛翔。

周瀚曾經任職記者、議員助理，現在從事勞工事務，擔任工會雙月刊的主編。因此她同情工人，協助弱勢社群，主張「詩歌創作要有內涵，要體現出對社會與人生的思考」，「將民生疾苦以藝術的形式反映出來」。此外她也深受鄧阿藍（1946-）的影響，「多寫一些在社會邊緣的小人物」，主張「詩人要放眼社會，對時事要有敏銳的觸覺，對正義要有不懈的追求」（參〈後記〉），鄧阿藍特別以〈流浪街頭的小女孩〉為例，稱讚此詩能突破殘障局限，破除命運的魔咒。大抵周瀚詩虛實結合，為民請命，蘊含現代精神，充滿象徵意味，詩意濃郁，別開生面。

在詩歌藝術方面來說，作者神采飛揚，健康飽滿，詩句凝鍊，意象豐富。例如〈夢中的波蘭〉、〈四合院〉、〈垃圾桶〉、〈在薩爾斯堡的思念〉、〈永恆〉、〈青春迷失在愛情的花園裏〉、〈弗洛依德的足球〉、〈對望〉、〈鬍鬚地〉、〈愚人節，倒數〉等十首，寫得比較含蓄，詩情蕩漾，均屬佳製。〈對望〉云：「兩人的目光在潮濕的空氣中交匯／偶爾，像兩輛汽車分別駛開／不一會又駛回來／繼續沈醉在對方的幸福中」（p.127），寫香港和內地兩種不同的生活方式，各有各精采，相互豔羨，頗有卞之琳（1910-2000）〈斷章〉的風範。〈鬍鬚地〉云：「愛人，我多麼想躺在你的鬍鬚地／尋找南方刺人的溫柔／那密密麻麻的鬚根／是家鄉一望無垠的甘蔗林／鬚根上沾滿了青春的汗水／散發著夏天泥土狂

野的味道」（p.169），寫出了愛情的力度，就很迷人。此外，還有一些詩句，例如「澳門，不管人生還有多少個十年，我仍要追隨你的背影」（〈澳門〉，p.50）「你說人生有多少個十五年，啊咳……」（〈悲情城市〉，p.69）這些近日城市流行的名句，原來作者早就大量用在詩中了。

作者有時煉句稍疏，頗有敗筆。例如咬著紅蘋果，靈魂在飛舞當中，「哦，我咬到了一口爛蘋果／哦，只要有詩歌／哪怕每天咬爛蘋果」（〈靈魂，在陽光中飛舞〉p.20），表面上以詩歌為重，不計較生活，但突然由紅蘋果轉為爛蘋果，意象轉折過於突兀，也就令人費解了。「哦，李白杜甫白居易杜牧李商隱／哦，雪萊濟慈惠特曼蘭波金斯堡」（〈致靈感〉，p.21），排列一大堆的名字，卻有堆砌之嫌。又如「哦，麵包掛在幻想的火星樹」、「詩人的腦袋就要發射火箭了」（〈詩人的腦袋〉，p.37）過於誇張，也就欠缺真實感了，要提煉詩句，不能想到就寫的。「醫生用暴雨熄滅了這段閃耀五色光環的對話」（〈我的北京奧林匹克夢〉，p.43），突然冒出了「暴雨」意象，詩句粗暴，而全詩也顯得不協調了。其他〈澳門〉、〈我們走在二環路上的金光大道〉、〈2003年的香港〉，這幾首專寫城市的，架床疊屋，有些臃腫，不期然都有堆砌字句的感覺，未能化成鏗鏘有力、氣韻流動的詩篇。但《靈魂，在陽光中飛舞》全集整體表現甚佳，瑕不掩瑜，加上周瀚對於詩歌的認真和執著，可以完全表達個人的理念，也是令人耳目一新的，值得推薦。

2009 年 8 月 22 日

車正軒的旺角想像

車正軒《小説旺角》收錄了十篇作品，由 2000 年起至 2008 年止。[1] 他是一位很有現代感、空間感、立體感、抽離感、焦慮感、挫敗感、性感、動感、熱感、冷感，以至感性、感動、感覺、感受，甚至沈迷於聲色圖像衣食建築的潮作家，而旺角恰好就提供了一個實踐〔或實戰〕的場所，他吃透了旺角，透視了大千的花花世界，通過不同的人物故事，在一片江湖滾熱的流動之中，恰好也就鑄就了旺角的前世今生。

車正軒現職為自由錄像工作者，自稱：「一個游走於文字、錄像、戲劇之間的人，有時寫小説，有時寫劇本，有時拍短片，有時玩 Drama，有時太忙碌，有時很空閒，有時惹人羨慕，有時連自己也瞧不起自己。」這一段自我介紹其實也就是《小説旺角》中的潛主角，他可以化身千百，在不同的場〔或場次、場景〕中演繹不同的角色，交織於寫實與虛幻世界之間，浮想聯翩。

《小説旺角》由一些獨立的片段組成，飛來飛去的，有點像鏡頭的跳動和剪接，完全展現出情緒的流動狀態，歌哭無端，歇斯底里似的，閱讀時得有點耐性，才能體驗旺角的真情實感。書前有一篇湯兆禎〈MK 小説力〉導讀，刻意突出當前的 MK

---

1. 車正軒（1981- ）著：《小説旺角》（香港：點出版有限公司，2009 年 4 月）。黃坤堯〈文學作品・名家點評《小説旺角》〉，載《百家》第四期，頁 94-100，2009 年 10 月。〈文學作品推介《小説旺角》〉，刊《字花》第 24 期，頁 128，2010 年 3-4 月。

Feel，也就是一種寂寞消費感，「那不是物質意義上的消費，而是一種人與人之間甚至更慘澹的生命力消費。」普遍呈現出對現實的焦慮和不安，青春的暖昧和躁動，連自己也不知道究竟想要些甚麼，只能通過不同的人物角色呈現渴求，探索生存的意義。旺角，即現在所說的 MK，其實也就是香港版圖的縮影。

首篇〈與女朋友一起賣私煙的好日子〉榮獲 2002 年度中文文學創作小說組冠軍，寫的是旺角夏天的故事，由六月到八月左右，所謂女朋友只是少年的個人感覺，在無聊的日子中一起混，面對蒼白慘淡的生活，沒有名字和個性，沒有談情說愛，直來直往，無始無終，最後女朋友人間蒸發，不知所踪了。當時天氣酷熱，他們在深水埗一條行人天橋上擺檔，「太陽像烤鴨的火爐，天橋的皮在冒煙，我的鞋底也被烤得熔化了，至少比平日薄了一半。」（p.24）於是他把女朋友塑成一瓶 1.5L 冰冷的水，一帖令人暢快的清涼劑；以後，「我喝到的水，都不及她給我的水好喝。」（p.32）有時又幻化成晚上九龍公園游泳池中的蜉蝣，「我連她穿游泳衣的樣子也記不起，只記得那游泳池的水有香甜的氣味。」（p.25）題目中特別強調「好」字，短短兩個月的情誼，也就化成永恆的思念了。

次篇〈處女座，十八歲〉寫兩個大學男生的性向疑惑，女生無法接近他們，「P 和 G 都說千萬不要跟處女座的男生談戀愛，他們挑剔得吹毛求疵。J 大概也是這種人——完美主義者。可惜這個世界沒有完美，充滿無法避免的遺憾。」（p.43）最後故事的高潮放在萬聖節晚上的結婚荒誕劇，上演了一齣人鬼情未了，「J

穿上大紅裙褂，化了濃妝，變成一個鬼新娘。他又替我找來一套中式新郎禮服，我變成一個鬼新郎。」「她們祝福我們永遠恩愛、幸福快樂，明年添個小鬼寶寶。」「我倆在酒吧區跑來跑去，吸引了許多目光。拋花球、敬酒、拍照，接受不同人的祝福。霓虹燈閃爍不停，途人與鬼怪難得如此融洽，這個城市也異常熱情。」（p.48）有時甚至渴望「兩個寂寞的人在小房間裏激烈接吻。」（p.46）畢業後他們卻分手了，「J結了帳，請我吃了最後一頓飯。臨走時，他握緊我的手，笑著祝福我和H的愛情。」（p.50）此外J希望把整個城市的建築物塑成「乳房狀的公園」（p.42）、「乳房狀的樓宇」（p.50），而討厭「市中心的摩天大廈像一條條男性生殖器插在地上，真夠噁心」（p.44），明顯充滿性徵的選擇和想像。這是書中一篇精光四射的作品，少年的輕狂分外使人懷念。

第三篇〈今天天氣如此好〉分為四章，兩人都叫Calvin的，十七歲，他們是很要好的朋友。第一章寫年輕人總會遲到超過十五分鐘的，作者稱之為「時間的不適應者」（p.55）；此外，在等人的時候，作者欣賞那些染著紫髮，在馬路上一起抽萬寶路煙的同路人。第二章寫在等Calvin時，回想上星期五，作者約女朋友，遲到了二十分鐘，自己算是準時了，他希望女朋友不要遲到，幸而她還是比較早到些。他拉著她到卡拉OK去。忽然鏡頭轉回現實，Calvin出現了，「他牽著我的手，衝過那黏稠稠的大街。我問Calvin我倆到哪裏去？我又問Calvin我倆幹甚麼？我倆在一間卡拉OK門前停下來，感覺像兩艘茫茫大洋上的不安小艇終於停泊在避風塘裏。」（p.59）跟著又跳回到與女朋友在卡拉OK

的情節，在樂音中還下了一場雨，看見了很多穿長裙的女子，「可惜，這場雨只在我的想像中發生」。（p.61）第三章寫作者穿西裝的見工情節，然後是一個苦澀的夢。「一個ICQ綽號叫寧靜咖啡灣的人，在鬧市中游泳。街上幾十萬人忽然溶成洶湧的潮水，寧靜咖啡灣看見水就躍進去了。」（p.65）最後還被捲到水底，踏扁成模糊一片。兩個Calvin站在維多利亞港的海旁觀看著，一個猛抽煙，一個在心裏說了三分鐘的髒話，原來他們都害怕溺斃，甚至被人潮擠死。第四章作者忽然很討厭這個世界，討厭Calvin，破口大罵：「禮貌不特別好，性格又不特別糟，學識不高不低，而且沒有特殊技能，連拉個大便都不比別人的臭。」「我掏出香煙，狠狠地抽。」（p.67）這是一篇充滿意識流的作品，寫出了茫茫人海中失衡失序失落失望的感覺，其實罵的還是自己，討厭自己，他們很想反抗現實，可惜無能為力，缺乏目標，同時也就寫出了時下旺角青年的眾生相了。

其他各篇佳作尚多，〈元宵夜‧球場上‧練習跳投的少年〉追憶一段補習師生的姊弟情緣。〈少年的七彩滑板〉在光影繽紛之中，帶出「黑雞」的性虐情節，寫出了旺角的陰暗面。〈時光之煙塵〉、〈蟬蝶〉、〈最後一站旺角〉三篇相對來說比較簡單，在平面的敍述中，讓讀者有一點喘息的機會。〈墾丁少女〉寫十七歲的臺灣女子跟香港醫科生流連於短暫的網上情緣，滿足購物的慾望，表現旺角的迷人之處。最後一篇〈八十年代的美麗鳥聲〉寫旺角的陷落，包括江湖廝殺，雀仔街的清拆，朗豪坊的崛起，以至流鶯亂飛，青春消逝等。全篇穿插於「吃藥」的情節當中，一

氣流轉，可能還帶點悲憫及救贖的情意。大抵車正軒精於錄像，而文字則用來覆述錄像的故事，自然也寫出了旺角的性感和真實，帶出思考。

2009 年 8 月 22 日

陳子謙的怪物江湖

　　試問有哪個時代沒有怪物，還完全不怪呢？盤古初開，開天闢地的時候，世間到處注滿新奇和異象，更有恐龍猛獸，鮮花毒草，愈美麗，愈陷阱，到神農嘗百草時，早就有很多人被毒死了，大家得慢慢摸索和認識這個世界，建立規範，訂出規律。有了文化以後，例如中華文化，諸子百家也有很多《山海經》、《穆天子傳》，以至陰陽五行、荒幻異能的傳説。到了清代文學，在康雍乾嘉的盛世氛圍裏，國力強大，學術興盛，也還是有《聊齋志異》、《儒林外史》等專記怪物、怪事、怪人、怪誕的小説，宣示對現實狀況的不滿，牛鬼蛇神，傳之無窮。則「怪」也者，其實就是突破傳統規範，用一種新的視角，刺激我們的觀感，考察我們生於斯、長於斯的世界，重新演繹，顛覆思考，最好還能分出楚河漢界，例如新舊、文白、雅俗、死活等的對立，旗鼓相當，劃江而治，這是新世代的思想專利。對於當前的社會來説，「怪」是一種自嘲、一番無奈，其實更是充滿悲情的感動，以至無法妥協的宣言。陳子謙《怪物描寫》通過身邊的人物，[1] 摹寫香港社會的人和事，細心觀察，笑中有淚，哭笑不得，記錄了千禧盛世華麗背後的青年心態，見怪不怪，可能還充滿荒誕的感覺。

　　陳子謙《怪物描寫》全是現世香港，特別是千禧之後的寫人之作，深具寫實意味。他把身邊的朋友都上升到怪物的層次去了，

---

1. 陳子謙（1976- ）：《怪物描寫》（香港：點出版有限公司，2009 年 10 月）。

就像姜太公封神似的，劃為七大類別。太正常的人類世界，規行矩步的，當然不能入他的法眼了，行文中有時還成了箭靶，即是被批判的墮落對象了。嚴格來說是正邪之戰，腥風血雨，在香港寫作人的江湖之中，再加上一些政治輸送和經濟資源上的壟斷，分配不均，無法調和，作者期望撥亂反正，反對管理，怪物誓師有名，自然還帶有強烈的悲壯意味，天地有正氣，讓人感動。

怪物世界的第一梯隊「難兄難弟」七篇，包括阿東、W、孫某（謝某）、表弟、阿成、阿佳等六人，阿成佔兩篇，除表弟外，幾乎全都是中學及預科同學，陳子謙就是要「把朋友一一拐進筆下的哈哈鏡裏」（p.31），頗有水滸英雄論資排輩、江湖結義的口吻。阿東是作者的預科同學，善拉二胡，有兩個形影不離的小師妹，但阿東卻喜歡另一個女生，與作者「英雄所見略同」，作者獻計教阿東追她，可惜都未能完成大業，畢業一年後連在街上遇見都認不出來了。「阿東是寫小說的，如此健忘，未知是無所憑藉抑或海闊天空，反正他的妻子可以安心。然而，當他們下輩子又再碰上，阿東勢必忘了大半，只能重提那個傻兮兮的問題了：『我們……在哪裏見過面嗎？』那時候，他又把自己的神算子碑匾砸了，活該！」（p.23）在預科時玩 Master & Angel 遊戲，作者抽中了做W的天使，默默守護W，由秘密關心引來了愛情的疑惑。〈罪人孫某〉原題〈罪人謝某〉不知道甚麼原因，連姓氏都改了。孫某善彈琴，還「搞了首用鋼片琴伴奏的黃梅調；今天滿街不中不西的 fusion 菜」，說好了全組合寫，結果大家在老師面前都指證是作者作曲的，演出後掌聲雷動，作者彷彿看到了臺下「全是

孫某的臭臉」。（p.30）至於表弟則差點當成了恐怖分子拉登，「表弟離開日本的時候，天網恢恢，背包裹暗藏的幾瓶理髮用品給全數扣查。幾經波折才上了飛機，盡責的空姐仍不忘要求檢查護照。他委屈地反詰："Why me?"活像那些剛剛撞了車、丟了工作還給追加三十年冤獄的悲劇主角。對方則保持專業的服務態度，笑而不答。」（p.33）阿成是從中三開始通電話的，作者把握阿成常說的幾句話，「阿成近日來電：『我失業了。』頓了頓，又再老調重彈：『有冇女？』我終於明白，這個問題老是神出鬼沒，因為它要說的，由始至終不過是苦悶茫然而已：『好悶呀！』下一次，我準會改以最友善最溫柔的語氣回答他：『哦。』」（p.40）時代造就了阿成的茫然，寫出了人物的神采。作者與阿成覺得在現實的痛擊下，童軍隊裏不公平，不如意，升中三開始打算逃亡，「我們的童軍隊的確象徵了甚麼，只是跟秩序、團結、精英都沒有關係。」失掉了理想，意在言外。阿佳也是高考同學，身體健碩，精通所有體育，大學畢業後的工作多姿多采，做過體育教師、健身教練、Now 體育臺報導員，「除了教職外，這些全是兼職──他最反對我應徵全職教師了：『你看我，做 part time 也活得好好的。誰都可以，只是不敢。』」我想起他那在大廈頂層的房子，首期都已付清了。」（p.47）同學少年都不賤，陳子謙寫出了一代人的生活和感覺，有點八十後青年的朦朧身影，蠢蠢欲動。

怪物世界的第二梯隊「虎口餘生」三篇，包括 L、巧雲、阿 pat 三位中文系的女同學，都是很有個性的女子，形象獨特，插圖用楊智恆的一襲下半身的長裙，女子雙手黑白交疊，端莊嫻雅，

惹人遐想。L現職中學老師，剛結了婚，不再探尋文學中真善美的問題。「L好像太逍遙了，但當教改把全港教師都勞役至死，有一兩個倖存者也不是壞事。」（p.54）巧雲「總是説自己是個鄉姑——這年頭，港男港女都給一棍子打死，當鄉姑有甚麼不好？每到周日，巧雲便會跟男友到郊外耕田種瓜，彷彿為城市贖罪；下周再來一次，大抵城市又發明了新鮮的罪。」「太極遠遠不只是巧雲的嗜好，更象徵了她的內在節奏：她説話、走路都是懶洋洋的，彷彿面前有無盡的時間以供揮霍。巧雲的碩士課程延讀一年了，仍舊是一副好整以暇的樣子。」（p.56）作者跟阿pat很熟，「那陣子，她的苦難真是沒完沒了：分手、負資產、母親發現乳癌……那多像考試，可惜我可沒有筆記借她。」「拿掉實物，再纏人的記憶也會魂飛魄散。我向阿pat獻計：『把訂情信物扔到朋友家去！』翌日阿pat依計行事，我自食其果——誰想到那『朋友』居然就是我？」（p.60）

怪物世界的第三梯隊「立見天國」五篇，包括伊芬、Stephen、國健、靚女miss、Pantene，大多數都寫教會中的朋友，主內一家，互相幫忙。例如作者簽名擔保Stephen借貸十萬，「當時我剛升讀大學，頂多可以擔保自己賠不起。」（p.71）後來還離職了，找不到人，真夠嚇怕人的。

第四梯隊是「賣夢的人」，共八篇，其中Anthony是《字花》的行政經理、打雜和靈魂。鄧正健是《字花》編輯，「阿健寫起評論倒是誰都不賣帳，篇篇惹火。」「有一回他連讀者也罵上了，我暗暗叫好：有膽識！」（p.94）阿律是「發達資本主義時代的抒

情詩人」，出版《刺繡鳥》。阿修在某黨報編輯文藝版，可能是臥底，「當新聞版為政府的推土機搖旗吶喊，副刊版竟然去訪問天星皇后碼頭的保衛者，給叛軍領袖打氣。」此外，他可能還是「Ａ片商派到文學界的臥底」、「從夢裏潛入現實，至今未受招安」。（p.100）其他還有阿麥和崔瑩夫婦在廣州辦劇團、Ｙ在電視臺當編劇、詩人阿昌即袁兆昌、筆名沈思，青年文學獎冠軍，「高考文學科給他一個Ｆ。做不成好學生，阿昌便讓這傷口說笑，寫下《超凡學生》，為所有不容於建制的超人吐一口惡氣。現在他當上了中文科課本的編輯，勢必為文學教育培養更多叛徒。」（p.114）、孫某「執業牙醫；根據 perfect pitch 則是音樂家，輕微走調。」（p.117）幾乎都是天生異稟的江湖人物，從建制中殺出一條文路，為文藝界中造些實事，各有一番天地。

怪物世界的第五梯隊「物種起源」只有兩篇，一是父親，母親問道：「小時候，爸爸是你的偶像嗎？」作者衝口而出：「怎麼可能？」父親看不懂深作欣二的《大逃殺》，「我給煩死了，但又不得不慶幸，那的確是他這輩子無法也毋須理解的故事。」（p.129）一是高人樊生〔樊善標〕，作者的中文系老師，自認忠實的粉絲，天荒地老，矢志不渝，談到中文系來了很多新老師，擔心搶走樊生的粉絲，「『你們的運氣不夠好，生不逢時。』這輩子，樊生總算說錯了一句話。」（p.133）這兩篇認祖歸宗，探本尋源，跟著嚴肅認真地重新構建怪物的家族圖譜。

怪物世界的第六梯隊「旁若無人」，花苑的配圖十分抽象，有滑溜的背部，有秀髮，有纖手，似是而非的，讀者自行想像

好了。文章三篇，第三篇〈戀人絮語〉又有四個短章，用包孕句的組織手法，全都是寫 O 的故事。其中〈後浪漫主義〉隨 O 重遊她讀了整整七年的母校，經過附近的屋邨，就像胡蘭成（1906-1981）的一片靜好。「『這裏不錯啊，』我的右腦來不及構想甚麼詩意的詞句，衝口而出：『很適合打劫。』」（p.145）在〈禪機〉中談到神秀（606-706）、慧能（638-713）的境界高下，一個安居樂業，一個半生顛沛。「O 幽幽地說：『我也知道，妥協有時是必要的。』忽爾話鋒一轉：『知道嗎？』」（p.147）這兩段加起來，打劫與妥協，也就是回應時代的話語，身不由己，帶點悲劇的意味。

最後輪到「怪物自爆」，只剩一篇，作者談到過去跟嘉宏買唱片淘寶的經驗，然而現在就是要清理滯留家中的唱片。想賣掉十多張，捨不得的時候又抽回 Brain Eno 的一張，賣的價錢一樣，說起來也算是免費了。陳子謙出生於 1980 年，作者告別注滿了理想色彩的過往，八十後的故事也就戛然中止了。

這是一本精緻的小書，篇幅短小，點到即止，點不到也止，例如〈風中的葡萄〉「粗暴地了結全文」（p.140），文筆洗煉，意象豐盈，刺激思考，寫出個性。此外，本書將現世的怪物分為七類，前面各有一幅插圖，連同封面設計，疑神疑鬼，動靜美醜，稱之為「怪物圖象」，共有八位作者，落實怪物的構形，配合文字上的描述，上天入地，各懷鬼胎，深具創意，無法複製。這是八十後特有的敏感氣質，你記得也好，最好你忘掉，好歹也是一段生命的見證，具見真實。

2010 年 2 月 15 日

潘國靈的字畫像

　　用作者的話來說，《靈魂獨舞》是潘國靈的「自畫像」，也是「字畫像」。[1] 説是自畫像，因為本書充滿自傳色彩，專寫個人在本土中的成長歷程，在歲月和城市的遷流中，所見所思所感所想，靈魂出竅，飄忽悠蕩，在香港文學的星空中留下了一抹薄霧濃雰，以至一股淡然的愁緒。説是字畫像，其實本書就是一場文字的遊戲或表演，除了基本的詩文雙寫之外，作者還刻意遊走於電影、歌曲、小説、藝術、哲學、建築、運動、影像、聲音，以至文化評論、城市書寫、生命探索、身體語言等不同範圍之中，觸覺敏鋭，眼耳所及，幾乎無所不寫，換句話説，其實就是用文字來刻劃個人的思想和思緒，源源流出，寫出了野心。作者從精神豐盛、朝氣勃發的八十年代走過來，通過自身的經歷，折射出香港文化的滄桑，掩卷沈思，忽覺暮色四合，血淚帶笑凝成藍色的曖昧，作者總不期然地流露出嚴重的抑鬱感覺，放任孤獨的靈魂曼舞，似實而虛，若有還無，乃至一種自戀的傾向。

　　《靈魂獨舞》的詩文比例按三七分配。散文七章，詩三章。不過有時文中有詩，而詩中又有自白，筆調流動，帶出敏鋭的感覺和深刻的思考，有時還像散文詩似的，洋溢著濃郁的詩情，探索不同的藝術空間。

---

1. 潘國靈：《靈魂獨舞》（香港：天地圖書有限公司，2010 年 11 月）。

　　《靈魂獨舞》以為散文為主體，分為影像、身體、家園、玩樂、父母、動物、旅行七章，各佔四至七篇左右，都是個人的生活寫真。其中第一篇〈影像藝術沈思錄〉專談作者的影評經驗，他列出了幾個大原則：一、我好欣賞你，但我未必愛你；二、我好愛你，但我未必明白你；三、我對你極有興趣，但我不特別欣賞你，更談不上愛；四、Studium（知面）和 Punctum（刺點）；五、存在的勘探者；六、創作與評論／作家與導演；七、我。看過了這七個小標題，我想大家都很容易掌握到作者評論的準則，前三點是每個看電影人的共有經驗，難免是主觀的，有時藝術的感覺就是隔了這麼的一點點，愛恨交纏，但又說不出所以然來。第四點的 Punctum 直接觸動人心，比較重要，潘國靈說：「Punctum 是自我建構的文學後花園，是銀行裏的私人保險箱，是『偏見』或者過度詮釋；而 Studium，是文化性的，是公眾性的，是公諸同好的，是屬於共同的文化語碼。」（p.17）兩者各有不同的屬性，可以在影評中相互為用。在第五點中，作者認為「藝術在你生命中挑起這原初的覺醒」（p.19），存在的勘探結果只能背棄了神，「回到人與人的關係和內心之中」（p.18），而小說的文字模式又優於影像的表現。第六點作者強調自己喜歡遊走於各種文類之中，特別鍾情於小說，他引用了電影《愛之頌》（In Praise of love）的對白作答：「假如他們問你：你可從電影、舞臺、小說或歌劇中作選擇，你會選甚麼？我想小說。」（p.21）潘國靈承認他就像穿花蝴蝶似的，拒絕歸位，更拒絕被定位，充分表現出他對藝術的多元興趣。最後在第七點中，他更主張評論人要將「我」的介入「由幕後帶到前臺，影響所及包括社會學的質性研究、新

聞寫作、後設小說等」(p.24)。作者把這些重要的評論觀點放在首篇,開宗明義的立說,自然容易讓讀者了解他的立場、他的審美,以至他的思想。最後,他引用《祖與占》(Jules and Jim)的句子說:「假如你愛我,請不要認為我會是個大障礙。」(p.24)「我」必然會在評論中發揮最大的作用,相當精闢,評論也很到位。

在跟著的〈時間的灰燼,十五年後〉、〈電影中,我們都在尋找經歷〉、〈很多影像我忘記了,獨剩下了歌〉、〈為了忘卻的紀念〉四篇中,作者感慨隨著時間的消逝,很多電影的影像都會逐漸淡出,難以捕捉真實。甚至還很悲愴的說:「每張拍下的面孔其實已經死去,並且預兆著未至的消亡。所以面孔的堆疊其實也是死亡的重複。於此來說,照相術終究沒有戰勝過上帝,因為人怎樣也鎖在時空之中,自有永有的只有上帝。」(p.34)原來評論的終結最後還是哲學問題,文化現象通通都只是過客而已。一切由心,我們只能珍惜當下。

《靈魂獨舞》在其後的身體、家園、玩樂、父母、動物各章中,作者敍述個人成長歷程,當然,這只是一個香港平凡人的故事,沒有甚麼驚天動地、可歌可泣的特大場面可言,平凡得跟你我的成長經驗幾乎完全一樣,例如制水、焚化爐、無敵海景、加租、口罩、校園舞會、溜冰場、夾 band、養小動物等。甚至代溝也很嚴重,作者很久沒有回家吃飯,父親兩次夾雞膶給他,但作者說已經十年不吃內臟了,最後父親只能悽然的把雞膶夾進自己口中。(p.90,100)這個場面十分震撼,換了是我,區區一件雞

腴，吃下又何妨呢？除了回憶少年的味道之外，畢竟人生中這樣的片斷不會重複多見，而且也是永不消亡的畫面。〈髮落〉一文附有一首詩，末段云：「我的一根頭髮掉落／我的頭髮越發稀疏／眼見的破壞只是表面的／還有更大的破毀正要發生／或即將降臨。」（p.45）這也是一個很大的刺點（Punctum），面對悽愴流逝的歲月，髮落凸顯了生命的軟弱無力，加上失眠和抑鬱症的擾攘交疊，而當下的一切影像更成了幻象。

〈我和三色貓的日子〉是一篇最令人感動的作品。這是一隻自來貓，跟作者特別投緣，相處了一年，纏綿耳語，相濡以沫。可結局是：「二OO三年五月十八日，我離開錦山村，我想像肥妹某天回來發覺人去樓空時定必徬徨落寞至極，只是，我已經沒有再回頭看。」（p.118）這是另一幅悲愴震撼的畫面，可能在我們這一代的青蔥歲月中，大家都不在乎天長地久，只在乎曾經擁有。就是要有這樣生離死別的情節，才叫人蕩氣回腸、值回票價吧。

第七章旅行四篇寓意於人生旅程，流淌著的都是一些異地的畫面，但結合著文化閱讀，可能就增添很多的想像空間了。在〈那年那天，在蒙帕那斯墓園〉（Brooklyn's Greenwood Cementery），很多文人就在這裏棲息，潘國靈寫出了巴黎的魅力。「許許多多漂亮的句號，使巴黎蒙帕那斯和蒙馬特墓園（Cimetière de Montmartre）成為一個人文愛好者的『朝聖地』，退盡喧囂，沒有嘉年華，沒有慶典，不需要掌聲，就輕輕放下一片石頭吧，也許你可以聽到自己的心音。」（p.133）

　　詩的部分有書寫、憂鬱、時光三章。潘國靈詩文雙寫，主題相近，而表達方式和很多試驗難免是會重複的。〈遊戲〉說：

> 我在玩一個遊戲／ 試圖看怎樣將自己悶死／ 譬如
> 不斷重複一個動作、一種節奏／ 但弔詭來了——
> ／ 我不能夠讓遊戲成功／ 一旦成功我會喜悅／ 一
> 旦喜悅我就沒有悶死／ 遊戲也即告失敗／ 於是翌
> 日起來／ 我又重複一個動作、一種節奏／ 一種叫
> 做寫作的生活／ （p.149）

　　潘國靈揭出寫作的奧秘源於「悶死」，發人深省，因此我也藉此奉勸大家不要迷戀寫作的虛幻感覺了。

　　至於〈寓言〉，作者解釋說：「寓言，就是與世界建立距離。以抽象的力量，與世界建立一道形而上的距離。」「抽離是必然的，那是一種自我保護，甚至是潛意識的。如果我曾經陷得太深。不然，我必會被憂傷的力量毀滅。」（p.161）潘國靈又一次揭露寫作的奧秘源於「憂傷」，幾乎沒有樂趣可言，反而要抽離現實，要自我保護，也就是說感情不能過於投入了。聽起來相當可怕。

　　另一首〈青春早逝（二）〉也夠叫人震撼了。

> 我沒說過／ 我要寫詩／ 我只是／ 寫下感覺／ 就當
> 是劣拙的詩吧／ 那又怎樣／ 感覺，是沒有劣拙不
> 劣拙的／ 只有，有與無／ 我怕的，不是詩不夠美
> ／ 而是，有天／ 心裏再沒有詩／ 感覺麻痺了。／

因為，歲月摧人／ 而我，已經老了／ （p.179）

寫作源於「感覺」，青春有時連我們的「感覺」都帶走了。潘國靈一再揭露生命的軟弱和虛幻，慷慨悲歌，有些無奈。不過，最後在「有」與「無」的決戰中，作者毅然選擇了「有」，也就是在有限的生命中肆意發揮，戰勝了「悶死」和「憂傷」，讓「感覺」重生，今生無悔。

《靈魂獨舞》，其實也就是詩文雙寫，自說自話，潘國靈在平淡的敍述中，娓娓道來之後，往往釀造了一個又一個的高潮，出人意表，令人流連忘返，同時也帶來了一幅幅豐富的影像，甚至幻象。在彩色的光影和悠揚的旋律之中，他寫出了深刻的文化思考和個人的感情色彩，濃得化不開的，叫人沈思，叫人孤獨。

2011 年 4 月 22 日

麥瑞茹的社會病變

　　麥瑞茹《誰能聽見我的痛》專門探索在現行教育制度下香港女孩的內心世界，[1] 是一本充滿想像懸念而又深具創意的小説。作者以小女孩楠木穎作主角，一般採用了獨白的方式進行，同時又通過第三者的審視中，用旁白的方式作敍述描寫，主觀和客觀的角度不斷的變換和移位，豐富了故事的情節，同時也間接反映了當前香港的社會風氣和教育問題。在不斷的心靈掙扎當中，層層剝落，也許可以接近人性的事實。作者在第六章的開頭提到「末代會考生」的問題，也就是説，書中的人物是在 2010 年的暑假升上中六的。在第五章中楠木穎被罵為「港女」的特徵：「過於卑鄙、突出、下賤、統一和持續的不道德。形容有一些女人用任何方式去搵男人著數或從中得到方便及利益嘅女人等對男性缺乏基本的尊重的女性。」〔這樣冗長的句子其實也值得斟酌行文〕加上一些生活化的細節如快餐店、珍珠奶茶及粵語對白等，可以肯定是香港的社會特色。但有關具體的背景資料亦僅此而已，此外再也沒有別的時空坐標，可以跟這座城市扯上緊密的關係了。然而從字裏行間，我們還是可以感受到作者想説的還是一個現實版的香港故事。

　　作者首先以〈前奏〉一章強調楠木穎在小學四年級、小學六

---

1. 麥瑞茹：《誰能聽見我的痛》（香港：Anything & Everything Limited，2013 年 6 月）。

年級時是成績優異、品學兼優的好學生。讀中一時還考了第一名。媽媽說過:「以前讀書的時候,每科都拿滿分,除了體育,但是體育的分數並不重要,因為它不會算在你升大學的分數裏,可是〔原作「以」誤〕語言科目就不得不拿高分了。」又在家長日見老師的時候,「媽媽並沒有讚賞我一句,不過她對我笑了笑;老師在他們面前把我捧上了天,我想爸爸一定覺得很夠面子吧。為了爸爸的面子,媽媽的笑容,我一定要更努力保持這樣的成績。」這樣的讀書心態自是香港的現實和宿命,為了分數和面子,嚴格來說家長並沒有錯。可是教育的真正意義並非如此,這裏作者大概只是用了反諷的筆調,帶出批評的聲音,而這也是楠木穎悲劇生命的開端。又中學時的義工活動也幾乎造成了兩代衝突的危機。楠木穎說:「我因為要籌備幾個義工活動早出晚歸,同時也因為要兼顧太多事情,把成績都『晾』在一旁了,它和我鬧脾氣,一落千丈,因而我和媽媽吵得很凶。」媽媽說:「你要繼續做義工可以,等下星期的測驗成績能不能讓我滿意,如果不行,你就專心讀書吧!我會和你老師說的。」可憐天下父母心,以成績先行,希望子女能考上大學,「你應該把書讀好了再去做義工」,功課為上,自然更不會重視一般的課外活動了。

　　楠木穎中三時遇到了一位實習老師,未婚懷孕,十六歲就生下了雲軸,而實習老師也出國去了,她變成了單親媽媽,幸得母親協助照顧女兒,三代同堂。後來他們搬了家,而楠木穎也換了新的學校,繼續升讀中四,遇上了同班的夏陽,相互發生了一些碰撞的情節,後來夏陽跟她一起溫習,熱心替她補習,經過了一

段日子的交往，大家都對對方產生了好感，慢慢也就墮入愛河。中二級的校花莫巧欣曾經一度介入他們的感情中間，但很快就化解了，而感情也穩定下來。此外，在故事中間他們也交換了各自的身世狀況，楠木穎本姓葉，親暱的時候都叫葉穎，她的爸爸十三歲時父母雙亡，由日本爺爺收養，十八歲時改姓楠木。而夏陽則是跟媽媽姓的，媽媽介入一段三角關係之中，她愛阿樹，但卻被阿風玷污了，生了夏陽，後來阿樹撞車死了，媽媽原諒了阿風，卻不敢愛他，也不要阿風的錢。其後媽媽患癌症死了，夏陽成了孤兒。

升上中六的時候，來了一位插班生叫翟曉風，他跟楠木穎、夏陽的關係都很好，而且三人恰好又是鄰居，不期然又再糾纏於一段「樹、葉、風」的三角戀情當中，好像是前生註定的宿命一樣，充分表現悲劇的衝擊力量。後來夏陽退出了，他跟曉風說：「我不喜歡她……」。楠木穎本來有些失落，後來因為翟曉風的誠意打動了她的芳心，中七完結後還跟翟曉風升上同一所的大學，感情有了進展，但有時難免會在夢中見到了夏陽。最後她想通了，打算跟翟曉風說清楚。「喜的是，我是真的愛曉風，悲的是，我配不起他。」於是她拿起日記本子，打算「用我十幾年的秘密來回饋他」，可是當她踏出大廈的馬路時，竟然遇上了車禍，跟阿樹的結局恍惚相似，驚慌的瞳孔愈放愈大，「原來他一直以來默默的付出，無微的貼心，早就在我心中悄悄地扎了根，可恨的我還以為我不喜歡他，到現在我才發現，在我心中最重要的那個人，就是承諾想照顧我，可以給我一雙翅膀的翟曉風……」。當她躺

在醫院的病床上,「著地,迎接我的是一片不知名的黑暗」。

楠木穎在醫院住了三年或以上,而且還失憶了,思緒混亂,而照顧她的恰好就是翟曉風醫生及莫巧欣主任護士。她叫翟曉風作風醫生,十分聽話;可是就不喜歡莫巧欣,專門跟她作對。楠木穎的媽媽每天都來照顧她,為她說勵志故事,希望她能健康出院,而她爸爸卻跟一位日本女交流生走了。最後作者揭出答案,楠木穎是一個精神病患者,喜歡幻想,全書只是充滿想像世界中一段子虛烏有的故事。作者還為她安排了兩個結局的版本,一是夏陽靠在門邊等候她的選擇,一是翟曉風靠在門邊等候她的答案,而他們二人都選擇離開了,只剩下一個網上傳閱的《樹·葉·風》的故事。「葉子的離開,是風的追求,還是樹的不挽留。」「風追逐著葉子在樹旁飛舞,最終還是要飄向遠方。」複雜的三角關係濃縮成兩組意象,去表達一個糾纏不清的故事。當幻象一掃而空,三個人也就分開了。然後作者借用楠木太太與社工對話揭出答案。

> 「要不是她爸爸為了第二個女人拋下了我們,她也不會因此常常外出,一下子由一個品學兼優乖學生,變成了一個終日無所事事的懶人;自小,穎兒就很愛她爸爸,常說以他為榜樣,要成為大學教授,可是,誰也料不到一個普通的交流會讓他瘋狂地愛上了一個少女,更沒料到的是,她爸爸竟為了一個年齡跟女兒相約的少女拋妻棄女!」

「穎兒說明明是老師先向她示好的，而且她也不
知道老師原來已經結了婚，他才不過二十多歲，
她真的不知道。當她知道的時候，她已經懷孕了，
在一次拉扯之間，她肚內的寶寶就這樣離開了。」

「雲軸……這傻女兒，『雲軸』是當她知道自己懷
孕的時候替寶寶改的名字，可沒想到不到幾個
月，寶寶就流產了，我真的沒想到，她會如此
想念寶寶的……然後，楠木太太又靜靜地在淌
淚。……」

「其實楠木穎是一名精神病患者，關於翟曉風、
夏楊甚至其他的人，全都是她自己幻想出來的。」

《誰能聽見我的痛》書中有一些知性的講解，介紹楠木樹的
特性、日本姓氏的制度等。可是更大的部分還是一個虛構的故
事，例如楠木穎和翟曉風都參加了末代會考，按理最快也要在
2012年才能入讀大學。而做醫生護士的可能更是若干年之後了，
楠木太太如果只照顧了楠木穎三年，翟曉風和莫巧欣都不可能做
了楠木穎的主診醫生及護士主任。不過出於一位精神錯亂的病人
眼中，這些細節的混淆並不重要。結尾時連夏陽也住了進來，成
為風醫生的新病人。而香港可能更成為大型的精神病院了。可以
說，《誰能聽見我的痛》是一部反映現實的佳作，刻劃當代不同
的單親家庭及教育制度，感情失落，大家都沒有安全感，而愛情
的悲劇新陳代謝，層出不窮，有時還不斷的反覆上演，相當殘酷。
面對這一片蒼白的人生和世代，實在也可以促使我們深刻的思

考。

　　作者在故事中安排了楠木穎對著兒子雲軸有好幾段的獨白，兒子太小，當然不能回應了。有時也會對夏陽和翟曉風自說自話，刻劃楠木穎一些主觀的想法和渴望，以至恐懼和絕望。同時書中也穿插了很多不同的夢境，自由進出於場景當中，構成故事有機的組件，手法靈活。讀完本書，不期然會令人想起著名精神分析學者佛洛伊德（Sigmound Freud，1856-1939）的名著《夢的解析》、《少女杜拉的故事》二書，故事情節有些相似。佛洛伊德認為人的心理結構分為三個層次：第一級的「伊特」（id）代表人的原始本能衝動。第二級的自我（ego）是從「伊特」中產生出來的具有調節功能的社會因素，其心理構向是滿足本能欲望，大部分為無意識內容。第三級的「超我」（superego）代表著更為嚴格的道德標準和審美標準，壓抑本能衝動。至於杜拉在八歲時已開始有精神病心理障礙的症狀，呼吸困難。十六歲被咳嗽及嗓子嘶啞的病症所折磨，同時又是第一次得到男人的擁抱和初吻，深感厭惡，並來佛洛伊德處求診。杜拉是歇斯底里症的患者，喜歡想入非非，性心理比較早熟和敏感，甚至想過自殺。而潛意識的幻想就是所有歇斯底里症的前身。或者說，麥瑞茹可能也讀了以上二書，那麼楠木穎就有點像香港版的杜拉了。換句話說，如果本書的故事並非全出虛構，就可以看作一件醫療個案，我們專從精神分析的角度來閱讀本書，相信還是會有很多得著的地方，考察人性，以及整個社會和教育的病變。

2013 年 1 月 5 日

陳愴《靈神與凡人》

　　陳愴（仲明）《靈神與凡人》是一部平實而又出色的中、短篇小說集。[1] 說是平實，主要是因為陳愴善於說故事，他將香港近五十年來一些重要的社會事件融入人生百態之中，很多還以真實的法庭新聞為背景，娓娓道來，感受著那些在無聲中流淌過的歲月痕跡，鎔鑄成令人刻骨銘心的香江故事。說是出色，則是他能從小市民的角度切入社會問題，觀察生命，議論人性，甚至更善於運用多樣的小說技巧，例如意識流手法、意象塑造、情節結構、口語運用等，言簡意賅，恰到好處，有時在故事的結局中安排懸疑效應，尤能顯出簡潔和精煉之感，匠心獨運，啟發思考。此外，他的小說具有濃厚的寫實意味及說教色彩，重視小說的社會功效，雖然有時難免會犧牲了想像情節和傳奇意味，但也能在寫實和虛構之間取得平衡，每一個故事都比較完整。可以說，陳愴的小說故事樸實無華，有些還具有真人真事的背景。至於他對性愛的描寫就十分克制，顯出潔癖。但對於世俗、低俗、粗俗、殘暴的描寫就相對增多了，有時還構成了香港低下階層的一股壓抑和戾氣，可能這也是一部分香港人的觀感吧。全書大抵是以香港為背景，刻劃基層的生活，反映眾生百態，表現小市民的悲歡離合，很多時還深具寫實的意味，趣味盎然，寓意深刻，寫出了

---

1. 黃坤堯〈《靈神與凡人》序〉，載陳愴（仲明）著：《靈神與凡人》（香港：獲益出版事業有限公司，2013年6月），頁5-10。陳愴另著《筆架山下》（2011）、《日升日落九龍城》（2014）二書，亦由獲益出版。

形形色色的人物，有些也令人喜愛的。

《靈神與凡人》由兩個中篇和十八個短篇小說組成，其中〈死亡邊緣〉、〈夜遊〉、〈電梯內〉、〈人生路〉、〈今天白做了〉、〈中秋佳節〉、〈生日〉、〈戀〉、〈圈套〉、〈傷逝〉、〈換心記〉、〈終成眷屬〉十二篇已經發表，從 1986 年到 1999 年，主要是在《香港文學》刊出，1990 年是他創作小說的高峰，全年刊出四篇，剛好也就是中間的四篇了。前後三期，各有四篇，分配十分平均。至於餘下八篇，我看的全是稿本，可能尚未發表。〈靈神與凡人〉、〈「頭生」的人物〉是兩篇重頭戲的中篇小說，分別寫於 1995 年及 1996 年，2011 年才加以修訂，篇幅較長，一般報刊雜誌不容易發表。其他〈子夜誕生〉、〈誕下嬰兒的獨白〉、〈晚飯時段的風波〉三篇大約撰於 1997 年至 2001 年之間，2010 年以後分別作出修訂。最後〈三人党〉、〈女兒的婚禮〉、〈爺爺與我〉三篇則是 2010 年的作品，2011 修訂。可以反映陳愴《靈神與凡人》一書的寫作歷程，始於心理刻劃，而以寫實終結。

陳愴喜歡以代言人的身分，混入不同的角色之中，例如〈子夜誕生〉摹寫 1997 年回歸一刻首名出生的嬰兒，表現產房的忙亂景象，雅俗共賞，十分傳神。作者並以初生嬰孩的視角見證 1997 年的回歸盛典，但當記者訪問嬰兒的父母獲得特區政府的獎金時，媽媽得意洋洋地說：「我們要把這筆獎金存入銀行，等兒子長大了，送他去英國讀書，入英國籍，做英國公民。」是耶非耶，難免有點贈興了。而〈爺爺與我〉刻劃小孫女的心態，天真爛漫，並以小孫女的心態來看待老年問題及三代之間的相處關係。〈女

兒的婚禮〉寫的是被丈夫拋棄的離婚婦人，獨力養大女兒。在女兒的婚宴上，丈夫回來了，向她道歉，並在席上暈倒，而要召喚救傷車送院急救。結尾作者說：「我放下碗箸，躬身想抱他，但是他的身子沈沈的，我抱不起他，就跪在他身邊，連聲『田友，田友』的呼喚他……」一切盡在不言中，留下了可供想像的懸疑空間。至於〈三人党〉一篇則是以五、六十年代的環首死刑為背景，創造了馬山、楊南、牛邦三名匪徒，他們沒有工作，合謀綁架，得款後還殺了「肉參」，被判環首死刑。這個故事平平無奇，敘述也毫不特出，但比較出人意表的，竟是結尾時楊南、牛邦先後伏法，但主謀馬山在絞刑架下的活動踏板正要打開之際，義務律師高朋卻突然衝前把他抱住，並除掉他頸上繩環，推到牆邊去。高朋說：「我不是劫持死囚，我是在為他辯護。法官判我的當事人環首死刑，你們已經依法執行了，馬山也服〔原文寫錯字，當為「伏」字〕法了。如今他無罪了，我要帶他回家去。」後來「立法局急急修例，以後法庭宣判某某罪犯死刑時，法官會在『本席宣判 XX 環首死刑』，後面加上一句：直到該死囚氣絕身亡。」這是流傳已久的法庭故事，作者故事新編，可能意在投入「香港」這個角色當中，彰顯早年香港的法治精神。至於有沒有言外之意，影射現實政治，看來只能由讀者自行解讀了。

作者早期的作品喜歡用懸疑效果，故佈疑陣，著重心理刻劃及意象塑造。例如〈死亡邊緣〉就是一篇獨白式的作品，寫我被綁架及禁錮後的情節，除了跟歹徒對話之外，整篇都是自言自語的。開頭說：「我被禁錮在這裏已兩晝夜又二十三個小時了，還

有半個時辰，就到最後時限。」結尾歹徒說：「我們今天中午已拿
到你兒子的贖款了，因為外面風聲緊，不能放你出去。」最後還
是生死未卜。〈電梯內〉寫的是夜歸女子遇上了一位陌生男子，
雙方沒有對話，沒有任何動作，全文都是女子想像中所遭受的暴
力情節，疑鬼疑神。結尾說：「電梯微微的晃動著，在二十樓停
了下來。她猛轉過頭，他已跨出右腳，準備向她走來！她的心卜
卜跳動，渾身發熱，眼睛矇矓。門剛打開，她就拔足飛奔，衝向
通動。她向右轉，直奔Ａ的家門。到了門前，她舉起兩手，拚命
敲門。門開了，眼前是Ａ。她哇的哭了，撲向他懷裏。」故事戛
然而止。至於陌生的男子為甚麼也上了頂樓，他是鄰居住客嗎？
作者沒有交待，留下了很多懸疑效果，而她可是一位神經質的女
子嗎？還是由於我們敵視現代社會，充滿焦灼和疑慮，缺乏安全
感。〈誕下嬰兒的獨白〉寫一位女子被兩名賊人劫財劫色強暴後
的恐懼與孕婦的忐忑不安，而丈夫文傑則興高采烈的期待她會為
自己生下一個孩子。結尾這樣說：「我抱著他看看，孩子因未足
月就降生，身子小，頭顱也小，他合著眼睛，小臉蛋沒有甚麼表
神〔疑當為「情」字〕，看不出他的樣子像誰。我默默祈求，但願
他長大了樣貌似文傑！」究竟誰是嬰兒的父親呢，作者懸而未決
的，看來只能留待日後 DNA 及血型檢驗了。

　　陳慣的作品除了塑造各式打工仔，例如的士司機、清潔工
人、醫院太平間清潔屍體的工人、菲傭、性工作者、籠民等小人
物，生活逼人，悲喜交集。此外，作者又專以香港的社會事件作
背景，例如〈人生路〉是政府宣佈特赦十四歲非法入境的兒童，

作者以雙線手法分寫張家成及李家北的兩個個案，他們分別從不同的途徑趕去登記，歷盡千山萬水及很多戲劇情節，結果張家成帶著剛從深圳來港的孩子在最後一分鐘趕及入閘登記，而李家北一直居港的女兒卻被屏諸門外。〈圈套〉則是司徒太太設局報警誣告漂亮的菲傭偷竊，被警方發現案子有疑點，還要進一步調查。作者並沒有交代故事的結局。〈傷逝〉則是俞子久想託臺灣的探親客代帶三大件免稅貨品回大陸，過關後陰差陽錯，沒有再碰上面，結果是臺灣客坐上了飛往桂林的飛機，在陽朔上空出事。〈換心記〉則是器官移植的故事，余心換上了一位在槍戰中被射殺的劫匪的心臟，他會變心嗎？〈終成眷屬〉則是紙盒藏屍案中科學鑑證的故事，促成了孟回頭及鍾展薏的因緣。在〈靈神與凡人〉中，作者甚至用了大量篇幅詳細介紹尖沙咀街坊福利會的環境地段，及所津貼主辦的史〔正中〕老師的書法班，並藉此嚴厲批評地產商「覬覦能夠得到手，把它拆掉重建摩天大廈」，有理沒理的，借題發揮，暢所欲言，同時更強化了寫實的力度，帶出香港風味。

至於中篇小説〈靈神與凡人〉通過百年老樹的神靈來看人世的禍福，充滿智慧與遐想，首章「神的形成」寫的是一棵經歷了百年風雨的老松樹，救過了一對母子的生命，被升格為「神」，「長時間受人叩拜和香火熏陶，也就成為靈神了。跟著就是由五個短篇組成，並藉著神的觀點來點醒世人的愚昧。包括「籠民」的自述（神看六合彩）、乳癌患者的哀歌（神看癌症）、富豪也有煩憂時（神看訴訟）、望子成龍的母親（神看高考）、前紅衛兵隨團遊

香港（神看想移居香港的大陸人）。每個故事都帶出一些嚴肅的
課題及思考，有血有淚，獨立成篇，互不關聯。其中富豪名叫邱
皇發，被控偽造文件，虛構帳目，證據確鑿，最後扮年老失憶，
辯護律師更反指證人羅歡的供詞不可信，供詞有疑點，而指控造
假帳的罪名不成立，因而脫罪。相信也是大家知道的真人真事了。

至於另一中篇小說〈「頭生」的人物〉更為奇特。這是三部
曲的故事。所謂「頭生」，就是指不同於一般的「胎生」，他們是
香港名著中所創造的耳熟能詳的角色，可能也屬於另類著名的香
港人吧。作者重新賦予了他們新的生命，新的戀愛故事。第一部
〈酒徒與我〉，陳愴將劉以鬯（1918-2018）《酒徒》中的麥荷門這
一角色重新塑造，成為一位文藝鬥士，他向母親借了五千元，想
辦一本《前衛文學》，並向老劉約稿，討論文學，產生了很多磨擦。
第二部〈追尋一個為屍體化妝的女子〉，則是讀到了西西（1937-）
的來稿《像我這樣的一個女子》，由於這位女子專為死人化妝，
比較嚇人，最後被男朋友夏拋棄了，不敢再談戀愛。麥荷門沿著
線索，問過幾間殯儀館，終於找到了怡芬姑母，最後還有了章彥
〔「彥」字或誤，下文作「燕」字不同〕的消息。第三部〈我和章
燕的戀愛〉，作者也讓章燕復活了，她跟麥荷門也談得來，相互
了解。由於被母親催婚，麥荷門先是請菲傭吉蒂假扮情侶，結果
事情被揭穿，也把母親氣死了。後來他跟章彥談戀愛，修成正果。
陳愴重新撮合了這兩部香港名著中的角色，使他們得以存活下
來，延續故事，情節動人。

2013 年 2 月 6 日

詩探的推理小説

　　徐焯賢《詩探卡維爾之黑夜・橋上》收錄〈Case 000 死亡留言〉、〈Case 001 誰在橋上看風景〉、〈Case 002 黑夜的眼〉、〈Case 003 寂寞殺人〉、〈Case 004 雙關〉五則故事。[1.]

　　第一章〈死亡留言〉分為〈過度詮釋怪人〉、〈戰爭交響曲〉、〈詩探卡維爾〉三章。首章寫作者警探應圓拜訪古一教授，敲門過後，因對方沒有反應，而門也沒有上鎖，也就進入了。然後他們討論關門及桌上的鑰匙的問題，充滿哲理思辨的氛圍，古一教授說是前一位教授放下的鑰匙，而他們也就一起探尋鑰匙所代表的秘密、私事、權力等不同的意義。

　　第二章作者指出是為了查謀殺案來的。死者臨死前拿著臺灣詩人陳黎（1954-）寫的詩集，還揭出了當中的一頁，叫死亡密碼，即那篇叫〈戰爭交響曲〉的新詩。警方查到死者筆名叫立言，還會寫詩的。曾與龍明日、馬慕月、牛初星三人吵架，並鬧上警局，可能都是兇手。後來有一位女子敲門進來，拾起了鑰匙，並對古教授說：「再見了，神探卡維爾。」

　　第三篇是說古教授由詩中六百二十個字中解讀了「兵」、「乒」、「乓」、「丘」四字，說是一排士兵經過戰鬥，或有死傷，

---

1. 徐焯賢著：《詩探卡維爾之黑夜・橋上》（香港：麥穗出版有限公司，2014 年 6 月）。

而肢體也受到傷害，變成了「乒」、「乓」之類的，最後成了沒手沒腳的「丘」，「丘」即墓穴，因此認為馬慕月可能是真兇。作者說：「『墓穴』、『慕月』，這真是荒謬的信息。」竟以一首反戰詩來推論出行兇者，說來未免兒戲。

〈誰在橋上看風景〉借用卞之琳（1910-2000）的〈斷章〉四句，分為〈不可理喻〉、〈強詞奪理〉、〈斷章取義〉、〈口是心非〉四章，似乎都很切合〈斷章〉一詩的主旨，可以作多重的分析。故事說梁絲絲教授丟了試卷，指著三位學生黃夏至、王秋菊、葉學高審問。作者叫三位同學記錄今天課堂上所聽到的內容，剛好就是〈斷章〉一詩，黃夏至說「主情」，王秋菊說「主智」，而葉向高甚麼都沒記下，大家都只是刻劃課堂中的一個片斷，黃夏至跟男朋友鬧翻了，出去聊電話，只聽到前面的講解部分；王秋菊遲到，則聽到〈斷章〉的第二點；葉向高備課負責報告〈雨巷〉，根本沒聽書；大家各有原因，致筆記各異。後來試卷給清潔女工（清姐）弄濕拿走了，只是一場誤會。作者說：「他們記下的就像大家對事情的看法，有人看到這一面，有人看到另一面，但有些人則完全不感興趣。新詩，以至文學，各類藝術有趣的地方就在這裏，沒有標準答案，只有較合理的解釋。」這一篇比較精彩，以故事的形式抉發〈斷章〉一詩的精萃所在，讀者自有深刻的體會。

〈黑夜的眼〉用的是顧城（1956-1993）〈一代人〉的名作，「黑夜給了我黑色的眼睛，我卻用它尋找光明」，全詩只有兩句，並由此衍生出整個謀殺故事。作者安排情節，分為〈私人空間？〉、

〈屍人空間〉、〈詩人空間〉、〈思人空間〉、〈私、屍、詩、思〉五章，利用粵語「私」、「屍」、「詩」、「思」四字同音的特色，發揮想像。首章私人空間指事發地點燈火通明的店鋪，「私人空間」的佈置十分詭秘，掛滿了骷髏、南瓜、蝙蝠、墓碑等吊飾。次章發現屍體，「死者倒在大墓碑前，背插一柄鋒利的生果刀，身旁有一枝箱頭筆和一紙包飲品」，同時身旁還有兩句顧城的詩行，「我」增字作「我們」。第三章顯示死者叫風小松，另有朱關一、陳湘湘、宋遠洋二男一女的資料，都是二十五、六歲左右。四人之間互有同學及情侶關係等，糾纏不清。第四章古一教授解釋顧城的詩意，「『黑夜』代表了政治勢力、大環境、時代等等，『黑色的眼睛』則代表知識、生活等範疇的事，最後『光明』可以指真理、真正生活、理想世界⋯⋯」末章作者利用多出的「們」字推論，「總之是死者留下了一個不完整的『關』字。」因而懷疑就是首先發現死者的朱關一了。並繼續推測案情說：「難道剛才他看到照片時，會揮揮手，原來是測量死者臂距。確實死者伏在地上，又大量出血，假如只寫下『黑夜給了我們』六個字還可以說得。倘若他還要寫餘下的字，必須移動身體，特別是『眼睛』二字，根本在他臂距之外的地方。」結論是「文字、新詩博大精深」，是耶？非耶？

第四篇〈寂寞殺人〉共十二章，利用馮至（1905-1993）〈蛇〉的詩句，分段寫在牆上，按照情節殺人，構成連環兇殺案。古一說：「以兇手如此執著使用馮至的詩，怎會在第一次留言時有寫標點，而第二、第三次則沒有呢？唯一的解釋，就是蘇偉光只是頂替，兇手另有其人。他一直所做的，只是為了讓大家懷疑他就

是兇手，他是為了真兇頂罪的。」又說：「只是我在圖書館發現蘇偉光用的版本是最新的，而你們聲稱沒有一個人讀過這首詩，就想到利用這個陷阱誘使他們暴露行藏。」並由此指證真兇就是陳美樺了。峰迴路轉，心思細密。又本文的「我」換了是大學時代的唐Sir，而不是前面各篇的女警應圓，當時古一還是學生身分，不是教授。

第五篇〈雙關〉連古一教授也牽涉入電視節目《文思敏捷》女主持陳安妮被殺的兇案之中，他們曾經是情侶關係，被形容為「美女與野獸組合」。電視上還播出一枚「印有獅子頭像的舊五元硬幣，那獅子戴著皇冠，雙手抱著一個球」，然後就是余光中（1928-2017）的〈過獅子山隧道〉一詩了。而陳安妮死的時候還拿著短片裏使用過的五元硬幣。在查案的過程中，電視臺每一位跟陳安妮有關係的人都曾被懷疑是兇手，然後一一否定。最後鎖定是陳安妮的經理人皮亞，披頭散髮，神情落泊。他們過去曾在維多利亞公園拍拖，「你們誤會了她的意思，那是我曾經送給她的硬幣，……你是我的女皇，我的電影裏唯一女主角，怎麼我會忘記這個承諾。」作者認為：「皮亞應該是滿心歡喜地想替陳安妮做點事，但在不知不覺間，陳安妮已經長大了，不需要這些『驚喜』，但皮亞接受不來，還以為她變了心，兼且想脫離他自己發展。」實際上陳安妮「仍是個仍記掛著盟誓的人」，整個故事峰迴路轉，令人心酸。而最後古一教授竟是利用修辭學上的「雙關」手法來破案的。他說：「你還有一個破綻，就是當我們提及電腦時，你竟然說不見了的電腦可能拍下行兇經過。一般人提起電腦都不

會聯想到『拍攝』功能，但你指出這一點，這不正正說明你殺了陳安妮後，發現電腦內有自己行兇的片段。你知道縱使刪除了短片，但只要由專家處理，是可以救回刪除了的紀錄，在無可奈何下，你只好把電腦取走，我有沒有猜錯呢？」配合其他證據，看來也是合理的推論了。

徐焯賢《詩探卡維爾之黑夜・橋上》將新詩及推理小說結合起來，利用新詩破案，層層推算，設想周到。五首新詩分別安排五組故事，而人物之間又能相互照應，例如我（應圓）、古一教授（卡維爾）、唐斌，以及我的男友子璧師兄等，都有貫串幾組故事的作用，呼應嚴密。

此外徐焯賢又能巧妙地運用新詩作品及不同的文學技巧，例如過度詮釋、斷章取義、同音字、版本、雙關等，組織案情，推論細節，雖有時難免會失之主觀，但大體上還是具有說服力的，心思細密，文筆流暢，讓人有耳目一新之感，表現出想像和創意，趣味盎然。缺點則是把新詩講得過於神化，推論情節則流於附會，有理說不清，容易誤導讀者，強詞奪理，只宜偶一為之，聊博一笑了。

2014 年 7 月 1 日

《荊山玉屑三編》

　　《荊山玉屑·三編》是香港浸會大學中文系師生的作品集。[1]璞社成立於 2002 年 9 月，由鄺健行（1937-）教授創社，鼓勵同學寫詩，每月一次社集，訂出題目，限體限韻，觀摩唱和。之前朱少璋（1964-）編刊社課習作，已出二集，成績斐然；現在董就雄續編三集，也有很好的表現。千禧年以後，香港詩壇老成凋謝，有些寂寞，璞社異軍突起，活力充沛，不斷出版詩刊，印刷精美，留下寶貴的文獻資料，令人感到驚喜，刮目相看。

　　《荊山玉屑·三編》所載社集唱和之作由 2006 年 4 月至 2008 年 5 月，中間有兩月沒有聚會，全刊二十四期。詩作各體兼備，包括比較難寫的五言排律及集句詩等，偶然也會自由發揮，不限體製。書中全刊二十四期都寫詩的有李岐山、張志豪(1984-)、李耀章、董就雄、伍穎麟、朱少璋、楊利成（1953-）七家，鄺健行缺第 15 期一次；其他李詠娟出席 16 次、陳偉強 13 次、朱幗馨 7 次、余龍傑 6 次。至於間中出席及發表一至三次的，首年有伍煥堅、袁德貞、林麗森、唐梓彬、吳佩蓉、莊迪文、周偉雄、梁智、林家順、鄧仲寧十人；次年有邱浩楷、杜穎琴、陳敬業、何麗君、譚善彤、黃英、李朗婷、繆丹純、岑子祺、陳婷婷、余錦花、吳一盼十二人。作者共三十四人。

---

1. 董就雄 (1977-) 編：《荊山玉屑·三編》（香港：匯智出版有限公司，2009年 10 月）。黃坤堯〈董就雄編：《荊山玉屑》三編〉，載《百家文學雜誌》第九期（香港：諸子出版社有限公司，2010 年 8 月），頁 111-115。

　　璞社的詩歌恪守格律，珍視本色。其中有些同學的作品選錄較少的，可能有待鍛鍊，其實也是保護同學。至於題材方面，璞社全力追新，貼近現當代的社會生活，寫出時代氣息，反映新鮮事物，大抵舊體新用，一方面繼承詩學的傳統，同時也能反映當下的情懷。詩的題目依次訂為：〈詠美食〉、〈中華白海豚〉、〈足球〉、〈璞社成立四周年集《荊山玉屑》句〉、〈對鏡〉、〈天星碼頭〉、〈拾葉〉、〈香港名勝〉、〈聽曲〉、〈璞社雅集五十會〉、〈漱齒〉、〈動畫〉、〈留香〉、〈渡海〉、〈天壇大佛〉、〈嗜好〉、〈離〉、〈招友人出游〉、〈元旦竹枝詞〉、〈年貨〉、〈雪災〉、〈偶坐〉、〈纖體〉、〈米貴〉等，半數以上都是古人從未寫過的題材。此外，他們還可以因應個人的興趣及表達需要，自訂小題目，切合時事，即景生情，有時也是香港人的集體回憶了。

　　開卷〈詠美食〉（五言古絕或律絕），其中伍煥堅〈蘆薈刺身〉云：

　　玉露雲階滑，冰肌翠葉涵。炎心參淡趣，清水可濃酣。（p.1）

　　袁德貞〈糙米眉豆粥〉云：

　　豆黃粗糯粥，對案笑彎眉。粒粒思來處，無窮淡韻滋。（p.1）

　　詠美食詩宜兼具色香味的描寫，然後帶出神韻。伍詩前二句構形優美，色澤鮮妍；袁詩寫眉豆，暗用「舉案齊眉」的典故，描述家庭氣氛。伍、袁末二句分別以「淡趣」、「淡韻」作結，表

現美食的品味，物淡情濃，令人神往。這兩首作品青春自然，嬌豔奪目。

〈中華白海豚〉（五律限真韻或元韻）以林麗森一詩最佳。詩云：

> 童心好親善，玉潤比溫暾。昇月浮波照，輕身逐
> 浪翻。香江吉祥物，四海萬千尊。鏤刻成銀像，
> 丰姿一海豚。（p.7）

此詩表現童趣，十分親切。首聯寫海豚的溫馴。次聯富有動感，尤為優美。第三聯寫實，表現質樸。結尾化動為靜，雕塑永恆的丰姿，想像亦佳。

第五會〈對鏡〉（七絕限蕭韻或麻韻），一般都很規矩，但朱少璋卻寫出〈病起樣衰衰對鏡〉、〈病起矇查查對鏡寫詩〉二詩，其一云：

> 對鏡朱顏此日凋。年華風柳暮瀟瀟。形容準此鑄
> 銅狄，認取滄桑漢魏遙。（p.33）

題目用粵語，表現風趣。詩句則用雅言，「銅狄」即將自己鑄為金銅人像，末句境界尤為高古，寫出詩人的懷抱，嚮往漢魏風骨，自是神來之筆。其後再寫〈前寫二首未盡對題節改和楊兄句塞責〉，末云：「美人偶立銅屏下，誤作禪那鏡裏花。」執著鏡中的影象，過於拘謹，頗有蛇足之恨。「未盡對題」之說，難免令人費解。

第六會〈天星碼頭〉（七絕限灰韻或真韻），楊利成二首，其二云：

> 百年海晏自星辰。高下樓臺日月新。裊裊疏鐘隨逝水，幾番風雨幾番春。（p.39）

在一個新舊交替的時代，見證著天星碼頭的轉變，表現濃厚的滄桑感覺。

第七會〈拾葉〉（五古限尤韻紙韻），鄺健行寫住宿江西師範大學白鹿賓館，初宵漫步的情懷。

> 落木鄱陽濱，初宵清冷裏。舉步踐無方，宵光凝明水。影微墜彷彿，沾泥鋪蒼紫。蓐收不揚風，枝枯自難倚。蕭瑟既天迴，憔悴惟地委。俯視忽惘然，俯身憐阿子。徐蹲撫殷勤，沙沙若傳耳。青盛想鮮柔，黃變乾肌理。冬雨相欺後，招魂向濕滓。及茲拾一片，秋色塗掌指。願攜秋色歸，我家最南紀。（p.47）

此詩二十二句，一韻到底。前四句在園中漫步，夜涼如水。中間十句寫滿地的落葉，「蓐收」乃秋天之神，順應時序，沙沙作響。「青盛」四句寫落葉在四季中的變化，重歸大地中去。末四句帶一片落葉回港。此詩洗煉明淨，富有哲思，在紛繁的世道中，發人深省。

其他〈香港名勝〉（七古）分詠赤松黃大仙祠、廟街、上環

文武廟、鯉魚門、天壇大佛、九龍寨城公園、青馬大橋、昂平
360、八仙嶺、林村許願樹等,很多重點名勝都寫到了。而聽曲(七
律限歌韻或鹽韻)則有〈青藏高原〉、〈滾滾長江東逝水〉、〈北投
歌〉、〈懶畫眉〉、粵語流行曲、平安夜報佳音、小明星唱〈秋墳〉
及〈痴雲〉、馬勒〈大地之歌〉、冼劍麗唱〈李師師〉等,中西匯聚,
各顯神通。〈年貨〉(五絕限魚韻或咸韻)寫糖製果品、賀年蘋果
樹、年花、桃花、百福字畫、揮春、黑瓜子、燕窩、爆竹、禮盒、
新春掛飾、髮菜、錦鯉年糕、油器炸物、過荃灣瓜子大王陸金記
等,琳瑯滿目,皆可入詩。又〈動畫〉(五律限冬韻或江韻)分寫
棋靈王、一騎當千、新世紀福音戰士、葫蘆兄弟、魔女宅急便、
愛、狼羊物語、阿童木等,題材新穎,兼用險韻表達,更考功力。
董就雄〈觀日本動畫《狼羊物語》有感〉云:

> 荒郊雷雨夜,暗室辨音容。異類交看愕,高情共
> 締濃。窺羊初未改,蹈火竟相從。觀此思東渡,
> 雲連富士峰。(p.79)

狼羊共處,最後化敵為友,共締和平,想像出奇,而董就雄
更想馬上飛渡東京去了。

其他第廿二會〈偶坐〉(五律限元韻或陽韻),李岐山詩云:

> 榆影留心住,披雲坐莽蒼。一林聽婉轉,偶意吐
> 芬芳。已出東山上,如臨花徑旁。鳶鳴警我過,
> 始覺濕團光。(p.135)

「婉轉」「芳芳」，雙聲疊韻，「已出」「如臨」，虛字亦流轉可愛。末聯頗有蘇軾〈後赤壁賦〉仙鶴孤飛的感應。全首自然寧靜，滌清塵俗，寫出偶坐境界。

第廿三會〈纖體〉（七絕限真韻），李耀章詩云：

> 瑜珈瘦美舞纖身。絕色今無譽太真。藥石摧殘逆天理，西施惟出有情人。（p.142）

此詩深具諷世意味，不要盲目追求纖體。次句稱賞楊貴妃以圓潤為美，而末句活用俗語「情人眼裏出西施」為喻。第三句轉，震撼尤見神力。

第廿四會〈米貴〉（七律限虞韻），張志豪詩云：

> 巧婦難為爇入廚。漲如春水價如珠。每餐兩碗今餘半，一糴百斤愁未敷。競說居奇街巷遍，翻思淅米夕朝無。折腰五斗辛酸事，再種先生柳幾株。（p.145）

首聯比喻深刻生動。次聯寫窮人的生活艱難。三聯指責商人操弄市場。末聯仰慕陶淵明高潔，不肯為五斗米折腰，但多種五株柳樹可以解除飢餓嗎？作者可能更想帶出的，就是當代讀書人的辛酸了。莘莘學子謀職困難，生活逼人。

《荊山玉屑·三編》為當代詩人提供一個創作的平臺，相互觀摩，促進學習，同時也為香港的文學創作增添一道亮麗的風景線，舊體詩詞搖曳多姿，風韻猶存，畢竟還是要看有心人共同的

努力和提高了。以上略舉一些佳作為說，至於為事而作，強調說理，失之平庸，有時難免，璞社諸君都是中文系的專業人士，自然具有自我調整能力，不必過慮，我們期待更多的佳作面世。

2010 年 2 月 17 日

《荊山玉屑四編》

　　踏入新世紀之後，香港詩社的活動還是相當活躍的，尤其是互聯網、手機短訊的興起，傳詩和詩，按鍵可成，至為方便，一呼百應，無遠弗屆，更為詩社活動添加了新的動力。更加特別的是，由於資訊多元化，通識教育十分普及，大家想要的知識，很容易就會檢得一大堆的資料，甚至連沒有想到的資料都會映入眼簾，該看不該看的都有，識與不識的亦有，出入今古之間，游走於四海之內，連結各方友好，挖掘思維空間，尋幽探秘，拓寬視野，幾乎沒有任何隔閡，一種新文化的氛圍正在迅速形成。在眾多的選項之中，有人選擇詩歌，也就不令人感到奇怪了。

　　璞社成立於新世紀的初期，已經超過十年了。每月一會，少長咸集，慢慢也構成了品牌效應，吸引了很多年輕學子參加，例如余龍傑、黃榮杰、陳晧怡、黃照等，都先後在香港詩詞比賽的學生組中獲獎，根柢已具，加入璞社，跟前輩詩人一起寫作吟詠，自然會有更大的提升空間了。璞社出版社員作品，《荊山玉屑四編》收錄十六人的作品，由 2008 年 8 月第六十五會起，到 2010 年 8 月第九十會詩課止，為期兩年，共得廿三題，中間僅缺第七十四、八十五兩會。大家同題寫作，彼此觀摩，自然也隱含了競技的意味，一展所長。又璞社詩課分寫五古、七古、五律、七律、五絕、七絕、五言排律、四言、雜擬、和作等，或限韻，或不限韻，各體兼備，實在也是很好的練習機會，充實香港的文化

教育。

現在我所見到的《莿山玉屑四編》，^{1.} 其實只是一疊詩稿，刪去了所有詩題下的作者名字，而〈目錄〉列出序文四篇，也沒有任何名字及序文資料，缺乏相關背景及資訊，剩下一首首的詩，只好純粹讀詩了。

璞社詩課廿三會中的作品，設題包括〈奧運〉（2008）、〈米高積遜離世〉、〈璞社網頁〉等，專寫新時代的景觀；又〈宗教建築〉、〈香江春詞〉、〈維港風光〉、〈榕樹和程教授元玉〉、〈沙灘〉等，亦見風光搖曳；〈重陽〉、〈端午節〉、〈國慶〉等，摹寫佳節的活動；〈枯樹〉、〈時間〉、〈一盼〉等，思考生命的意義；至於〈圍爐〉、〈聽琴〉、〈厭夏〉、〈暴雨赴詩會〉、〈驚夢〉、〈飲水〉、〈築巢〉、〈聯歡〉、〈看雲〉諸詩，則表現出不同的生活細節。題材新穎，內容廣泛，反映現實生活，緊扣時代脈博，刻劃人生百態，批判社會現象，此外亦能表現個人情懷，抒情寫意，吸納傳統格律，自鑄新詞。讀者會心微笑，倍感親切，而將來說不定還會走進歷史，留下這一代的心靈紀錄。詩之為用大矣哉！

在〈宗教建築〉母題之下，諸家分寫〈雍和宮〉、〈車公廟〉、〈成都青羊宮〉、〈廣州六榕寺〉、〈吳哥窟〉、〈光孝寺〉、〈本能寺〉、〈希臘巴特農神殿〉、〈崇基學院禮拜堂〉、〈雅典巴多神農神廟〉等十首，既有本地風光，亦見周遊世界，中外各式的神廟兼備，例如「檐下無虛石，人間遍暖流」、「煌煌宮室立，渺渺道

1. 楊利成（1953-）編：《莿山玉屑四編》（香港：藍出版，2012年9月）。

心休」、「心寬地自遠，恩廣願無休」、「佛抹貧和富，人忘古與今」諸詩，帶出濃郁的宗教氣氛，反思人類生活的路向，靈光乍現，指點迷航。

在〈時間〉命題中，有些改為〈考試時間〉及〈時間值〉，共十二首。諸家詩云：「來時飄忽急若風，去時故作無情別」、「惜取眼前勿遺恨，便是人間第一流」、「宇宙漸老微顫抖，人生匆匆只搔頭」、「人生千古莫奈何，苦雨終風一葉舟」、「既然時往情亦逝，如何時量情中搜」、「世間忙兮閒偷，光陰虛兮凝眸」、「去者已矣來者難追，誰憑當下識分別」等，描寫時間之為物，形象詭異，各有所見，大顯神通。其實時間即第四度空間，乃是一個哲學課題，並不好寫，雖有機會發揮想像，看來也難為璞社諸家了。

〈圍爐〉一詩雜擬名家體製，包括李太白體、黃仲則體、黃遵憲體、古詩十九首體、徐庾體、李賀體、郭璞並陸游體、韓人柳得恭體、義山體、曼殊體、周作人體、廖鳳舒體、樂天體，各體紛陳，多采多姿。其中效廖鳳舒體的以粵語入詩，例如「人似秋鴻來有信，詩猶濕炮點無煙」、「成班戚晒晌街邊，室內原來係咁先。個桶周圍猛吹水，支槍擔住勁煲煙」、「伸手齊搓學生仔，露營唔理嚴寒冬。坐凳圍爐兼踎地，青春面珠撲撲紅」，其中第二首寫政府禁煙後大家圍著街邊的垃圾桶抽煙，自是香江一景。外地人可能有些難懂，要靠注釋，但本地讀者一讀即明，不勞翻譯了。

在〈米高積遜離世〉一題中，璞社詩云：「躡影風飄舞，謳歌鬼泣號」、「音容迷黑白，技藝震英豪」、「月魂留步舞，粉臉惹嘲嘈」、「向日容顏改，餘生藥石熬」、「狎童名枉累，遺世債難逃」、「身旋銀浦漫，月踏廣寒高」、「皮囊如有問，宇宙正翔翱」、「手揮雷電作，足蹈起驚濤」、「輕生人做主，變臉自操刀」，刻劃米高積遜（Michael Joseph Jackson，1958-2009）多變的形象，評價也很恰當，各有不同的看法，可能他犯了很多錯，但在藝術的領域裏，歌音永在，月步猶存，他是令人永遠懷念的巨星。璞社詩人留下這許多的篇章，可能也是一個時代的見證，如果不寫下來，思想稍瞬即逝，來去如風，有時比生命還要脆弱。

在〈飲水〉一詩中，如「點滴晶瑩冰五內，一瓢透澈合天然」、「深杯慢酌一杯好，無味還居百味先」、「惠施大瓠應堪用，滿酌清甜未厭多」、「此去長河水中水，復投銀漢天外天」、「水入枯腸百感加，同源共飲兩天涯」、「冷暖隨人總有偏，甘甜苦淡可思源」，折射出人生百態，冷暖自知，這是一個有感覺的多情世界，體會水的滋味，借題發揮，觸緒紛繁。

此外在〈看雲〉一詩中，白雲蒼狗，題材有些相似，也能反映出很多不同的看法。例如「積水翠盤朝日污，霓裳褪色院牆蕪」、「縱眼銀窗萬里雲，棉花濕水變繽紛」、「累代風波轉不絕，片時光影樂斯須」、「好食懶飛無大志，衰頹腐鼠與鷗群」、「長有水窮遺恨處，看雲神遠夢凌雲」、「遠看白氣弱斯文，道骨仙風駕霧群」、「獨有碧山餘片片，不成閒雨賞孤芳」、「儻能瞬待輕身舉，飛摘桃英正綺紛」、「已慣停行唯我任，浮沈黑白又誰分」、

「才歇汶川驚夢苦，又自玉樹結愁雲」、「從龍霧隱鱗鬣現，化雨愁來點滴聞」、「亦欲西江泊牛渚，遠帆楓葉看紛紛」、「嶺外重遮能蔽日，山中持贈祇空聞」、「南山歸臥休相問，蒼狗閒看任糾紛」、「濃澹百千形儻幻，悅愉豈獨願同君」、「紫府明姬下彩雲，流霞邀酌席鋪分」等，雲彩變化多端，各有想像，或寫形相，或因寄托，或借古典，或抒今情，都令人想入非非，至於用俗語「好食懶飛」的，既見匠心，也很傳神。

《荊山玉屑四編》借古典格律，寫當代情懷，除了老一輩的詩人學者之外，年輕的大學生亦參與其間，假以時日，必能為香港文化增添多一些的魅力。以上略舉若干詩句，作為小引，舉一反三，其實也足以反映璞社的詩藝成就及寫作技巧，水平頗高，佳作亦多，普及詩歌教育，貼近現實生活，自是香港古體詩歌創作真實的面相，希望大家喜歡。

2012 年 8 月 20 日

細水引思金闕瀑，淺甌試擬玉梨渦

　　張志豪《三癡堂詩草》按體分類，[1] 包括七絕、五絕、七律、五律、排律、七古、五古、詞作等，各若干首，諸體兼備。集中詩詞各首都兼注撰作年月，五古〈記曹孟德敗走華容道〉一首起步最早，始於 2004 年 11 月，次為七律〈自題寫照〉二首，乃 2004 年 12 月作。由於現在看的是稿本，除了作品之外，〈目錄〉中所列三序及〈自序〉、〈後記〉等均付闕如，有關作者的情況也就所知不多了。通過作品顯示，2005 年 1 月，作者〈紀念日・生辰有感〉詩云：「割厲風霜二十秋，迷離曉夢醒還留。……但期來歲重陽節，飲盡金杯莫悵惘。」（p.78）似是二十歲生日之作，但 1 月份的作品為何又扯到重陽節呢？又 2010 年 10 月 18 日〈庚寅年九月十一日山樓雜吟〉：「初過重陽月半明。人間廿六笑風清。茱萸新近高樓客，壞壁何尋舊翰情。」（p.64）作者很清楚的列出公曆及農曆的日子，這可是廿六歲的生日之作嗎？但詩中只提重陽節，「舊翰」的內容又是甚麼呢？作者語焉不詳，局外人可能就無法理解了。

　　作者大約於 2005 年入讀嶺南大學，師從鄺龑子（1958-）、司徒秀英（1967-）教授學習詩詞，2008 年畢業；2009 年考入香港大學兼讀碩士課程，〈夜學〉詩云：

---

1. 黃坤堯〈《三癡堂詩草》推介〉，載張志豪（1984-）著：《三癡堂詩草》（香港：匯智出版有限公司，2013 年 1 月），頁 128-138。

戴月上庠緣有因。伯牙琴碎為知音。韋編三絕偷
閒興，鳳舞千回向學心。經典溯源師古意，文章
溢志注清襟。辛勞終未衣寬悔，往復燈間眾裏
尋。（p.86）

　　根據注釋所示，詩中所謂「知音」殆指「文學乃孤獨之人之
摯友」，認定文學就是作者知音伴侶，極有新意。而作者對終身
學習、持續進修的熱誠，宗經師古，衣寬無悔，目標明確，言志
動人。

　　在大學讀書期間，作者加入了璞社，得到鄺健行（1937-
）、韋金滿（1944-2013）、楊利成（1953-）、朱少璋（1964-）、董
就雄(1977-)等多位老師的指點，進步很快。而詩中亦多社課之
作，題材豐富，交遊廣泛，甚至更結交了當代著名的詩人程章燦
（1963-）、林律光(1960-)等，相互酬唱，提升意境，進步亦快。
加上結合新科技發展出來的〈璞社網頁〉，作者不禁熱情洋溢的唱
出：「紙價無須復從前，賞璞檢詩網上傳。臨屏社客引頸覽，宇
內騷人遠近連。」「荊山有路夾書香，網域無界訪五洋。人物殊異
詩心近，雅風再興共熱腸。趨新非專科技事，雕蟲高歌網路忙。」
（p.118）〈聯歡〉云：「意新融古調，網闊繫詩箋。」（p.102）〈電
郵〉云：「關山能阻道，網域任逍遙。」（p.102）可見洛陽紙貴、
關山阻道的現象俱成過往，現在我們身邊的網絡詩人很多，溝通
方便，無遠弗屆，「人物殊異詩心近」一句結合很多志同道合的
詩人朋友，各具風采，這是新時代的詩聲，特別令人振奮。2009
年，作者嘗以〈飲茶〉一詩獲「粵港澳臺大學生詩詞大賽」（研究

生組）的優異獎，詩云：

> 銷愁對酒月前歌。我獨烹茶發興多。細水引思金
> 闕瀑，淺甌試擬玉梨渦。香開倦眼風塵散，筆寫
> 蕪章歲候過。休訝尋常浮世客，逍遙壺內豈蹉
> 跎。（p.85）

作者鑽研茶藝，《三癡堂詩草》集中詠茶之作亦多。詩中頷聯摹寫沖茶的意象，以「金闕瀑」及「玉梨渦」為喻，美化茶色和形相，亦見精采生動。此詩借飲茶起興，帶出了很多生活上的哲思，浮想聯翩。

作者格律嫻熟，專注現實生活中的形相和情韻，很多都是港人港事或國際時事，有些還是近年香港市民關心的議題，表現出敏銳的觸覺。例如〈天星碼頭〉、〈聽香江街道百年蹤講座〉、〈豬流感偶題〉、〈賦菜園村事件〉、〈民女〉、〈釣魚臺事件〉、〈奧運——中華圓夢〉、〈米貴〉、〈中華白海豚〉、〈米高積遜離世〉、〈觀音開庫〉、〈南亞海嘯〉、〈丁亥雪災〉等；有些則屬普遍的社會現象，例如〈纖體〉、〈賦時人濫藥〉、〈時人濫藥青少年尤堪關注，感賦一首〉、〈港鐵拾趣〉、〈港男港女〉、〈柱男柱女〉、〈旺角地鐵出口遇磨刀老師傅〉、〈花市〉、〈網之鍊金術〉、〈棋靈王〉等。其他個人生活及交往，以至詠物之作亦多。〈纖體〉二首，其二云：

> 百法消脂又日新。根由未辨作奴臣。門庭過鯉千
> 金奉，最苦非洲瘦骨人。（p.41）

　　此詩批評瀰漫當前社會的瘦身風氣，女子愛美，不惜一擲千金去纖體消脂，刻劃入微。又此詩另稿作「門庭如鯽千金奉，最苦飢貧瘦骨人」，帶出貧富懸殊的比較，似較優勝。「非洲瘦骨人」不可一概而論，可能亦有種族歧視之嫌。又〈旺角地鐵出口遇磨刀老師傅〉云：

> 途人車馬路爭鳴。站口悽然霍霍聲。蓬首銀絲紋皺緊，單衣瘦體態微傾。來回刀剪石磨礪，翻疊布巾鋒試迎。三足入西殘影薄，欄柵獨倚萬燈明。（p.87）

　　此詩深具寫實意味，寫出城市中為生活打拼的老師傅形象。不過在旺角地鐵站出口磨刀霍霍，在香港人爭分奪秒、行色匆匆中竟然還有生意，難道乘客會帶刀上車，或是沒有人干涉老師傅阻礙通道，時空錯亂，看來總有點不可思議的感覺。「三足」即傳說中的三足金烏，借指太陽落日。又「欄柵」句平仄有誤，「柵」讀入聲而不是平聲。作者說的是老師傅欄杆獨倚嗎？則「欄柵」當為「欄杆」；同句又有萬燈出現，則「欄柵」可能就是「闌珊燈火」了。

　　作者多直用現代語言入詩，例如纖體、豬流感、濫藥、港男港女、柱男柱女、風流賬等，傳神寫照，雅俗兼擅，有時還直接用粵語入詩。〈粵語詩試賦菲律賓警察〉云：

> 黑白同撈千幾銀。無鎗無彈認差人。門前捉賊街頭放，義勇齊推菲律賓。（p.63）

此詩諷刺菲律賓警察真假難分，貪污嚴重，用口語來寫更為活潑，表現風趣。但此類作品往往亦有種族歧視之嫌，別人也可以用一種特殊的目光看待華人，為免引起不快，可能相互都要有所制約。

張志豪詩一般用語淺白，富有現代情味，面對複雜的社會問題，往往都能帶出新穎的視角。〈柱男柱女〉二首云：

> 從來失意倚欄杆。無事今朝覺柱安。車上長途相與命，圍人苦笑獨凝看。

> 每見車程貼柱安。一人獨佔一長杆。尋扶乘客避三舍，不畏群情不自看。（p.56）

以前沒有看過「柱男柱女」一詞，要讀詩才明白，原來是指港鐵車廂中獨佔長杆及挨著長柱的乘客，不理旁人，表現自私，作者寫出這樣的畫面自然帶有批判意味了。惟詩中「相與命」句有些費解，文字尚欠鍛煉。其他有些詩句可能亦有湊韻之嫌，或下筆有些輕率，例如：

> 不滅丹心燃猛志，薄才獻世氣長兮。（〈世間留香·方內〉，p.38）

> 蟻般塵殼何須念，成敗功名似夢皆。（〈世間留香·方外〉，p.38）

> 春花流水漫東去，皎月何曾眷颯風。（〈漫步偶成〉，p.44）

酒醉燈迷快興營，同懷雲雨四方情。（〈風流
賬〉，p.57）

春心早付山盟約，紅線三生命裏埋。（〈入
懷〉，p.65）

夫婦埋公務，一生屋打頭。（〈怨巢〉其二，p.74）

古風日夕無間斷，馬齒徒增書尚藏。（〈詩
情〉，p.82）

以上「氣長兮」、「似夢皆」、「眷颯風」、「快興營」、「命裏
埋」、「埋公務」、「無間斷」諸句讀起來都有生硬欠自然之感，如
果能加以改善，精益求精，可能更覺精采了。其中「興」、「間」
二字平仄兩讀，意義不同，也要有所區別。又「望重士林君實德」
一句，作者注「重」字讀上聲，（〈希真老師榮休〉，p.79）似當為
去聲，或有待斟酌。此外「大道初晴」字誤，（〈暴雨赴詩會〉，
p.117）當為「晴」字。

張志豪《三癡堂詩草》抒情言志，佳作亦多，有些詠物之作
表現出色，發人深省。

婆娑萬綠翦金波。夢碎夢存迴夢空。桂魄幽芳心
遽遠，無形宇內接無窮。（〈月夜抒懷〉，p.36）

未認騷人愧自知。多情亦具兩分痴。巫山雲影曾
經夢，一化輕煙枕伴詩。（〈兩分痴〉，p.48）

仙靈何必出瀛州。福蔭林村春復秋。一樹枝枒懸寶牒，萬般心事若驊騮。細參玄默開塵鏡，大夢黃粱藏壑舟。但識虛懷若空谷，源頭活水繞根流。（〈榕樹和程章燦教授元玉八首・林村許願樹〉，p.92）

香江躍白豚，三四自喧喧。瀲灔波浮影，晶熒光劃痕。吻寬牙現笑，問暖水蒸噴。晝夜相嬉逐，應無苦惱根。（〈中華白海豚〉，p.97）

　　〈月夜抒懷〉次句「夢碎夢存迴夢空」連用三個「夢」字，直探宇宙幽心。〈兩分痴〉第三句「巫山雲影曾經夢」，亦以夢境為喻，比喻詩境。以上二首都寫出七絕空靈的感覺，表現深沈的哲思。〈林村許願樹〉揭出鄉民的心願，福蔭林村；同時也帶出老榕樹的慧根，參玄默，夢黃粱，引申則有虛懷若谷，源頭活水的思考，專論榕樹與環境相互依存的關係，天人冥合，深化主題。〈中華白海豚〉專寫魚之樂，建構詩人的想像空間，末聯意欲屏除一切苦惱，但「晝夜相嬉逐」的活動，可能也不免累壞了。二詩借物寄意，自見懷抱。

　　又作者學習古詩，亦見認真。〈無題〉云：

荷子清芳透謝家。燈間尋覓倚欄斜。春庭只有曲橋月，情為伊人蝶戀花。（p.44）

此詩蓋仿南唐張佖〔或作泌〕的名作〈寄人〉一詩。

別夢依依到謝家。小廊迴合曲闌斜。多情只有春
庭月，猶為離人照落花。

這是張志豪仿古和韻之作，字句相似，風神逼肖，偶一為之，
自饒雅興。又〈聽雨〉云：「蓬門不住飆風惡，淅瀝烹茶樂一班。」
（p.60），蓋仿黃庭堅(1045-1105)〈題落星寺〉末聯「蜂房各自
開戶牖，處處煮茶藤一枝。」融化舊句，十分明顯，但聽雨烹茶，
別出新意，也可透視作者努力學習的成效。《三癡堂詩草》一書
表現了當代青年詩人的神魂意象，亦多可讀之作，假以時日，必
成大器。

2012 年 7 月 27 日

月訂永和約，筆搖圈點全

　　董就雄《聽車廬詩草三集》彙輯 2011-2018 年 1 月的作品成書，[1] 其中〈端午節〉七律一首寫於 2009 年 5 月 21 日，是比較超前的作品，可能過去結集時漏掉，也就補錄於此了。詩云：

> 佩囊插艾保平安。舊俗相承興未闌。冰粽今聞銷
> 浙滬，龍舟早見競英韓。頗知名列假期好，誰謂
> 騷傳鄰國難。自重能贏天下重，榴花灼灼願同看。

　　此詩先寫節日習俗相沿，雅興亦高。次寫當代節日的特色，冰粽遠銷外省，構成香港的品牌，連龍舟賽事都國際化了，外國人也組團參賽。第三聯指端午節由 2007 年起列為國家法定假期，而〈離騷〉傳往鄰國也沒有任何難度。末聯提出「自重」的觀點，或有大國崛起的意味，就像五月榴花一樣的明豔，受到普天下人的尊重。由此可見，作者寫端午節不落俗套，沒有陳腔濫調，著重當下的感受，帶出新意、新觀點，自然也恰當地表現了新一代舊體詩的寫法，刻意告別了唐宋風流。

　　至於集中最新的作品則是寫於 2018 年 2 月 1 日的〈徐康教授邀赴海鮮宴有賦〉七絕一首，詩云：

---

1. 董就雄 (1977-) 著：《聽車廬詩草三集》（香港：中華書局，2019 年 3 月）。

昨夜寒風未覺狂。徐侯盛意滿如觴。名門綺席人
情厚，更復椒鹽添味香。

此詩編於末頁，恰好也是本書最後的一首作品。此詩明白如
話，首句寫寒意，切合季節特點；次句藉酒意散發圓滿感覺；第
三句渲染名門綺席，令盛宴增色；而末句更以椒鹽添味，豐富友
人的情意了。此詩每句都帶一個形容詞，分別是「狂」、「滿」、
「厚」、「香」，充滿曲折變化，更令友情帶出多層次的感動。雖
然是一首普通的應酬之作，卻使周圍的情景都顯得活色生香、多
姿多采，意蘊尤為深刻。

通過這兩首一前一後的作品，可以顯示董就雄的詩風，忠於
寫實，樸實無華，感情真摯，帶出新意。而這也是本書的整體風
格，娓娓道來，可以感受到作者對詩的執著和誠意，反映作者近
年的生活實況，自然也是很好的心靈紀錄了。

《聽車廬詩草三集》分體編排，有五言古詩、七言古詩、附六
言古詩、五言律詩、五言排律、七言律詩、七言排律、五言絕句、
七言絕句等，可謂各體兼備，表現實驗精神。例如〈璞社百會百
韻〉就是一首五言排律的長篇巨製，全詩二百句，其中有句「及門
商結社，接雅遂居先。慷慨同弘振，鏗鏘起誦絃。熱腸招古道，
親力聳吟肩。月訂永和約，筆搖圈點全。」歷敍雅集的組織和發展
經過，對仗工整，文辭優美，清淺明白，全無艱澀之弊，下筆運
意，寫出壯懷，結云：「素持心坦蕩，無懼步迍邅。微願隨輪遠，
康衢騁力綿。」繼往開來，努力不懈，也就是作者對詩歌的承諾和

執著。此外〈敬賀香港浸會大學饒宗頤國學院成立三十韻〉、〈中國文化中心成立五十周年誌慶兼賀回顧與前瞻研討會開幕敬賦〉、〈科舉與辭賦國際賦學研討會感賦二十韻〉、〈感激一首恭呈江副校長佑伯教授〉四首都如實反映香港的教育事業和學術生態，皆為力作，也是本書最珍貴、最精采的詩篇，值得借鏡學習。

在按體編排之下，本書再按寫作時間排列，一一翻檢，也就出現很多近年的時事及世局變幻，供人思考。例如「隊長真鐵骨，身領士卒前。悲哉英魂杳，有家不復圓。」（〈香港淘大工業村時昌迷你倉四級火災致二消防員殉職，感慨繫之，因賦此〉）；「炎夏成冬日，經濟早失和。環球俱泡沫，前景似霧花。」（〈英國脫歐有賦和陶公臘日詩韻〉）；「通衢絡繹本無礙。傘陣觝觸猶自在。奈何畫地較顏色，車馬滯延各不退。不信目盲迷真我。黃藍以外色尚夥。」（〈雨傘行〉）、「獨有菲邦聯美日，雲詭波譎肆撼山。一夕島嶼判礁石，九段有界成無邊。」（〈南海仲裁有感賦行路難一首用太白韻〉）憂時念亂，議論批評，反映當代的書生本色，表現真我，感慨亦深。

本集寫親情作品亦多，例如「深恐彼處莫趨時，滴漏銅壺難辨分。熊熊爐火陪燒化，且藉斯物慰嚴親。」（〈錶〉）、「相守倩影小塘中，局促不嫌此心同。且護佳種豔陽下，他朝萬頃搖薰風。」（〈花·結婚十年，以荷為喻，贈吾賢妻〉）、「已足三荊數，靈猴月夜來。襟懷先志忐，分秒苦移推。但得仁心厚，何妨凡鳥才。平安真是福，額手舉深杯。」（〈喜得第三子有賦三首用六年及四年前迎大子庭溱、二子庭均初誕韻〉，其一得子）、「自

饒正直襟懷美，豈有驕橫紃綺誇。天性好奇尋究竟，筆端繪畫勝雲霞。」（〈推薦小兒庭溱入讀英華小學敬賦〉）諸詩關懷父親，教育兒子，情深款款，宅心仁厚，都是值得一讀再讀的佳製，令人感動。

此外作者身為教師，跟當代詩壇來往互動，尤為密切，集中就有大量和韻及酬贈之作，幾乎囊括很多當代的名家、大家，翻看〈目錄〉就有詳盡的紀錄，細讀作品，也可以反映作者的詩論詩觀及交誼，不一一列舉了。其中〈時聞〉七絕一首，寫於 2018 年 1 月 25 日，也就是新作，詩云：

> 如斯世道劇堪憐。心目全無授業師。所欲即為唯我是，臨崖徹悟竟何期？

此詩批評某些學生的學習態度十分惡劣，為所欲為，不理別人感受，而作者苦口婆心，望其徹悟是非，希望學生真能明白改過。所謂愛之深，責之切，而這也是教育工作者必然的責任，躲不了。

本書可能有些錯字，隨手札記於下。例如「嚴範今難省，中宵落淚頻。」（〈憶父〉）「嚴範」還是「嚴範」，有待確認。「欲和深漸曲藝疏」（〈敬和洪肇平前輩賜寄讀《聽車廬詩草》寄董就雄〉），「漸」當為「慚」，或可訂正。

2018 年 5 月 7 日

本創文學 71

香港文學拼圖

作　　者：黃坤堯
責任編輯：黎漢傑
封面設計：Gin
內文排版：Jims
法律顧問：陳煦堂 律師

出　　版：初文出版社有限公司
　　　　　電郵：manuscriptpublish@gmail.com

印　　刷：陽光印刷製本廠

發　　行：香港聯合書刊物流有限公司
　　　　　香港新界荃灣德士古道 220-248 號
　　　　　荃灣工業中心 16 樓
　　　　　電話 (852) 2150-2100　傳真 (852) 2407-3062

臺灣總經銷：貿騰發賣股份有限公司
　　　　　電話：886-2-82275988　傳真：886-2-82275989
　　　　　網址：www.namode.com

新加坡總經銷：新文潮出版社私人有限公司
　　　　　地址：71 Geylang Lorong 23, WPS618
　　　　　　　　(Level 6), Singapore 388386
　　　　　電話：(+65)8896 1946
　　　　　電郵：contact@trendlitstore.com

版　　次：2022 年 12 月初版
國際書號：978-988-76545-7-5
定　　價：港幣 102 元 新臺幣 310 元

Published and printed in Hong Kong

香港印刷及出版